Der Dessousverkäufer

Bertrand Blier

Der Dessous-verkäufer

Bekenntnisse eines Mörders

Aus dem Französischen von
Marianne Schönbach

vgs

Die Deutsche Bibliothek – CIP-Einheitsaufnahme

Blier, Bertrand:
Der Dessousverkäufer : Bekenntnisse eines Mörders / Bertrand Blier.
Aus dem Franz. von Marianne Schönbach. – 1. Aufl. – Köln : vgs, 1999
Einheitssacht.: Existe en blanc <dt.>
ISBN 3-8025-2612-0

Titel der französischen Originalausgabe: Existe en blanc

1. Auflage 1999

Umschlaggestaltung: CCG, Köln
Satz: TypoForum GmbH, Singhofen
Produktion: Angelika Rekowski
Druck: Freiburger Graphische Betriebe, Freiburg
Printed in Germany
ISBN 3-8025-2612-0

Büstenhalter haben mich schon immer fasziniert. Als ich noch ein kleiner Junge war und in kurzen Hosen herumlief, versäumte ich es nie, wenn ich mit meinem dicken Ranzen aus der Schule kam, bei Thirion vorbeizugehen, einem Geschäft für Damenwäsche, in dessen Schaufenster auf kopflosen Büsten wunderschöne BHs schimmerten. Langsam schlenderte ich daran entlang und saugte den Anblick der erhabenen Körbchen so lange in mich auf, bis ich ohnmächtig umfiel. Hilfsbereite Dummköpfe legten mich dann auf eine Bank und klopften mir leicht auf die Wangen. Wütend, daß man mich so unversehens aus meinem seidenweichen Traum gerissen hatte, verpaßte ich ihnen einen saftigen Tritt mit meinen Schnürschuhen. Sofort ergriffen sie die Flucht, und ich kehrte nach Hause zurück, in jene Welt aus Scham und Kälte, von der ich Ihnen noch nichts erzählt habe, aber wenn ich Ihnen davon erzähle, werden Sie begreifen, warum ich so sehr auf Büstenhalter stehe, besonders auf das Modell Gossard mit seinen aus Elastan und Lycra geformten Körbchen. Ihm habe ich mein Leben geopfert. Ein wunderbares Leben, wie ich sogleich zugeben muß. Denn ich habe jede einzelne Masche, jeden einzelnen Bügel, jeden einzelnen Träger dieses Lebens genossen.

Mir war sofort klar, daß ich ein Einzelkind bleiben würde. In Gärten, die der Sonne beraubt wurden, gedeiht eben oft nur eine einzige Blume. Eine von dunkler Farbe. Giftig. Stinkend. Ich bin auch so eine Abnormität der Natur. Allein mein Name: Baudouin. Wie kann man ein Kind nur Baudouin nennen! Habe ich diesem Vornamen meinen geheimnisvollen belgischen Akzent zu verdanken? Ein Akzent, der, zur großen Freude meiner Schulkameraden, meine Schulzeit zu einem nicht enden wollenden Leidensweg gemacht hat. Niemand in meiner Familie ist Belgier. Wir fahren auch nie nach Belgien. Ja, wir kommen nicht einmal auf die Idee, dort hinzufahren. Warum? Was macht Belgien zu einem Land, das man derart ignorieren müßte? Manchmal habe ich den Eindruck, als umgehe man das Thema. Sobald ich es anschneide, wird es ungemütlich. Mein Vater steht vom Tisch auf. Er steht immer vom Tisch auf, wenn ich ihm Fragen stelle.

»Warum habe ich diesen belgischen Akzent?«

»Rühr nicht mit dem Messer in der Wunde herum«, ist alles, was meine Mutter dazu zu sagen hat.

Welches Messer? Welche Wunde? Was verheimlicht man mir in Belgien? Eines Tages muß ich mir Gewißheit verschaffen. Muß ich in einen Lastwagen klettern, der in Richtung meines Akzents fährt, nach Mons oder Brüssel, selbst wenn am Ende der Wahnsinn auf mich wartet. Ob ich den Mut dazu habe?

Wir wohnen im Norden von Paris, das ist schon einmal von großem Vorteil. Ich werde einen Rastplatz suchen, wo die Lastwagenfahrer sich ausruhen, und lasse mich unter eine der Wagenplanen gleiten – ein reines Kinderspiel. So jedenfalls würden es die Erwachsenen bezeichnen. Aber bin ich überhaupt je Kind gewesen? Wenn ich daran zurückdenke, war meine Kindheit ein vorzeitiges Alter. Schon bei meiner Geburt fühlte ich eine seltsame Mattigkeit, so etwas wie Mangel an Appetit. Und dieses Gefühl hat sich später nur noch verstärkt. Ich war ein blasses, lustloses Kind, ein Stubenhocker. Nichts interessierte mich. Einzig der Anblick eines Büstenhalters erlöste mich aus meiner Lethargie. Einen Büstenhalter zu sehen, das war wie Frühlingserwachen, ein unbeschreibliches Glücksgefühl. Beim Gedanken an Belgien allerdings begann ich zu zittern. Ich hatte Angst. Angst, die einen in die Arme seines Schicksals treibt.

Meine Mutter hat mich zu Hause zur Welt gebracht, sie machte überhaupt alles zu Hause, selbst die Einkäufe ließ sie ins Haus liefern. Mit größeren Bestellungen beauftragte sie das Kaufhaus La Redoute, und wenn es um die »kleinen Geheimnisse der Frau« ging, schickte sie Mathilde los. Unsere dicke Mathilde, die sich, von ihren dicken Augenbrauen beschirmt, bis zur Apotheke wagte, leider aber nur bis zur nächstgelegenen, im Centre Commercial. Dort reihte sie sich in die Schlange der Kunden ein, hinter verschleierte Frauen mit ihren kraushaarigen Blagen, die ihr unter die Röcke krochen und sie zwangen, sich gründlich zu desinfizieren, sobald sie wieder daheim in ihrer Küche war. Dazu benutzte sie eine Dose Insektenspray vom Umfang eines Feuerlöschers, mit der sie sich, die Beine gespreizt und ihre Röcke bis zu den Ohren hochgerafft, große Schübe direkt in den After sprühte. Wenn ich aus der Schule kam, wo man mich den ganzen Tag wegen meiner Belgischkeit verhöhnt hatte, bot sich mir, während ich meine gebutterten Stutenscheiben aß, ein wenig appetitliches Schauspiel: Mathildes riesige Schenkel, ihr übergroßer schwarzer Schlüpfer, ihre elastische Binde ums Knie, ihre Socken und Strümpfe, ihr blaues, zittriges Fleisch.

Meine Mutter war zu zart und zu fein für diese beleidigende Welt, in die sie jeden Ausgang verweigerte. Sie hing zu sehr an ihren Erinnerungen, war in einem Erinnerungskorsett gefangen, das sie zu einer unbeugsamen, stummen, herablassenden, untröstlichen Gekränkten gemacht hatte. Nie wird eine Frau denen verzeihen, die sie ihrer Sonne beraubt haben.

Auch mein Vater ging nicht aus. Er verließ niemals sein Büro. Und wenn, dann höchstens im Wagen, einem alten Citroën, den er mit behandschuhten Händen aus der Garage geradewegs bis zum Tor fuhr, dessen Flügel sich automatisch öffneten. Wohin mochte er wohl fahren? Wenn er zurückkam, war es jedenfalls spät, zu spät. Zu spät für einen Kuß. Zu spät, um noch einmal seine kräftige Mischung aus Tabak, kaltem Schweiß und beispiellosem Zorn riechen zu können. Man brachte mich sehr früh zu Bett. Fernzusehen war mir nicht erlaubt. Wir hatten außerdem auch gar keinen Fernseher. »Niemals«, hatte mein Vater gesagt, »niemals kommt mir dieser Schund ins Haus!« Und hatte dem Lieferanten Beine gemacht. Wer hatte den Apparat bestellt? Keiner wollte es gewesen sein. Meine Mutter war in Tränen aufgelöst. Sie schwor Stein und Bein: »Ich schwöre Ihnen«, rief sie und ließ sich vor meinem Vater auf die Knie fallen, »ich schwöre Ihnen, ich war es nicht!«

In meinem ausgebauten Dachzimmer und meinem bordeaux-farbenen Schlafanzug, vor mir meine Einzelkindnacht, stellte ich mich schlafend. Ich wartete auf das Knarren der Treppenstufen. Manchmal knarrten sie nämlich. Dann wußte ich, daß meine Mutter heimlich kam und sich über mich beugen würde. Ich hielt sie fest in meinen Armen. Ich saugte mich voll von ihrer Weichheit zwischen Tag und Traum. Ich küßte sie, küßte sie immer wieder, ich legte mir einen ganzen Vorrat an Küssen zu. Sie fing an, sich zu wehren. Doch ich wurde größer, und stärker. Erregung überkam mich. Ich drehte sie auf dem Bett um und hielt sie an den Handgelenken fest. Ich sah zu, wie sie keuchte. Schön, eine Frau, die keucht. Dieser Lebensstrahl, dieses Tremolo, dieses Ausströmen gewissermaßen – der Atem einer Frau!

Bei der Frau ist alles Ausströmen, sie besteht förmlich aus undichten Stellen. Sie verliert Flüssigkeit. Sie näßt. Ohne daß man ihr auch nur im geringsten weh getan hätte, fließt bei ihr Blut. Und wenn das Blut versiegt, spritzt Milch aus ihr heraus. Ganz zu schweigen von den Tränen, die bei jeder Gelegenheit fließen. Zuviel Flüssigkeit. Einfach zuviel Flüssigkeit. Sie muß aufpassen. Dann wird es Zeit für den Büstenhalter. Denn er bewahrt die Frau vor dem Schlimmsten, hindert sie am Auslaufen, hindert sie daran, eine Pfütze zu werden. Der Büstenhalter, das ist die Architektur der Frau. So wie eine Brücke die Architektur des Flusses ist. Nehmen wir den Fluß Cher, ein hübscher Fluß. Wie eine ganze Reihe anderer Flüsse auch. Kein Grund, um ihm nachzuweinen, wenn es ihn nicht mehr gäbe. Ich jedenfalls würde nicht weinen. Stellen Sie mir hingegen auf die andere Flußseite noch das Schloß von Chenonceaux, dann gebe ich zu, ich bin gerührt, gerührt von soviel erhabener Schönheit. Der Fluß wird schön, denn er trägt die Handschrift des Mannes. Und genauso verhält es sich mit der Frau. Sie ist nichts anderes als ein Fluß, der fließt, ziemlich unspektakulär, ein wenig traurig, man denkt ans Ertrinken. Streifen Sie ihr einen Büstenhalter über, und sie richtet sich sofort auf, ihre Augen beginnen zu funkeln, sie wird schön wie ein Peitschenhieb, ihr Körper wird verächtlich-herausfordernd, und Sie zittern. Sie zittern vor Erregung. Schönheit bringt uns zum Zittern. Der Büstenhalter ist wie mein Blick, den ich einem Dolch gleich dem Körper der Frau entgegenwerfe. Sie wirft ihn mir zurück, mitten ins Herz. Entzückende Mörderin! Ihr gut verhüllter Busen, der perfekt sitzende Träger bilden den Bogen, und der dazugehörige Pfeil, das ist ihr Blick, denn nie ist der Blick einer Frau so gefährlich wie dann, wenn sie einen Büstenhalter trägt. Ich flehe sie an, sich nicht zu bewegen, die Hände hochzunehmen, nicht zu versuchen, die Heldin zu spielen. Ich empfehle ihr allergrößte Vorsicht, erlaube ihr nur, fasziniert zu blicken und zu schluchzen. Jetzt dürfen wir Männer keineswegs der Angriffslust nachgeben, die uns jedesmal überfällt, wenn wir uns bedroht fühlen. Ihr den Büstenhalter herunterzureißen zum Beispiel, ihn aus dem Fenster zu werfen. Und dann, ihr Wüstlinge, wie soll es dann weitergehen? Die schönsten Brüste der Welt sind immer nur dann am schönsten, wenn man sie in ihrem Schatzkästchen läßt. Die Natur ist einfach widerlich. Gibt es etwas Scheißlangweiligeres als einen Hügel oder eine Wüste? Erst die Pyramide macht die Wüste zu dem, was sie ist. Die Wüste muß die Handschrift des Mannes tragen. Erst der Anblick unserer Größe, unserer Erhabenheit geht uns zu Herzen, auch wenn es nicht mehr als die Größe eines Zwerges ist, der sich ganz gerade aufrichtet. Eine Frau, die einen Büstenhalter trägt, scheint nach den Sternen zu greifen. Zieht sie ihren Büstenhalter aus, fällt sie zu Boden wie ein verletzter Vogel. In diesem Zustand kann man ihr alles mögliche antun, ihr den Hals umdrehen, sie mit einem Sack über dem Kopf herumhetzen, ihr dabei zusehen, wie sie gegen eine Wand rennt, ihr weit das Fenster öffnen, damit sie hinausspringt. Glauben Sie aber ja nicht, ich sei brutal. Nein, ich bin ein Mensch, der betet. Vor einem Spitzeneinsatz falle ich ehrfürchtig auf die Knie. Was ich in einem Büstenhalter suche? Die Gewalt, die meine eigene zum Schweigen bringt. Die meinen Händen die Waffen entreißt. Sie in Friedenstauben verwandelt. Niemals werde ich einer Frau Böses tun, die in einem gutsitzenden Elasticross oder Giverny steckt.

Meine Mutter war sehr schön. Mit ihrer klaren, glatten Haut sah sie aus wie lebendiges Porzellan. Immer tadellos angezogen, elegant, perfekt gepudert. Pastellfarbene Röcke, Hemdblusen, Strickjacken. Sie band gerne Sträuße. Sie war ja selbst eine Blume, mit fragilem Stengel und selten schöner Blüte, bei der man immer befürchten mußte, daß sie verblüht. Aber sie verblühte nicht. Die Zeit glitt ohne die geringste Falte über sie hinweg. Wenn ich sie ansah, sah ich mich wie in einem See gespiegelt. Ich traute mich nicht, auch nur die geringste Bewegung zu machen. Zuweilen fröstelte sie. Dann brachte ich ihr einen Schal. Sie hatte eine ganze Sammlung Schals, aus Mohair, weich wie Wolken. Zuweilen zerschlug sie eine Vase. »Das tut gut«, sagte sie dann, um gleich darauf in Tränen auszubrechen. Sie blieb drei Tage im Bett, und wenn sie wieder auftauchte, sah sie makellos aus, bis auf einen zarten malvenfarbenen Schatten unter den Augen. Ich war ein bißchen böse auf sie, weil sie mich drei Tage mit meinem Vater allein gelassen hatte, das heißt allein mit einem Holzklotz, und der ist nun einmal nicht gerade vom Geist der Unterhaltung beseelt, aber wenn sie dann wieder unter uns war, so frisch und makellos, lief ich zu ihr und drückte mich in ihre Röcke. Auch wenn ich sie damit fast zu Fall zu bringen und sie rundweg zu zerbrechen drohte. Meine Mutter mochte diese Gefühlsausbrüche nicht besonders, sie erinnerten sie an die eines jungen Hundes. Wahrscheinlich hätte sie lieber eine Tochter gehabt, der sie die Kunst des Sträußebindens hätte beibringen können, die Kunst, das Leben zu vergeuden und keine Spuren zu hinterlassen. Meine Mutter war eine Frau, die wie auf Fußspitzen lebte. Mein Vater war viel bodenständiger. Und ich, ich wurstelte mich durch all dies hindurch. Alle Sachverständigen sind sich darüber einig, daß ich normal bin. Weshalb dann also diese Verbrechen? Und vor allem, warum diese Kaltblütigkeit, die ich an den Tag lege, wenn ich von meinen Verbrechen erzähle?

Ein Beispiel für eine Unterhaltung zwischen meinem Vater und mir, wenn wir unter uns Männern sind. Die Szene spielt bei Tisch. Mathilde hat gerade das wiederaufgewärmte Kalbsragout vom Mittag serviert. Die Eßzimmerdecke ist mit dunklem Holz getäfelt. Die Wände sind eierschalfarben. Das Licht ist spärlich. Die Vorhänge sind zugezogen, damit der Feind uns nicht sehen kann. Das Pendel der Uhr ist zu hören. Ich bin sieben Jahre alt.

ICH: »Warum trägt sie, ich meine Mama, eigentlich nie einen Büstenhalter?«

Mein Vater antwortet nicht. Er ißt. Er hat nicht einmal aufgeblickt. Wenn er ißt, existiert nichts anderes. Er gibt sich ganz und gar dem Akt des Essens hin, verteilt ordentlich Fleisch und Kartoffeln auf der Gabel, tunkt das Ganze in die Soße, führt das alles zum Mund und genießt mit leerem Blick, leerem Kopf und wunderbarerweise gedämpftem Zorn diesen Moment eines recht einfachen Glücks, mit dem Kalbsragout, der Soße, den in der Soße zerdrückten Kartoffeln und ohne jemanden, der ihm auf die Nerven geht.

ICH: »Papa, sag, warum trägt sie, die Mama, nie einen Büstenhalter?«

Es gibt Momente, da ist die Stille lauter als Schostakowitsch. Mein Vater wirft seine Gabel hin. Er schaut mich an, als habe ich auf das Lothringer Kreuz gekotzt. »Ich bin am Essen«, sagt er.

»Ich doch auch.«

»Du ißt nicht, du redest!«

»Ich tue beides gleichzeitig.«

»Wenn ich esse, rede ich nicht. Und nicht mehr als das verlange ich von anderen.«

»Ja, aber ich bin dein Sohn.«

»Ein Grund mehr, still zu sein.«

Und schon wendet er sich wieder dem Ragout zu. Aber er ist jetzt nicht mehr so konzentriert wie vorher. Meinen Vater macht es nervös, wenn er in seiner Routine gestört wird. »Deine Mutter ist flach wie ein Bügelbrett! Warum sollte sie einen Büstenhalter tragen? Was sollte der denn halten?«

»Ein Büstenhalter hält nicht nur die Brüste ...«

»Was sollte er denn sonst halten?«

»Die Welt. Träume. Den Blick.«

Da, der Blick meines Vaters: Er ist leer wie ein Fußballstadion, wenn das Spiel vorbei ist und die Fans verschwunden sind. In dem aber noch der Haß des Gegner nachhallt. Aller Gegner. »Ich esse«, sagt er. »Ich versuche zu essen.«

»Und hat dir das nicht gefehlt?«

»Was?«

»Deine Frau im Büstenhalter zu sehen, wenn sie sich auszog.«

»Ich habe deiner Mutter nie beim Ausziehen zugesehen.«

»Aber hat dir das nicht gefehlt?«

Nur mit großer Mühe bewahrt mein Vater die Ruhe. Er steht auf. Nimmt seinen Teller mit. Seinen Teller und sein Glas. »Ich esse in meinem Büro weiter.«

Weinend laufe ich hinter ihm her: »Bleib bei mir, Papa! Ich muß mit dir reden! Ich liebe dich doch so, Papa.«

»Wenn du deinen Vater liebst, dann laß ihn in Ruhe essen! Das ist Liebe! Wenn es Ragout gibt, respektiert man das Ragout! Wenn man jemandem einen Dolch in den Rücken stoßen will, sucht man sich nicht gerade den Moment aus, wenn der Betreffende am verletzlichsten ist, das heißt, wenn er ißt.«

Er verschwindet in sein Büro. Ich stürze in die Küche. Mathilde ist beim Geschirrabwaschen.

»Ich werde dich ficken!« sage ich und packe sie bei ihren Titten.

»Aber das kannst du doch gar nicht! Mit sieben Jahren geht das noch nicht!«

»Gut, dann bin ich jetzt vierzehn! Ich bin ganz plötzlich gewachsen!«

»Laß mich deine Gerätschaften sehen.«

Ich hole den ganzen Krempel heraus. Sie haut mir eine runter: »Du widerlicher Kerl! Na, komm schon her!« Und sie rafft ihre Röcke hoch.

Ich vögele sie von hinten, um ihren Schnurrbart und ihre faulen Zahnstummel nicht sehen zu müssen.

Ich fühle mich gut in ihrem Hintern. Ich muß ein wenig hin und her rutschen, um die Klümpchen beiseite zu räumen, man braucht bei ihr eine robuste Nase, die Arme hat in ihrem armseligen Zimmer nur ein Waschbecken, im Wandschrank, daher der starke Geruch, er beißt in den Augen, aber für mich ist es ein Fest. Was zählt, ist schließlich die Art, wie man aufgenommen wird, die weit geöffnete Spalte und mein Schwanz, der sich den Weg ebnet. Ich bin kein kleiner Gentleman, sondern einer, der das Zeug zum Mörder hat, einer, der auf seinen Galgen zusteuert, und mein Galgen, das sind die Büstenhalter. Das ist jede x-beliebige Frau, die auf der Straße herumläuft, denn jede einzelne hat das gewisse Etwas, das meinen Untergang hervorrufen wird.

Mathilde, halt mich fest! Laß mich nicht aufbrechen ins Land der Lycra und der glänzenden Maschen, denn ich werde nie wieder von dort zurückkehren, höchstens in Ketten, und dann wird auf der Titelseite der Zeitungen zu lesen sein: Verhaftung des Monsters!

Mathilde, die einzige Frau, die mir nie Lust eingeflößt hat, sie zu töten. Meine Hände wären auch zu klein gewesen, um ihren Hals zu umklammern. Allerdings, gestorben ist sie trotzdem. Vor Erregung. Vor Lust. Beim Orgasmus hat es sie erwischt. Ich bewegte mich noch in ihr, als sie sich schon nicht mehr rührte. Ihr Kopf war ins Spülbecken gefallen. Ich habe alles, was an Leben in mir war, in sie hineingespritzt, aber es war sinnlos. Wie ich später erfahren sollte, lassen sich Dinge dieser Art nicht mehr in Ordnung bringen. Was vorbei ist, ist vorbei. Manchmal ist es vorbei, noch bevor man erkaltet ist. Ich kenne einen Typen, der ist verrückt, blind und sitzt im Knast. Aber ich greife vor. Einstweilen sind wir noch in der Küche mit Mathilde, und ich bin dabei, mich aus ihr herauszuziehen. Ich sehe, daß sie tot ist. Woran ich es sehe? Weil sie sich nicht mehr rührt. Sie bleibt einfach mit hochgerecktem Hintern und mit dem Kopf in der Spüle liegen. Ich schaue mir ihren Kopf genauer an. Ihre Augen scheinen ins Schädelinnere zu blicken. Was sie wohl sehen mag? Ich rase los, um meinen Vater zu benachrichtigen. Er ist in seinem Büro. Wirkt niedergeschlagen. Nicht einmal sein Ragout hat er aufgegessen.

»Mathilde ist tot«, sage ich.

»Was geht mich das an?« antwortet er.

»Nichts«, sage ich.

»Also, warum erzählst du mir das?«

»Wovon sollen wir denn reden?«

»Ich will nicht reden, ich will zuhören.«

»Wem zuhören?«

»Zuhören, wie mein Herz ganz umsonst schlägt.«

Ich presse mein Ohr an sein Herz. Seltsam, den Oberkörper des eigenen Vaters zu spüren. Er legt seine Hand auf mein Haar. »Ich hatte einen gewaltigen Orgasmus, als ich dich gezeugt habe«, sagt er.

»Weißt du noch, wann genau das war?«

»Das war in der Nacht des 13. Mai 1958. Der General war dabei, seine Truppen marschbereit zu machen. Ich hatte nicht schlecht getrunken, die Luft in den Cafés war ziemlich dick, ich kam unsicheren Schritts heim, deine Mutter schlief – natürlich – ihren kristallklaren Schlaf, nur, ich hatte einen Ständer, ich kann dir sagen, wäre ein Arzt dagewesen, hätte er mir etwas verordnet.«

»Was?«

»Dringende Erleichterung!«

»Durch sexuelle Praktiken?«

»Irgendwelche Praktiken.«

»Und wofür hast du dich entschieden?«

»Ich habe an deine Mutter gedacht.«

»Warum auch nicht, schließlich ...«

»Ich schleiche in ihr Zimmer, im Dunkeln falle ich hin ... ›Wer ist da?‹ ruft sie. ›Dein Mann‹, antworte ich. ›Was willst du?‹ fragt sie. ›Vögeln‹, antworte ich. ›Mit Vögeln heut' nichts drin!‹ sagt sie. ›In Ordnung, dann komme ich eben ein anderes Mal.‹ Und ich schließe die Tür ... ›Also wirklich‹, höre ich sie sagen, ›für wen hält der sich? Da vergesse ich einmal, mich schlafend zu stellen ...‹«

»Wie hast du sie hören können, wo du doch die Tür geschlossen hattest?«

»Ich war drin geblieben.« Mein Vater und ich wiehern vor Lachen.

»Hast du angefangen, deine Buxe auszuziehen?«

»Ja, ich habe meine Buxe ausgezogen.«

»Ohne Lärm zu machen?«

»Ohne den geringsten Lärm zu machen! Das war vielleicht eine Überraschung für sie!« Wir stoßen uns gegenseitig in die Seite. »So also bist du gezeugt worden, alter Freund! Du bist das Kind einer Vergewaltigung! Auf dem Boden habe ich mich an sie herangerobbt, alte Kommandotechnik ... Kennst du die bevorzugte Schlafposition deiner Mutter?«

»Nein, woher denn? Diese Ehre hatte ich nicht ...«

»Sie schläft flach auf dem Bauch, mein Junge! Auf dem Bauch! Als ich mich auf sie warf, blieb ihr keine Chance zu protestieren, ich lag mit meinem ganzen Gewicht auf ihr, sie hat nicht einmal geschrien, sie hat mich nur angefleht, etwas Spucke draufzustreichen, um ihr nicht weh zu tun. Ich habe sie mit Spucke eingeschmiert, und schon bin ich in ihr gewesen. Tief. Kein Pardon! Ich habe sie gebraucht und mißbraucht. Wie ein Tier habe ich sie genommen. Und habe sie die ganze Zeit über nicht losgelassen.«

»Hat sie geschrien?«

»Nicht sehr ... Wohlgemerkt, zwischen Eheleuten gibt es normalerweise keine Vergewaltigung, andernfalls müßten uns die Frauen schon erklären, warum sie uns heiraten!«

»Vielleicht wegen der Knete.«

»Danke, daß du mich daran erinnerst. Ja, das stimmt. Ich hatte Knete. Damals hatte ich welche. Gut, weshalb bist du zu mir gekommen?«

»Um dir den Tod von Mathilde mitzuteilen.«

»Dann wollen wir ihrer still gedenken.«

Wir gehen in die Küche. Fallen vor Mathildes Hintern auf die Knie. Wir bekreuzigen uns, gedenken ihrer still und beten. Alle Mitglieder der Familie Treuttel sind praktizierende Katholiken, besonders mein alter Herr, der Hostien liebt und gern Kirchenlieder singt. Ich hatte doch wirklich alle Voraussetzungen, um ein ordentliches Leben zu führen, wie läßt es sich dann erklären, daß ich eine so schlecht funktionierende Maschine, eine Metastase der Lust geworden bin? Selbst meine Anwältin zittert vor mir, wenn sie in meine Nähe kommt, diese Scheißanwältin, ich bin sicher, daß sie meine Blindheit jetzt ausnutzt, um mir bei ihren Besuchen in dem dunklen Gefängnis, von dem ich nur die Geräusche und ein verdächtiges Rascheln kenne, ihren Büstenhalter zu zeigen.

Wie kommt das Unglück in eine Familie? Durch die Tür, ganz einfach. Sie hören es klingeln, Sie sehen nach, wer das sein könnte, und finden sich einem Typen gegenüber, den Sie nicht kennen, ein Typ, der ganz sympathisch aussieht, einer, dem man gern ein Glas anbieten möchte. Der Typ sagt zu Ihnen: »Ich habe gehört, Sie haben finanzielle Probleme«, und sofort vergeht Ihnen die Lust, ihm ein Glas anzubieten, Sie wollen im Gegenteil nur noch, daß er sich verdünnisiert und sich auf der Treppe vor Ihrem Haus nie mehr blicken läßt. Damals, als Sie noch Sonne hatten, war dieser Treppenaufgang von Glyzinien bewachsen.

Mein Vater war ein Trottel. Lassen Sie mich das näher erklären. Wenn man Probleme mit der Kohle hat, gibt es Situationen, in denen man etwas vom Verkaufen verstehen muß. Besagter Typ hieß Masbouth. Er war ein selbstbewußter, lockerer Kerl, einer mit Mokassins. So ein ganz sportlicher. Seine Stimme klang nach Sonne, und er war auch braungebrannt. Er hatte sich aufs Geratewohl vorstellen wollen, weil er am Kauf unseres Schuppens interessiert war. Eine Milliarde, so lautete sein Angebot. Eine Milliarde damaligen Geldes. Der Anstand verbietet mir, Ihnen zu sagen, wie die Antwort meines Vaters ausgefallen ist. Daraufhin ging der Typ wieder, mit dem gleichen Lächeln und derselben Selbstsicherheit, womit er gekommen war. Das Milliardenpolster hatte keinerlei Einfluß auf die Art, wie er ging. Er war ein Baulöwe. Das ist ein Gesindel mit einem wendigen Arsch … Denen kann man in Besagten treten, dazu noch ihre Mutter vögeln, und sie kommen mit einer Schachtel Konfekt wieder.

Unser Haus war damals ein schönes Besitztum, mit Bäumen, Blumen, sonnigen und schattigen Stellen, genau am richtigen Platz, kurzum, es bot einfach alles, was ein Kind zum Glücklichwerden braucht.

Sie werden mir entgegenhalten, ich sei damals doch noch gar nicht geboren gewesen, wie könne ich dann von jenem wunderbaren Garten erzählen. Ich sei doch niemals darin herumspaziert!

Ich will aber dennoch darüber sprechen. Denn dort liegen meine Wurzeln. Wenn man in der Hölle ist, denkt man ans Paradies. Ich erzähle Ihnen, was ich auf dem Gesicht meiner Mutter gesehen habe: ihren Kummer, ihre verschwundenen Fliederbüsche, ihre zurückgelassenen Marmeladengläser. Ich erzähle Ihnen von ihren Händen, die geschaffen waren, um Rosen auf einem bäuerlichen Tisch zu arrangieren und die nun gichtig wurden, wie zwei gehetzte Tiere aussahen, die sich in die hinterste Kellerecke geflüchtet hatten und damit rechneten, daß man ihnen alles abschalten würde: Wasser, Gas, Sauerstoff …

Mein Vater war beim Holzhacken, ich habe es noch im Ohr, sein langes Schweigen, das Geräusch der Axt auf dem Hauklotz …

Ach, was für ein Kind hätte ich gewesen sein können, wäre ich damals geboren worden …

Die Stadt war nicht weit, man spürte ihre Nähe. Trotzdem hatte unsere Gegend noch ihren ländlichen Charakter bewahrt. Und dann eines Tages kam Masbouth wieder, genauso selbstsicher wie beim ersten Mal, mit seiner unvermeidlichen Schachtel Konfekt: »Ich kaufe Ihnen das Haus für die Hälfte des Preises ab, den ich Ihnen neulich geboten habe.«

»Aber weshalb die Hälfte?«

»Weil ich alle Grundstücke um Ihres herum aufgekauft habe.«

»Na und?«

»Nun, ich werde bauen. In direkter Nachbarschaft Ihres Hauses.«

»Sie werden was bauen?«

»Häuser. Zwölf Stockwerke. Große Betonkästen, die sehr schnell verfallen. Und Sie werden Ihr so hübsches Haus plötzlich weniger hübsch finden. Und Ihre Frau übrigens auch. Die werden Sie auch weniger hübsch finden. Das wird die gleiche Wirkung auf Sie haben. Wenn Sie wollen, kaufe ich das Haus und Ihre Frau gleich mit.«

Mein Vater begleitete Masbouth bis zum Tor unseres weitläufigen, parkähnlichen Gartens, und dort packte er ihn am Kragen seines rosafarbenen Lacoste-Hemdes: »Meine Frau ist nicht käuflich und mein Haus ebensowenig! Ich habe es von meinem Vater geerbt, mein Sohn wird es von mir erben, die Söhne meines Sohnes werden es erben, und solange es einen Treuttel auf dieser Welt gibt, wird dieses Haus einem Treuttel gehören!«

»Treuttel? Ist das nicht ein belgischer Name?«

»In meiner Familie ist niemand Belgier.«

Ich möchte mich in aller Form bei Ihnen entschuldigen, denn Sie haben mir ja nie etwas Böses getan. Vor allem aber entschuldige ich mich bei denen, die, wenn sie meine Worte lesen, womöglich etwas tun, was sie nie zuvor getan haben, bei keinem Autor, verzeihen Sie meinen Hochmut, aber genau besehen ist es gar keiner, es ist vielmehr Liebe, die ich Ihnen aus meiner dunklen Zelle schicke. Ich träume von Ihnen, liebe Leserin, ich stelle mir vor, wie Sie in Ihrem Bett liegen und der Gedanke, mein Buch bald wieder in Händen zu halten, Sie erzittern läßt, Sie haben die Tür zur Sicherheit sogar zweimal abgeschlossen. Sie sind unverheiratet, Ihre Arbeit erschöpft Sie, in Ihrer Firma herrscht ein einziges Tohuwabohu, alle sind völlig genervt, Sie haben nicht einmal mehr Lust, etwas Richtiges zu Abend zu essen, schaffen gerade mal einen Joghurt und einen Apfel, an Sie, liebe einsame Leserin, wende ich mich, und ich danke Ihnen für das, was Sie gerade getan haben: Anstatt sich in Ihr altes T-Shirt zu kuscheln, wie Sie es sonst jeden Abend tun, bevor Sie sich in einen traumlosen Schlaf fallen lassen, haben Sie heute abend meinem Buch und vielleicht auch meiner Person zuliebe – mein Foto ist Ihnen ja aus der Presse bekannt – Ihren Büstenhalter anbehalten. Sie sind mit Büstenhalter schlafen gegangen, und Sie lesen mein Buch im Büstenhalter, die Brüste aufrecht in ihren Körbchen, und Sie sind schön und stolz darauf, eine Frau zu sein, aber auch ich bin stolz auf Sie, stolz und verzweifelt, denn ich werde Sie niemals besuchen können: Ich sitze in Einzelhaft, und niemals werden Sie meinen Blindenstock leise an Ihre Tür pochen hören, einstweilen bitte ich Sie, meine Entschuldigung anzunehmen, es kommt vor, aber es ist weiß Gott nicht meine Art, daß ich mich gehenlasse und gemein werde. Denn sehen Sie, wenn ein Schriftsteller seine Augen nicht mehr gebrauchen kann, dann ist er äußerstenfalls noch in der Lage zu schreiben, das heißt die vertraute Tastatur seines Computers zu gebrauchen, aber er kann nicht noch einmal lesen, was er geschrieben hat, geschweige denn Korrekturen anbringen, und Sekretärinnen sind nun einmal in der Welt der Gefängnisse nicht vorgesehen. Deshalb wird meine unüberlegte Grobheit für immer eine Grobheit bleiben, wird aus dem Gedächtnis meines Laptop nie mehr zu löschen sein, und ich werde mich für alle Zukunft dafür schämen, denn ausgerechnet ich habe sie mir zuschulden kommen lassen, ich, der ich Grobheit verachte. Immerhin habe ich sehr darunter gelitten, ich, der früher zu zittern anfing, wenn in einer proppenvollen Metro unter einem Pullover der Träger eines BHs aufblitzte, ich, der das betreffende Mädchen bis zu seiner Haustür verfolgte und ihm tagelang beim Verlassen des Hauses auflauerte, jeden Morgen mit einem frischen Blumenstrauß in der Hand, und wenn sie dann endlich auftauchte, lief ich zu ihr hin und sagte: »Neulich, in der Metro, habe ich Ihren BH-Träger gesehen. Bitte, nehmen Sie die paar Rosen. Die Hommage von einem, der anonym bleiben will.«

Wenn ich dann davonrannte, war sie es, die mir nachlief: »Aber ich kenne Sie doch gar nicht!«

»Wir brauchen einander nicht zu kennen, um glücklich zu sein. Das ist wie mit der Sonne. Die kenne ich auch nicht. Und doch wärmt sie mich. Sie macht mein Leben heller.«

»Von welchem Träger reden Sie überhaupt?«

»Erlauben Sie, daß ich nachsehe?« Vorsichtig schiebe ich ihren Pullover ein wenig zur Seite, um ihre Schulter zu entblößen. Musik! Also, wenn ich so einen schimmernden BH-Träger auf einer Schulter sehe, steigt jedesmal unweigerlich Musik in mir auf. Ganze Chöre. Kinderstimmen. »Ist das ein Chantelle?« frage ich.

»Nein, das ist ein Dim«, sagt sie.

Wir tauschen unsere Telefonnummern aus. Sie ist ein unverdorbenes junges Mädchen mit üppiger Oberweite, wie sie so viele Mädchen der Pille-Generation haben.

Eines Samstags ruft sie mich an und lädt mich ein vorbeizukommen: »Erinnern Sie sich überhaupt noch an mich?« Ich stürze in die Stadt. Wenn ich ein Rendezvous mit einem Büstenhalter habe, gehe ich immer zu Fuß. Ich durchquere ganz Paris. Die Musik begleitet mich dabei. Als sie mir die Tür öffnet, wird mir fast schlecht. Sie ist in Jeans und T-Shirt! Mit freischwebenden Brüsten. Zugegeben, sie hat wunderbare Brüste, sie würden Bahia alle Ehre machen. Doch mir bleibt förmlich die Luft weg. Ich lasse mich auf ein Sitzkissen fallen. Nicht die leiseste Andeutung von Büstenhalter! Wie kann dieses Mädchen mit seinen wunderschönen Brüsten nur so gemein sein. Was hätten Sie an meiner Stelle getan? … Es gibt Augenblicke, da frage ich mich, ob nicht die Gemeinheit an sich – ich spreche, wohlgemerkt, von der Gemeinheit der Frauen – und meine absolute Verachtung dieser Gemeinheit, ob nicht das es war, was mich zum Töten veranlaßt hat, dazu, Leben zu beseitigen, die ich unter anderen Umständen gerne geliebt und verehrt hätte, Frauen, vor denen ich mich gerne auf die Knie geworfen hätte, bis der Tod mich hinterrücks erwischt hätte und mein Schädel auf dem Boden aufgeschlagen wäre. Dann hätten sie ihren Büstenhalter ausziehen und endlich durchatmen dürfen.

Ich schreibe weder zu meinem Vergnügen noch, um damit Geld zu machen. Ich bin reich, und ich bin berühmt. Mit meinen vierzig Jahren befinde ich mich im Herbst meines Lebens. Man könnte auch sagen: im Winter. In einem langen, unendlich langen Winter, ohne Sonnenauf- und Sonnenuntergang. Der Zapfenstreich der Sonne betrifft mich nicht mehr, denn meine Netzhaut ist verbrannt: Ich bin den Satinsonnen zu nahe gekommen. Ein gutsitzender Büstenhalter verfehlt seinen Zweck nie, er ist wie eine Granate, die einem in die Fresse kracht, in einer kleinen Bude ist das fatal, man kann einander nicht ausweichen, die Druckwelle ist unerträglich, es bleibt einem nur, sich flach hinzuwerfen. Ich aber blieb stehen, ich saugte das Schauspiel in mich auf, ich ließ die Bilder sich in meiner Netzhaut festsetzen, die Schönheit ist wirklich ein schweres Geschütz, und wir sind unbewaffnet – eine von vornherein verlorene Schlacht. Um es bildlich auszudrücken: Sobald die Büstenhalter mit ins Boot kamen, geriet ich unter Wasser, und sie verursachten hohe Wellen, doch je mehr Wellen ich bewältigte, desto zahlreicher wurden sie – schwarze, weiße, lavendelfarbene, hautfarbene – ich war regelrecht unter Beschuß und strampelte in alle Richtungen, strampelte um mein verpfuschtes Leben, meine zerstörten Träume, bis zu dem Tag als – Erbarmen, Erbarmen mit dem Besessenen – ich sah, daß ich nichts mehr sah, man mich schnappte, zur Polizei mitnahm und ich sie sagen hörte: »Hier. Das ist er. Wir haben ihm das Handwerk gelegt.«

Wie nur hat sich eine schöne Liebesgeschichte in einen Krieg verwandeln können? Wie? Um das zu erfahren, schreibe ich. Ich will nicht, daß es wieder anfängt. Nie wieder. Zuviel Leid. Zu viele unschuldige Opfer. Ich richte diese Worte allein an die Adresse der Frauen: Ihr Frauen seid es, die festlegt, wann die Bombe gezündet wird. Wir Männer haben nur unsere Hände, und unsere Hände sind fiebrig. Nehmt Euch in acht vor der Gewalt der Bilder, die Ihr auf uns abschießt, manchmal sind wir Eurem Angriff nicht gewachsen und bekommen es mit der Angst zu tun, wir fangen an zu zittern, und um dieses Zittern zu beenden, gibt es nur eine Lösung: die Hände um Euren Hals legen und ganz fest zudrücken. Ihr träumt von einem verliebten, einem in Leidenschaft entbrannten, glühenden Verehrer. Ihr müßt lernen, ihn in der Masse der Männer ausfindig zu machen. Wenn Ihr ihm dann bis zu ihm nach Hause folgt oder ihn mit zu Euch nehmt, mit der Absicht, Euch ihm darzubieten – die Frau sieht sich nämlich, und damit liegt sie auch richtig, immer als Geschenk –, dann achtet auf die Einhaltung des Rituals, denn insgeheim erwartet der Mann genau dies: ein Stück Ewigkeit in der Wiederholung des ewig Gleichen.

Ich kann Euch nur abraten, Euch vor den Augen eines Mannes auszuziehen. Für dieses Prozedere gibt es nämlich eine besondere Bezeichnung: Striptease. Beim Gedanken daran bekomme ich Lust zu weinen, er treibt mich in die Flucht.

Auch auf ein Mädchen, das sich ausziehen läßt, bin ich nicht scharf. Eine Frau schält man nicht. Und ausgerechnet Ihr Frauen, die Ihr seit so langer Zeit Gleichheit und Freiheit gegenüber dem Mann fordert, Ihr werdet jetzt plötzlich ganz gefügig, ja sogar ein wenig dümmlich, selbst in den Händen eines Ungeschickten, der sich noch dümmer anstellt als Ihr selbst. Das ist für beide Seiten demütigend. Ihr seid keine Puppen, mit denen wir Männer spielen wollen. Die Liebe ist etwas Ernstes. Sie ist eine Messe, von Euch Frauen zelebriert. Und wenn ich in einer Messe bin, will ich nicht beleidigt werden. Dann verlange ich, daß man meinen Glauben respektiert.

Ihr fragt, wie Ihr es denn sonst anstellen sollt? Ich fühle, daß ich Euch in Verwirrung bringe ... Gut, ich werde es Euch erklären.

Fragen Sie zuerst nach dem Badezimmer. Badezimmer ist nur ein Beispiel, Sie können genausogut nach dem Schlafzimmer fragen, auf den Raum kommt es nicht an, Sie fragen einfach nach einem Ort, an dem Sie ein wenig Ruhe haben, und dann schließen Sie die Tür ab. Eine Frau hat ein Recht auf ihre Geheimnisse, bevor sie die Bühne betritt und alle bezaubert.

Sobald Sie sich vergewissert haben, allein zu sein, ziehen Sie sich aus. Legen Sie Ihre Kleider ab. Alle Kleidungsstücke, bis auf eines, und jetzt muß ich ganz rigoros werden: Behalten Sie den Büstenhalter an! Legen Sie unter keinen Umständen Ihren Büstenhalter ab!

Sie prüfen noch einmal, ob er auch wirklich gut sitzt, und

dann verlassen Sie den Raum. Der Mann, der auf Sie gewartet hat, ist leicht verwirrt. Sie sind nackter als nackt. Sie sind von einer unerhörten Schamlosigkeit, die aber als Ausdruck von Schamgefühl daherkommt. Der Mann sieht nur eines: Ihre verhüllten Brüste. Ihre Brüste regieren die Welt. Ihr nacktes Geschlecht und das zerzauste Schamhaar – Sie haben es noch sorgfältig zerstrubbelt, bevor Sie herauskamen – das ist Gewalt pur. Sie sind der Inbegriff der absoluten Provokation. Sie sind der pure Zwang, der Inbegriff des Wahnsinns. Jetzt zünden Sie eine Zigarette an. Verlangen Sie nach einem Glas. Gehen Sie nicht zu nah an den Mann heran, er soll eine Gesamtansicht haben, ganz allmählich den Boden unter den Füßen verlieren. Manche Frauen, die die Sache mit dem Büstenhalter kapiert haben, zeigen sich erst einmal von hinten. Während sie sich die Bücher seiner Bibliothek ansehen.

Überwältigend, so ein Rücken. Mir fehlen die Worte, um ihn zu beschreiben: den Rücken einer Frau im Büstenhalter. Ich bestehe nur noch aus Erregung. Diese wunderbare Struktur, zwei vertikale Linien, eine horizontale Linie, die sanfte Spannung des Ganzen, das atmet ganz ruhig, das schmiegt sich eng an, das stützt, das schützt. Sie dürfen sich nur nicht bewegen, sich nicht umdrehen, ich kann Ihre Brüste nicht sehen, aber ich denke nur an sie, sie verhöhnen mich, sie machen sich über meine Panik lustig, sie lachen heimlich in ihre Körbchen. Ich komme vorsichtig näher, denn wie könnte man sich einer Frau nicht nähern? Wir wissen alle, daß es nicht vernünftig ist, und doch tun wir es alle, wir tappen in die Falle – anstatt ruhig stehenzubleiben und sie einfach nur zu betrachten.

Das Problem mit den Frauen ist, daß sie lebendig sind. Sie bewegen sich, sie wackeln mit den Hüften, sie gehen hin und her, und wir haben Lust, sie einzufangen. Ist es aber soweit, dann aufgepaßt!, denn jetzt denkt man nur noch an Sex, und wenn es wiederum soweit ist, dann noch einmal Vorsicht!, denn eine Frau verliert schnell jede Kontrolle über sich, sie läßt sich von der Brandungswelle der Lust, von den Stürmen des Orgasmus hinwegtragen, ihr Büstenhalter explodiert förmlich, vielleicht reißt sie ihn sich auch selbst vom Leib, sie schleudert ihn weit von sich, sie will Ihnen unbedingt ihre Brust schenken, so, wie man jemandem sein Leben schenkt, und Sie, ganz verstimmt, Sie betrachten den Büstenhalter dort, auf dem Teppichboden, den armen abgeworfenen Büstenhalter, er hat seine Zauberkraft verloren, denn was ist schon ein Büstenhalter, den nichts mehr ausfüllt? Was soll diese Brust, die man mir zum Mund führt, all das hat keinen Sinn, all meine Prinzipien stürzen in sich zusammen, also hebe ich den Büstenhalter auf und erwürge sie damit! Legen Sie bloß niemals den Büstenhalter ab! Ein unverzeihlicher Fehler!

Ist es Ihnen schon einmal passiert, sich in die feine elastische Borte zu verlieben, die das Körbchen eines hautfarbenen Warner säumt? Mir ja. Und in den kleinen Ring, der den Träger oben am Körbchen festhält? Auch. Und dieses feine Gewebe, das seine Spannung aus den darin festgehaltenen Brüsten bezieht, deren hart gewordene Extremitäten Sie langsam streicheln, doch zugleich streicheln Sie das Gewebe selbst, das seidenweiche, halbopake, halbtransparente Gewebe, es ist weicher und zarter als der Busen selbst …

Ja, ich bin ein Besessener, Sie haben es erraten. Was ich von den Frauen verlange, ist, die Zeit auszudehnen, sie hinauszuzögern, an jenen Punkt zu gelangen, an dem die Lust, die sie mich empfinden lassen – wofür ich ihnen dankbar bin –, vollkommen bewegungslos wird. Dennoch kann ich nicht vergessen, wie unverschämt sie mich jedesmal zu dem Ganzen provoziert haben, denn heutzutage sind sie zu allem fähig, sie laden sich selbst ein, sie legen sich hin, es gibt sogar welche, die tragen Strapse ... Sei's drum. Ich habe ja nichts dagegen, daß man mich provoziert – obwohl ich zuweilen schon gerne einen Abend für mich allein hätte –, aber nur unter einer Bedingung: daß die Provokation, sobald sie ihren Höhepunkt erreicht hat, unbeweglich wird und stagniert, wie eine endlos ertönende Note. Ich fühle mich wie unter einem Zauberbann, nichts darf sich mehr bewegen, und wenn, dann nur ganz langsam, so langsam, daß man diesen langen, immer wieder neu anbrechenden Orgasmus noch morgen, übermorgen, nächstes Jahr spüren würde, bis hin zur Bewußtlosigkeit ... Dann würde ich so sehr geliebt haben, daß mein Herz vor dem Ihren aufgeben würde ...

Es gibt zwei Arten von Orgasmus: den mentalen und den physischen, wobei der erste leider ziemlich rasch den zweiten provoziert. Mein Leben lang habe ich verzweifelt den mentalen Orgasmus gesucht. Ich habe ziemlich wenig ejakuliert. Ich hielt mich enorm zurück, damit sie noch ihr Vergnügen hatten, bevor ich sie wie eine Kerze ausgelöscht habe. Eine Frau, die einen Orgasmus hat, unterscheidet sich kaum von einer Frau, die stirbt. Alles hängt von der Position des Kopfkissens ab. Ob es sich unter oder auf dem Kopf befindet. Spürt sie es auf ihrem Kopf, dann beißt die Frau hinein, sie meint, man habe es ihr wegen der Nachbarn aufgelegt, die ihre Lustschreie nicht hören sollen. Sie bewegt sich ruckartig, nicht anders als sonst. Und bald entspannt sich ihr ganzer Körper. Sie wehrt sich noch ein bißchen, und dann ... nichts mehr. Sie hat vom Leben genug, im wahrsten Sinne des Wortes.

Bei einigen ist es mir passiert, daß ich ihnen danach den Büstenhalter wieder angezogen habe, weil er einfach zu schön war. Einen Chantelle. Oder einen Aubade. Obwohl man ihn in dem ganzen Durcheinander im Zimmer nur schwer finden konnte. Manchmal lag er einfach unter dem Bett. Ich holte ihn hervor und zog ihn ihr vorsichtig an. Sie war gefügig geworden, die Dame. Sehr keusch. Überhaupt nicht mehr animalisch. Sehr viel mehr mein Stil als vorher. Ich fühlte mich schon fast wieder schwach werden. Aber eine tote Frau zu vögeln, selbst wenn sie noch warm ist, das ist doch nicht ganz das Wahre, ach, das Leben ist eben kompliziert. Ich habe sie zum Beispiel gebeten, mich in ein Frauengefängnis zu stekken, aber sie haben abgelehnt. Nun gut. Aber ein Blinder! Was sollte ein Blinder den armen Knastschwestern schon antun, diesen hartgesottenen Frauen, die fähig sind, zu töten, Frauen mit so riesigen Büstenhaltern, daß man sie als Kissen benutzen kann, und wenn man sich draufsetzt, merken sie es nicht einmal, sie setzen ihr höllisches Pokerspiel fort, bei dem die Verliererinnen gezwungen sind, den Gewinnerinnen die Pussy zu lecken, und mir bleibt dann nur, die benutzten Tampons aufzusammeln. Das ist die Rache Gottes: Du wirst im Blut deiner Opfer enden.

Ich sollte aufhören, nur noch vom Thema Büstenhalter zu reden, aber es ist einfach unerschöpflich, es ist das gleiche wie bei einem Maler, mit dem man sich über Malerei unterhält – wir Künstler sind eben Besessene. Und die Frauen, die sind auch Besessene. Deren Besessenheit besteht darin, sich ein Leben lang hingeben zu wollen. Ich aber kürze ihr Leben ab. Das ist man sich als Künstler schuldig: Ich zerreiße einfach meine Skizzen. Einmal habe ich eine Dessousladenbesitzerin in den Arsch gefickt. Wie es dazu kam? Es fing an mit einem Bild der Vollkommenheit: Ich hatte in einer Kleinstadt zu tun, lief durch eine kleine Straße, war guter Laune, wie der heranbrechende Frühling, plötzlich, was sehe ich? Ein Juwel von einem Dessousgeschäft, der Laden meiner Träume, etwas zurückgesetzt, mit blankgeputztem Firmenschild, mit holzgerahmtem Schaufenster, Spitzenvorhängen, goldenen Buchstaben auf den Scheiben. Und erst die Inhaberin des Geschäfts! Wie lässig sie sich, mit der anmutigen Reife ihrer sechzig Jahre, auf ihre Ladentheke stützte! Sie wartete förmlich darauf, genommen zu werden. Ich habe die Tür aufgemacht, das Türglöckchen zum Erklingen gebracht und sie einfach in den Arsch gefickt. Was sagen Sie dazu?

Meine Gutachter sind sprachlos. Ich höre, wie sie auf ihre alten Stenoblöcke kritzeln.

»Finden Sie es denn normal, eine Dessousladenbesitzerin in den Arsch zu ficken?«

ERSTER GUTACHTER: »Absolut normal.«

ZWEITER GUTACHTER: »Ich ficke auch regelmäßig Dessousladenbesitzerinnen in den Arsch.«

DRITTER GUTACHTER: »Also ich persönlich bevorzuge Apothekerinnen.«

ERSTER GUTACHTER: »Jetzt hört doch auf, euch über Lieblingstätigkeiten zu streiten! Das ist doch nichts als die alte Männerphantasie von der Geschäftsfrau! Welcher Mann hat nicht einmal davon geträumt, in der ersten Etage, im großen, ungemachten Doppelbett herumzulungern, während die Dame seines Herzens im Erdgeschoß ihren Geschäften nachgeht, Posamenten oder Medizin verkauft?«

ZWEITER GUTACHTER: »Und Schlag Mittag, nachdem sie die Eisengitter heruntergelassen hat, hören Sie, wie sie langsam die Treppe hochkommt, und Sie wissen genau, daß sie sich jetzt schon alles Überflüssigen entledigt, den Arbeitskittel, den Rock, die Bluse abstreift, daß sie, wenn sie ins Zimmer treten wird, nur noch ihren Hüfthalter anhat, oder besser, ihre Miederhose mit dem Hakenverschluß zwischen den Beinen, den sie schon aufgehakt hat, um schnell das ihr Zustehende zu bekommen, die Erektion des Geliebten nämlich, der bereits seit neun Uhr morgens da oben gewartet hat, ihr könnt euch vorstellen, wie steif er war ...«

»Woher wissen Sie, daß sie einen Hüfthalter anhatte?« frage ich die Gutachter.

»Wer?«

»Meine Dessousladenbesitzerin.«

ERSTER GUTACHTER: »Alle Dessousladenbesitzerinnen tragen einen Hüfthalter.«

DRITTER GUTACHTER: »Apothekerinnen übrigens auch.«

ZWEITER GUTACHTER: »Ein Korselett Typ ›Doreen‹ oder ein ›Zauberkreuz‹.«

ERSTER GUTACHTER: »Ich persönlich bevorzuge Doreen, bei dem sind die Körbchen halbtransparent.«

DRITTER GUTACHTER: »Ja, aber nach einem langen Tag ist das Zauberkreuz-Modell einfach frischer. Es wirft im Kreuz nicht so viele Falten.«

ZWEITER GUTACHTER: »Das ist alles eine Frage des Klimas.«

DRITTER GUTACHTER: »Hundstage sind eben nichts für Hüfthalter.«

ERSTER GUTACHTER: »Genausowenig wie Züge.«

ZWEITER GUTACHTER: »Wirklich gut geht es einem Hüfthalter nur in der Ehe.«

DRITTER GUTACHTER: »Wieso?«

ZWEITER GUTACHTER: »Wegen des Walzers.«

Je mehr mich meine Gutachter als normal beurteilen, desto mehr sehe ich die Aussicht auf mildernde Umstände schwinden.

»Könnten Sie denn nicht wenigstens ein bißchen was bei mir finden?«

EINER DER GUTACHTER: »Wir bemühen uns ja und suchen, aber all Ihre Reaktionen, und ganz besonders die in schwierigen Situationen, scheinen uns exemplarisch zu sein.«

»Exemplarisch wofür?«

EINER DER GUTACHTER: »Für Ihre Kaltblütigkeit.«

Ich bin verloren. Mein ganzes Leben lang bin ich verloren gewesen, aber heute schlage ich alle Rekorde in Sachen Verlorenheit. Lebenslänglich wird das Minimum sein, was ich erwarten kann, und womöglich kriege ich sogar noch mehr. Angeblich soll man eigens für meinen Fall in Erwägung ziehen, die Todesstrafe wiedereinzuführen. Im Radio ist von Massen, jedenfalls von Tausenden von Leuten die Rede, die meinen Skalp wollen, übrigens spricht man im Radio nur noch von mir, unaufhörlich kommen Spezialisten zu Wort, die sich mit meinem Fall beschäftigen, und es gibt Diskussionen über Diskussionen, das Telefon steht nicht still, die Telefonanlagen drohen zu explodieren, ein Typ aus Brest verdammt mich in Grund und Boden, die Polizei muß sich gegen den Vorwurf verteidigen, ihre Arbeit nicht getan zu haben, keine Frau traut sich mehr, einen Büstenhalter zu kaufen, die Trikotagenindustrie befindet sich im freien Fall, in Cambrai haben die Leute in der Fabrik die Arbeit niedergelegt. Ach, wenn ich an all die Mädchen denke, die jetzt arbeitslos sind, meine wunderbaren kleinen Arbeiterinnen, die sich in ihren Nylonkitteln über ihre Maschinen beugen, und Sie dürfen raten, was ich unter den Nylonkitteln sehe – in allen Fabrikräumen habe ich die Heizung etwas stärker aufdrehen lassen, damit es ihnen so richtig heiß wird –, richtig, darunter tragen sie nicht mehr als ihren BH, einen billigen BH, den schönsten aller BHs: den C&A-BH, den man gleich stapelweise kauft und der keine Umstände macht, er beschränkt sich einfach darauf, erhaben zu sein. Ich stellte mich hinter jede einzelne von ihnen, immer geschniegelt und gebügelt, mit Fliege und Manschettenknöpfen, geliebt und respektiert, ein strenger, aber gerechter Chef, und niemals rührte ich sie an, jedenfalls nicht während der Arbeit, ich beugte mich nur über sie und vergewisserte mich, daß ihre Brüste, die ich im Ausschnitt ihres Kittels erblickt hatte, vom BH auch richtig gestützt wurden, denn wenn ich sie dann bald lieben würde ... In der Büstenhalter-Fabrik trugen alle Mädchen einen Büstenhalter, und zwar in der richtigen Größe, mit korrekt sitzenden Trägern, und irgendwann einmal kam jede einzelne von ihnen in mein Büro und ging berauscht wieder hinaus, in der Büstenhalter-Industrie nimmt keine Frau ihren Büstenhalter ab, denn warum sollte sie sich dann die Mühe machen, welche herzustellen?

Niemals habe ich eine meiner Arbeiterinnen getötet. Ich war ihr Fürsprecher, ich kannte all ihre Geheimnisse, sie erzählten mir von ihrem mühevollen Alltag, von den Enttäuschungen mit ihrem Macker, dem ständig kranken Kind, der alten bettlägerigen Mutter, die keiner im Haus haben wolle, gut, dann bliebe eben nur das Pflegeheim ... Niemals hat mich eine von ihnen um eine Gehaltserhöhung gebeten. Sie hätten die Situation ausnutzen können, denn ich lag ihnen zu Füßen. Besonders der Betriebsrätin, mit ihren C-Körbchen. Ginette hieß sie. Ich liebte ihren schielenden Blick. Beim Orgasmus fing sie immer an zu weinen, dann tröstete ich sie mit Schokolade, besonders gern mochte sie die Marke Côte d'Or. Und ich liebte es, sie wieder anzuziehen. Ihren Kittel wieder zuzuknöpfen. Ihre Spalte sorgfältig mit Kleenex-Tüchern abzuwischen. Als Direktor mit zwischenmenschlichen Kontakten hat man einen hohen Kleenex-Verbrauch. Sie nannten mich Monsieur Baudouin. Manchmal gönnte ich mir den Spaß und versteckte ihr Höschen. Herrlich, die Panik, wenn sie wieder gehen wollten:

»Mist, ich kann meinen Schlüpfer nicht finden!« Und sie suchten überall, unter dem Schreibtisch, in den Schubladen …

»Beeil dich«, sagte ich dann, »du mußt wieder an die Arbeit, das Leben besteht nicht nur aus Vergnügen.«

»Monsieur Baudouin«, gaben sie zurück, »Sie sind widerlich!« Und mit hocherhobenem Kopf gingen sie hinaus, ein letztes komplizenhaftes Lächeln auf den Lippen, glücklich darüber, sich zittern und beben gespürt zu haben, und darüber, daß das Leben auch für sie vorgesehen hatte, den Befehlen eines Mannes Folge zu leisten, der nur eines verlangte: daß Frauen Humor haben.

Diese Mädchen gehörten zu einer ganz besonderen, verrückten Kategorie. Sie hielten die Welt für mich in Bewegung. Sie verzauberten mein Leben. Manchmal, nach Arbeitsschluß, nahm ich mein Motorrad und mischte mich unter sie, wenn sie scharenweise mit ihren Mopeds das Fabrikgelände verließen. Bald hatte ich es geschafft, mich an die Spitze dieses Mopedschwarms vorzuarbeiten, und dann machten wir zusammen Spritztouren in die umliegenden Dörfer. Mit fünfzig Mädchen fiel ich in friedliche Bistros ein, wo einige Alte in Ofennähe Karten spielten und dabei ihre Dunkelbierschoppen schlürften. Wir zogen unsere Daunenjacken aus, schalteten Musik ein und bestellten etwas zu trinken. Der Wirt war regelrecht in Panik, denn die Mädchen schoben jetzt auch noch die Tische beiseite und begannen zu tanzen, ich klatschte im Takt dazu, die Kartenspieler hörten auf zu spielen und machten große Augen, und vor Verblüffung fielen ihnen die Pfeifen aus dem Mund, als ich ihnen die Büstenhalter zeigte und ihnen erklärte: »Das hier, siehst du, ist ein Scandale. Perfekt geformte Körbchen, kleine Zackenlitze. Das hier ist das Modell Valisère. Und das ist ein anschmiegsamer Huit! Wir stellen zur Zeit viele superelastische Modelle her.« Die Alten nickten zustimmend: »Das ist wirklich hübsch«, sagten sie. Sie sahen zufrieden aus. Wir alle waren zufrieden. Jeder vergaß für einen Moment seine Sorgen und sein ganz privates Unglück. Wahrscheinlich war die Zeit, als ich in der Fabrik gearbeitet habe, die einzige glückliche Zeit meines Lebens.

Leider hat man zweihundertzwanzig Frauen bald durch, zumal keine mir gehörte, alle hatten sie ihr eigenes Leben, ihre täglichen Pflichten, ihre Kinderkrippe, die Abendmahlzeit, die zubereitet werden mußte, ganz zu schweigen vom arbeitslosen Ehemann, dem sie mit neuer Reizwäsche und Jungmädchen-Verliebtheit wieder Mut machen mußten, es blieb ihnen nicht einmal Zeit, um im Fernsehen ihre Lieblings-Show zu sehen. Also ging ich am Abend zurück in mein Hotel, dessen Chefin, Madame Rougerie, sich immer in einen Aprila von Lejaby zwängte, den sie statt in 95 B besser in 90 C nehmen sollte, vor allem, wenn sie darüber diesen erdbeermatschfarbenen Angorapulli trug. Sie begrüßte mich mit einem herzlichen »guten Abend, Monsieur Treuttel«, gefolgt von »es war ja auch Zeit, daß wir mal wieder einen schönen Tag kriegen« oder »also wirklich, dieser Schnee reicht einem jetzt«, je nach Saison. Ich ging also hoch in mein Zimmer, dem schönsten im ganzen Hotel, was in diesem Fall nicht viel heißen will, und nahm ein Bad, wie einer, der sich bereitmacht, auszugehen. Wohin ich gehen würde, wußte ich nie, aber ich fand mich jedesmal am gleichen Ort wieder, und genau da würde ich auch sicher jetzt wieder hingehen. In die Hölle.

Ich holte meinen Mercedes, ein Wagen wie für die Nacht gemacht, schob eine CD in den Player, irgend etwas Unverfängliches, *Besame mucho* zum Beispiel, in der Version von Petrucciani, und raste meinem Rendezvous entgegen, von dem ich weder Ort noch Stunde kannte, zu dem ich aber immer pünktlich erschien.

Mein Rendezvous mit einem BH. Heute abend habe ich Lust auf einen Gossard. Einen G7 von Gossard, den gefährlichsten Büstenhalter der Welt. Warum er gefährlich ist? Das werden Sie gleich sehen, wenn Sie ihn vor sich haben. Vorerst allerdings muß ich ihn erst noch auftreiben. Ich fahre in Richtung Belgien. Ich streife Valenciennes und schlage Richtung Mons ein, es ist neblig, viele Lastwagen sind unterwegs, ich passiere den französischen Zoll und bleibe am belgischen stehen. Die Zollbeamten begrüßen mich mit: »Nun, Monsieur Treuttel, machen wir wieder eine kleine Spritztour?« Ich biete ihnen einen Schluck Genever an. Davon habe ich immer etwas bei mir, in einem kleinen silbernen Flachmann. Manchmal kann so ein Schluck wieder alles ins Lot bringen. Außerdem entfrostet Genever die Windschutzscheibe. »Keine besonderen Vorkommnisse?« frage ich die Zollbeamten.

»Nein. Nichts Besonderes. Wir sind gerade dabei, eine Frau zu durchsuchen, aber sie hat nichts bei sich.«

»Weshalb durchsucht Ihr sie dann?«

»Wir hatten einen Hinweis.«

»Kann ich einen Blick auf sie werfen?«

»Ja, aber Sie werden enttäuscht sein.«

Die Beamten führen mich in einen Raum, der nach Tabak und Bier riecht. Der Durchsuchungsraum befindet sich genau gegenüber von einem Einwegspiegel. Eine Frau in Slip und Büstenhalter steht sich die Beine in den Bauch, während zwei echte Matronen das Futter ihrer Kleidung auftrennen. Sie wirkt nicht gerade erfreut und zieht nervös an einer Zigarettenspitze. Sie ist der Typ abgetakelte Schönheit, ein Denkmal, mit dem Unterschied allerdings, daß sie die Renovierungskosten nicht von den Steuern absetzen kann. Sie trägt – Sie haben es sich schon denken können – einen La Perla. Bei einem Hüfthalter wäre es nicht möglich, so einfach die Marke zu erraten. Neonlicht als Boudoirbeleuchtung zeugt nicht gerade von großem Geschäftssinn. Ich bedanke mich bei den Zollbeamten und fahre weiter. Fahre zu einem großen Parkplatz, weiter drüben, dahin, wo Unmengen von Lastwagen stehen, und das bedeutet automatisch: Anhalterinnen. Ich schlängele mich zwischen den Brummis durch und bleibe mucksmäuschenstill zwischen zwei völlig dunklen Kühlwagen stehen. Man könnte meinen, die machen da drin ein Nikkerchen. Das will ich mir doch einmal genauer ansehen. Also steige ich aus und gehe durch den Nebel. Ich halte mein Ohr ganz nah an die Kabinen. Manchmal knarrt etwas, und jemand schlägt um sich. Ich fühle mich an die Nacht erinnert, als ich einmal auf einem anderen Parkplatz ein Mädchen vor einer Vergewaltigung bewahrt habe. Sie war mit ihrem Kleiderbündel aus der Kabine herausgestürzt, und ihre Wäschestücke wurden ihr von einem stinkwütenden Typen um die Ohren geschleudert. Ich hatte gerade noch Zeit, einen hübschen Triumph zu erkennen, das Modell Amourette 170 – kein Wunder, daß der Kerl so zornig geworden war. Das zu tragen, wenn man Anhalterin spielt, heißt wirklich, die Provokation auf die Spitze zu treiben.

Das Mädchen war noch sehr jung. Sie heulte schrecklich. Sie hatte gerade noch ihren BH erwischt, der ganze Rest war dreckig und zerrissen. Sie stieg zu mir in den warmen Mercedes, ohne sich auch nur die Frage zu stellen, ob ich wirklich der Retter war, auf den sie gewartet hatte. Wir fuhren los.

»Wohin willst du?« fragte ich.

»Amsterdam.«

Also fuhr ich sie bis nach Amsterdam. Am Stadtrand setzte ich das Mädchen vor einem Lastkahn voller Gitarren spielender und singender Typen ab.

Ich hatte sie nicht angerührt. Sie bedankte sich herzlich bei mir, und ich gab ihr meine Karte. Drei Monate später habe ich sie umgebracht. Sie hatte mich in der Fabrik angerufen, sie sei in Arras und brauche Kohle. Im Hôtel de la Gare habe ich sie dann wiedergetroffen. Die dumme Gans hatte ihren BH vergessen. Sie hat wohl geglaubt, ihre nackten Brüste wären Ausweis genug. Beim Vorbeifahren eines Schnellzugs ist sie gestorben.

Natürlich habe ich Komplizen. Überall habe ich Komplizen. Ich habe zu all meinen Einzelhändlern sehr persönliche Verbindungen, vor allem zu den Einzelhändlerinnen, sie haben mit meinem Schwanz Bekanntschaft gemacht damals, als ich noch Vertreter war, ja, ich habe ganz unten auf der Leiter angefangen, und jetzt führe ich den Laden, meine einzigen Chefs sind die Aktionäre, aber meine Einzelhändler habe ich behalten, die schlagen mir keinen Gefallen ab, denn ich gewähre ihnen enorme Preisnachlässe, besonders den Kleinen, denen ich helfe, gegenüber den Großen zu bestehen, ich bin großzügig zu ihnen, lasse ihnen Rechnungen mit sechs

Monaten Zahlungsziel ausstellen. Als Gegenleistung notieren sie für mich die Namen aller Mädchen, die bei ihnen einen BH kaufen: »Geben Sie mir bitte Ihre Adresse, Mademoiselle? Wir schicken Ihnen dann eine Einladung für den Schlußverkauf ...« Und an Abenden wie diesem, wenn ich nichts Besonderes vorhabe und die Lust übermächtig wird, rufe ich sie an und gebe meine Bestellung durch: »Einen Gossard! Modell G7! Keinen opaken 680! Farbe? Saharafarben!«

Ein paar Minuten später bin ich schon unterwegs zu einer Adresse in Namur. Mein Informant weiß von dem Mädchen nicht mehr, als daß sie Brüste wie Granaten hat und sehr sexy ist. Im übrigen sind die Mädchen, die einen Gossard kaufen, alle ziemlich geil und lieben die Gefahr. Besonders diejenigen mit dem Modell G7. Transparenter geht's nicht mehr. Wirklich wie eine zweite Haut. Er ist unter dem Pulli unsichtbar, gibt einem das Gefühl, nackt zu sein, zieht man aber den Pulli aus, so entblößt man das Höchstmaß an Schamlosigkeit, ein Büstenhalter, wie für den Polizeibericht gemacht.

Hinter der Adresse, die man mir gegeben hatte, verbirgt sich eine alte Ziegelbaracke, wie man sie häufiger im Flachland findet. Alle Fenster sind dunkel, bis auf eines in der ersten Etage. Das ist sie. Ich höre Musik. Ich sehe, wie sie hin- und hergeht. Man spürt förmlich, daß sie auf ihren Macker wartet. Auch ich werde warten. Ich verstecke mich in einer dunklen Ecke. Es ist zehn Uhr abends, und ich habe die ganze Nacht vor mir. Den Gossard muß man sich verdienen, der wächst nicht auf Bäumen. Ich habe Geduld im Überfluß. Leiden für einen Gossard! Kann es eine schönere Strafe geben?

Ich denke an meine Anfänge zurück, als ich noch Handelsvertreter war, was für eine wunderbare Zeit! Wie leicht waren meine Koffer mit den Büstenhaltern, sie ließen mich förmlich schweben ... Auf die Frage, welches Gebiet ich mir wünsche, hatte ich geantwortet: »Ich will Belgien.«

»Belgien ist aber nicht frei, wir haben dort schon einen sehr guten Vertreter.«

»Ich werde besser sein als er. Ihr könnt ihn doch in den Süden versetzen ...«

Die damalige Direktorin hieß Mère Libourne. Nachdem man sie tot aufgefunden hatte, habe ich ihre Stelle übernommen. Ich setzte sie gewaltig unter Druck, vor allem im Bett. Wenn sie auf mir ritt, ließ ich sie hüpfen wie einen Kreisel. »Belgien!« rief ich. »Belgien oder ich haue ab!«

Sie hielt sich für die Stärkere und lachte laut auf: »Du abhauen? Ich werde dich rausschmeißen, du Idiot! Was gibt es Erotischeres als Frauen, die Macht haben! Ich wette, du findest mich toll!«

Da war sie aber gewaltig auf dem Holzweg, die Gute, mit ihrem Bodystring, den sie bei Crazy gekauft hatte. Durch ihre Möse habe ich es zu etwas gebracht, Schluß Punkt aus. Ich habe meine Drohung ausgeführt, habe sie einfach abgeschüttelt. Überrascht war sie, die kleine Dame. Fühlte sich wohl etwas einsam. Wo ist dein Ding? Sie suchte es überall: in meinem Hosenschlitz, zwischen ihren Schenkeln – es war einfach verschwunden! Da verpaßte sie mir zwei Ohrfeigen: »Kein Vertreter hat mir so etwas je angetan.«

»Wann fange ich mit Belgien an?«

»Morgen!«

Und sofort war ich wieder für sie da. Erneut bestieg sie ihr

Pferd und legte einen wilden Ritt hin. Sie stieß ein wahres Kriegsgeheul aus und griff dann zum Hörer: »Rufen Sie mir Hirson!«

Hirson kam: »Madame hat nach mir gefragt?«

»Sie fahren noch heute abend nach Montauban! Geben Sie Rotten Bescheid, daß er gefeuert ist! Und sorgen Sie dafür, daß er sein noch ausstehendes Gehalt bekommt!«

Ein Orgasmus vom Typ explodierende Zentralheizung, ein echter Kurzschluß – im übrigen fing es auch an, nach Angebranntem zu riechen –, hat dem Ganzen ein Ende gemacht, und am nächsten Tag nahm ich Belgien in Angriff. Brüssel, Lüttich, Charleroi. »Guten Tag! Maison Bel Canto! Der Körper einer Frau ist Musik!« Mit diesen Worten betrat ich die Geschäfte, die zu meinen Kunden gehörten. Ich schaffte es immer, genau eine Viertelstunde vor Ladenschluß dazusein. Man empfing mich jedesmal mit ausgesuchter Höflichkeit. Immerhin ein großes Haus, unser Bel Canto. Ich präsentierte den Händlern meine Waren: Cavatine! Passacaille! Sarabande! Das Neueste vom Neuen, und natürlich auch die großen Klassiker: das Bustier Da Capo, dem aktuellen Zeitgeschmack angepaßt, das Miederhöschen Chaconne, das einen die Augen niederschlagen läßt, den Body Mélomane, der einem Lust macht, Arpeggio zu spielen ... Schnell war es sieben Uhr. Die Dessousladenbesitzerin – häufig sind es Frauen, die diesen Beruf ausüben, denn, unter uns, einen Büstenhalter aussuchen, Körbchen vergleichen, sehen, ob ein Busen gut verhüllt ist, ist zwischen Personen des gleichen Geschlechts einfacher – die Dessousladenbesitzerin also, eine Frau, die daran gewöhnt ist, nacktes Fleisch zu sehen, zog den Eisenrolladen vor dem Schaufenster herunter und öffnete ihr Bestellbuch. In diesem Moment stellte ich ihr die Frage: »Und Sie, verehrte Madame van den Pont, welches Büstenhaltermodell tragen Sie?«

Sie reagierte ein wenig verlegen: »Also, das heißt ... ich probiere alle Marken einmal ...«

»Nein, ich meine, jetzt, in diesem Moment, in dem ich mit Ihnen spreche, welchen Büstenhalter tragen Sie jetzt?«

»Einen Rosy Fleurs à Corps ...«

»Würden Sie ihn mir zeigen?«

»Weshalb sollte ich ihn Ihnen zeigen?«

»Er steht Ihnen nicht, und ich möchte wissen, weshalb.«

»Was heißt das, er steht mir nicht?« Sie hebt ihr Strickoberteil hoch und betrachtet sich im Spiegel: »Er steht mir gar nicht schlecht!«

Ich nähere mich ihr von hinten: »Das ist ein 95 C?«

»Ja ..., ich denke schon ...«

»Sie brauchen ein D-Körbchen, damit Ihr Busen sich richtig entfalten kann ... Mit der C-Größe erdrücken Sie ihn, auch wenn Sie glauben, ihn zu heben. Ergebnis: Sie machen ihn platt, und er verliert jede Wirkung ... Hier: Versuchen Sie das, das ist ein Modell wie für Sie geschaffen, der neue Vibrato, eine Hymne auf die reife Frau ...«

Sie zieht ihren BH aus: »Aber mein Gott, was tue ich da?«

»Ihre Brüste sind wunderbar!« Ich streife ihr einen Vibrato über, hake ihn im Rücken zu, passe ihr die Körbchen an, rücke das ganze Zeug zurecht: »Also, das ist einfach herrlich, Ihre Brust atmet, sehen Sie, wie sie atmet, wie sie auf die zärtliche Berührung antwortet, man könnte fast meinen, sie sei die eines jungen Mädchens, vibrato, vibrato ... Haben Sie zum Abendessen schon etwas vor? Haben Sie Lust, mit mir zu schlafen? Habe ich das Recht, Sie zu begehren?«

Die Frau ist völlig durcheinander: »Mein Mann ist erst vor kurzem verstorben ...«

»Nun, ein Grund mehr, Kummer ist dazu da, vertrieben zu werden ...«

Nie habe ich eine Geschäftsfrau getötet. Diese Frauen haben nämlich etwas begriffen: daß sie die Blicke der Männer für sich gepachtet haben. Ihre Auslagen sind voll teuflischer Geheimnisse. Die Frau fühlt sich dort zu Hause, der Mann tritt mit weichen Knien ein. Eine Welt mit einer unerhörten Gewalt. Ich bin schon in Tränen ausgebrochen bei dem Gedanken, daß ich niemals eine Frau sein werde. Daher die Lust zu töten. Aus der Unmöglichkeit heraus, dieses außergewöhnliche Glück zu teilen: eine Frau zu sein, Brüste zu haben, die gestützt werden müssen, in eines dieser Geschäfte zu gehen, um einen Büstenhalter zu kaufen, sich in Unterwäsche in den Händen einer Fachfrau wiederfinden, der Dessousverkäuferin, die mir eines der Modelle besonders empfiehlt, ein zauberhaftes Modell, mit gepolsterten Körbchen, sehen Sie doch nur, wie schön es ist, kommen Sie, wir stellen die Träger ein wenig enger, die Hand der Verkäuferin spaziert einem über die Haut, Sie sehen sich diese Hand, die Hand der Verkäuferin, genauer an, denn sie läßt Sie erschauern, wie viele Frauen, fragen Sie sich, mag diese Hand schon berührt haben, mit ihren Sommersprossen und den langen beringten Fingern, wieviel muß diese Hand darüber wissen, wie es ist, eine Frau zu sein, eine Frau zu sein bis in die Brustspitzen, Sie bewundern diese Hand, Sie wollen, daß diese Hand Sie nicht nur anzieht, sondern Sie auch entblößt, Sie durchforscht, Sie zum Schreien bringt ... Wie soll man die Hand dieser Dessousverkäuferin schätzen können, wenn man keine Frau ist, sondern ein Mann? ... Natürlich spüre ich ab und zu die Hand einer Dessousverkäuferin um meinen Schwanz, ich sage nicht, daß das schlecht ist, manchmal nimmt sie ihn auch in den Mund, Dessousverkäuferinnen, vor allem die belgischen, sind gut im Blasen ... Ach, Mist! Was ist das für eine grobe Vorstellung! Einer Frau, die den ganzen Tag Spitzen verkauft, würde man doch wahrlich lieber etwas anderes in den Mund stekken!

ERSTER GUTACHTER: »Sind Sie homosexuell, Monsieur Treuttel?«

»In mir ist etwas erschreckend Feminines, das entsetzlich verzweifelt darüber ist, in einem Männerkörper zu stecken.«

ZWEITER GUTACHTER: »Wären Sie lieber als Frau geboren?«

»Natürlich.«

DRITTER GUTACHTER: »Um sich den Männern hinzugeben?«

»Kommen Sie mir nicht mit Alpträumen.«

ERSTER GUTACHTER: »Erklären Sie das genauer, Monsieur Treuttel. Wir haben Mühe, aus Ihnen schlau zu werden.«

»Am liebsten wäre ich Lesbierin geworden! Ahh, so ganz in der Weiblichkeit ertrinken! Mit einer Freundin leben! Ihre BHs mopsen!«

ZWEITER GUTACHTER: »BHs welcher Marke?«

»Gossard! Den feinmaschigen G7, durchschimmernd und perlmutterglänzend! ... Einmal habe ich mich zwei Stunden in der Umgebung von Namur herumgetrieben und mir in meiner Karre fast den Arsch abgefroren, nur um ein Mädchen zu sehen, von dem ich vermutete, daß es unter seiner wollenen Wickelbluse einen Gossard trägt!«

Zurück nach Namur. Da, ihr Macker, der sie abholt. Gutaussehend, jungenhaft, fährt einen GTI. Er hupt, der Verstärker dröhnt. Er legt einen Blitzstart hin. Ich folge den beiden. Es hat sich gelohnt, zu warten, das Mädchen ist wirklich atemberaubend. Sie hat die Schönheit jener einfachen Mädchen, deren Lächeln eine ganze Straße zum Leuchten bringen kann. Eine kleine Schnute mit katastrophalem Effekt. Sie trägt einen nach unten ausgestellten Rock und eine Wickelbluse, die vorne geknotet wird. Als sie zum Auto lief, habe ich darin ihre Brüste auf und ab hüpfen sehen. Unmöglich zu sagen, ob sie wirklich einen Gossard trägt. Und das ist auch das Schreckliche am Gossard: Er ist so konzipiert, daß man nie genau weiß, ob man es mit ihm zu tun hat oder nicht.

Ich folge den beiden bis Brüssel. Sie gehen in eine Kneipe, in der sich junge Leute zu treffen pflegen. Sagen allen »hallo«. Das Mädchen heißt Sandrine, der Typ Thibaut. Ich stehe mit einem Scotch an der Bar und sehe dem Mädchen beim Tanzen zu. Also, es müßte eigentlich ein Gossard sein. Alle in der Kneipe schauen auf ihre Brüste. Solche Brüste zu haben müßte verboten werden. Oder aber man müßte den Gossard verbieten.

Ich habe einmal einen Dessousladenbesitzer gekannt, der seit acht Jahren keinen Büstenhalter verkauft hatte. Er sah auch so abstoßend aus, daß keine Frau sein Geschäft zu betreten wagte. Da trat ich auf den Plan: »Das Haus Bel Canto wird Ihnen helfen«, sagte ich, und ich schickte ihm einige verführerische Kundinnen, die allesamt in unserem Haus schon Modelle vorgeführt hatten. Sie paradierten in einem Milordine oder einem Gavotte direkt in seinem Schaufenster und benutzten die Straße als Spiegel. Im Handumdrehen hatte sich das in der kleinen Stadt herumgesprochen, und Leute sammelten sich vor dem Fenster, zuerst natürlich die Blagen, dann deren Mütter, die ihnen eine Ohrfeige verpaßten, dann Typen, die drohten, die Polizei zu rufen, und schließlich gesellte ich selbst mich auch noch dazu, um diese wiederum zu beschimpfen und ihnen zu sagen, die Polizei solle sich lieber darum kümmern, Mörder nicht länger frei rumlaufen zu lassen, und sie selber täten besser daran, ihre Frauen ordentlich zu vögeln, denn wenn sie sie besser vögelten, würden weniger Leute umgebracht, und da, in diesem Moment, trat eine Frau in den Laden und sagte: »Ich möchte denselben String wie Mademoiselle.« Wir brachen alle in Lachen aus, nur sie nicht, sie blieb ganz ernst: »Kann ich mal erfahren, weshalb Sie das so lustig finden?« ... Verlegenes Schweigen. Wir wagten nicht, es ihr zu sagen. Sie war eine füllige Frau, gut, aber das war nicht das schlimmste. Das schlimmste war ihr Kopf ... »Warum haben Sie jetzt aufgehört zu lachen?« fragte sie. »Man könnte fast meinen, Sie haben vor etwas Angst ... Ist es mein Kopf, der Ihnen angst macht? Sie denken, das ist ein Kopf, der kein Verlangen weckt? Warten Sie nur, ich zeige Ihnen ein Geheimnis ...« Und schon ist sie dabei, sich auszuziehen. Schwupp, reißt sie sich das Kleid vom Leib. Plötzlich sehe ich sie vor mir, wie eine Erscheinung! Ich habe jetzt endlich eine Erklärung für meinen Schmerz. Sie trug einen enormen BH mit gewaltigen Bügeln, einer, der für die großen Stürme des Lebens geschaffen ist, das Modell war mir nicht bekannt, aber es war von einer so betäubenden Gewalt, daß ich wußte: solange diese Frau am Leben wäre, würde ich ihr Sklave sein. Sie schien etwas gemerkt zu haben, denn sie kam näher zu mir heran: »Jeden beliebigen Sackträger«, sagte sie und drückte mir ihre Riesenkörbe ans Herz, »bringe ich dazu, mich um Verzeihung zu bitten.«

»Ich bitte im voraus um Verzeihung«, sagte ich.

»Ich erwarte dich um zwanzig Uhr fünfzehn. Hier, meine Adresse.« Sie hielt mir ihre Karte hin. »Du kannst schon mal deine Tränendrüsen und deine Prostata vorbereiten.«

Um viertel nach acht war ich bei ihr. Ihr Mann machte mir auf, ein alter, sehr müder Mann. Er war schon im Schlafrock.

»Für wie alt halten Sie mich?« fragte er.

»Siebzig«, antwortete ich.

»Ich bin vierzig. Kommen Sie doch bitte herein. Wir haben mit dem Essen gewartet, bis Sie da sind.«

Nie habe ich eine Frau erlebt, die eine Männergesellschaft so sehr beherrscht hat. Sie kaute an Zwiebeln herum, wir Männer aßen Grieß. Mein Dessousladenbesitzer, der darauf bestanden hatte, mitzukommen, zitterte am ganzen Leib. Vor Erregung. Auch ich zitterte. Vor Verlangen. Ihr Mann gehörte schon zum alten Eisen. Seine Jugend war längst vorüber. Seine Säfte waren sauer geworden. Das tropische Dickicht hatte ihn alle gemacht. In der Hochzeitsnacht, die sie im Zug Paris-Venedig verbrachten, hatte er schon nach einer Stunde aus dem Fenster springen wollen. Sie hatte ihn zurückgeholt wie ein Spielzeug und ihn wieder ins Warme gebracht. Er war damals zweiundzwanzig und hatte eine glänzende Zukunft vor sich. Bei der Ankunft in Venedig konnte er den Klang einer Geige nicht mehr ertragen, er glaubte, man spiele den Bogen auf dem Körper des Instruments, er verwechselte Zahnarzt und Urologen und schrie: »Nein, nicht Roulette! Ich will meine Zahlen behalten!«

Sie hatten ihr Zimmer nicht verlassen, nichts von Venedig gesehen, alle zwei Stunden ließ sie ihm Nudeln hochbringen, um ihn wieder aufzubauen, denn er war dem Tick verfallen, alles zu rammeln. Wenn sie ihn losließ, rammelte er das Kissen, er rammelte einen Sessel, den Servierwagen des Zimmerservice, er rammelte den Etagenjungen, der den Tisch abräumte, und das Zimmermädchen, das die Nudeln von der Bettwäsche klaubte. Um ihn zu beruhigen, stellte sie ihn auf den Balkon, doch er brüllte so, daß man es den ganzen Canal Grande entlang hörte, und rammelte dabei die Balkonstäbe. Nicht lange, und er war eine Ruine, glich einem Feld, auf dem eine Schlacht verloren worden war, hatte sich aber trotz allem noch eine gewisse Klasse bewahrt, sein schönes Aristokratengesicht und die sanfte Art derer, die sich gerne in der Opferrolle sehen. »Wollen Sie sie nicht für mich töten?« fragte er mich plötzlich und packte meinen Arm.

»Sie töten?«

»Ja, sie töten. Bitte.«

»Ich habe aber keine Lust, sie zu töten, im Gegenteil, ich will sie verehren! Ihre Frau ist wunderbar! Ich will sie besitzen! Will sehen, wie sie sich gegen mich stemmt! Ich will diese ganze Masse zum Vibrieren bringen!«

Und wie sie vibriert hat! So sehr, daß die Erde von Amsterdam bis Straßburg, von Orléans bis Frankfurt bebte. Das Epizentrum des Bebens war ihr Hintern, ein regelrechter Vulkan, ein tobender Vulkan, und meine Aufgabe bestand darin, immer in der Nähe des Explosionsherds zu sein und ihn zuzustopfen, und ich spielte meine Rolle gut, ich stopfte den Krater zu, so gut es ging, und klammerte mich dabei fest an dieses wilde Tier. Sie hieß Margaret. Aber ich nannte sie »meine dicke Nutte«, und ich liebte sie, wirklich, ich liebte sie wie ein Vielfraß, auch wenn ihr Gesicht überhaupt keine ebenmäßigen Züge aufwies, alles schien am falschen Platz, die Nase, die Augen, doch ihr Lächeln, aahh! Man hätte eine Gletscherbrille gebraucht, so sehr blendete es.

Allerdings lächelte sie selten. Sie fixierte mich mit ihrem Blick wie eine Beute, sie wartete förmlich darauf, daß ich sterbe. Ich schöpfte meine ganze Energie aus dem Anblick ihres Büstenhalters, der perfekt ihren majestätischen Busen verhüllte und geschmeidig jedes Keuchen von ihr mittrug. Manchmal spannte er, drohte fast zu reißen, aber nie riß er wirklich, er fand seine Beweglichkeit wieder, so, als wäre er ein lebendiges Wesen ... Welches Büstenhaltermodell mochte eine so teuflische Macht haben? ... Es war weder Miss Mary noch Glamorise, es konnte kein Modell sein, das käuflich zu erwerben war, denn sonst hätte ich es erkannt, was war es also dann? ... Vielleicht ein alter Scandale oder ein Antinéa, der wunderbarerweise zu dem einzigen Zweck aufgehoben worden war, mich plemplem zu machen ...

Sie zog ihn nie aus. Selbst zum Schlafen behielt sie ihn an. Nun muß man aber sagen, daß sie wenig schlief. Sie war immer sehr schnell ausgeruht. Ein Nickerchen von einer Viertelstunde, und sie war wieder völlig fit. Der Vulkan erwachte zum Leben.

Ich betrachtete sie gerne, wenn sie schlief. Was gibt es Phantastischeres als eine Frau, die in ihrem Büstenhalter schläft? Sie beugen sich über sie und schauen sie an. Sie betrachten die Frau. Aber vor allem den Büstenhalter. In Wirklichkeit sind Sie nämlich in den Büstenhalter verliebt, Sie müssen es sich endlich eingestehen: Es ist das ureigene Prinzip des Büstenhalters, das Ihr Leben verzaubert. Unglücklicherweise wird der arme Büstenhalter – was ist denn schon an ihm dran? Nur ein paar Gramm Elasthan und Polyamid! – aber nur dann zu einem Objekt, das uns anrührt, wenn er von einer Frau getragen wird, ich meine, von einer lebendigen Frau, mit allem, was das an Gehabe und Geschwätz mit sich bringt, womit man normalerweise absolut nichts am Hut hat.

Margaret allerdings schwieg. Sie redete nie viel. Sie ließ vielmehr ihren Büstenhalter sprechen. Im übrigen hieß sie gar nicht wirklich Margaret. Sie hieß Maud. Ich hatte sie Margaret genannt, weil der Name an Margarine erinnert. Ihr gefiel das überhaupt nicht. »Warte nur, bis ich dich zu fassen kriege«, sagte sie, »dann wirst du merken, ob das da Margarine ist!« Zugegeben, ich hatte mich auf der ganzen Linie geirrt. Zwar sah man ihre Muskeln nicht, denn sie verschwanden ganz in den Fettpolstern, aber wenn sie sich ihrer bediente, dann war die Überraschung groß. Sie besaß ganz außergewöhnliche Kraft. Allein ihre Schenkel: Wenn aus ihrem Gehirn der Befehl kam, sie zusammenzupressen, war jeder Versuch, sich aus ihrer Umklammerung zu befreien, zwecklos. Man konnte sich überhaupt nicht mehr bewegen. Mehrmals wäre ich dabei fast draufgegangen. Es amüsierte sie zu sehen, was passierte, wenn sie fest zudrückte. Vor allem den Hals. »Mach weiter mit der Zunge«, sagte sie dann, »deine Zunge darf nicht untätig werden ...« Ich wurde immer röter, ich begann zu kreischen, so laut, daß sie glaubte, sie würde entbinden, sie liege in den Wehen. »Es ist ein Junge!« schrie sie zwischen zwei Wehen, und sie preßte immer fester, ich erstickte fast mit meiner Nabelschnur um den Hals, und da endlich ließ sie los, weil sie mich für tot hielt, denn mir hing die Zunge raus, und dann hörte ich sie zum Doktor sagen: »Tausend Dank, Doktor! Sie waren großartig! Ich habe mir so sehr einen Jungen gewünscht!«

Und der Doktor antwortete: »Aber Madame, er ist tot! Das kleine Dreckschwein ist tot! Und seinetwegen habe ich mir zwölf Stunden lang den Arsch aufgerissen!«

Sie brachte mich wieder ins Leben, wie nur eine Mutter es bei ihrem toten Kind vermag. Mit Spucke. Mit satinweichen Zärtlichkeiten. Indem sie mich am Wasserhahn saugen ließ. Sie war so kräftig, daß sie mich vom Boden aufhob und mich, als sei ich ein Glas mit Aperitif, zu ihrem Mund führte. »Auf dein Wohl!« sagte sie.

Eines Tages, als ich keinen Steifen mehr bekam, hat sie mich hängen wollen: »Gehängte sind schließlich auch nicht mehr geil«, sagte sie. Ich war natürlich nicht begeistert. »Du wirst schlaff«, sagte sie, »wir müssen irgend etwas tun. Ich brauche Steifheit.«

»Das ist doch nur, weil ich dich liebe«, sagte ich. Und ließ mir die Schlinge um den Hals legen. Sie gab dem Stuhl einen Fußtritt, und plötzlich, als ich merkte, wie meine Halswirbel knackten, verspürte ich eine unbändige Lust zu rammeln. Sie kam, schwang sich auf mich und ritt mich – in der Luft wohlgemerkt – in einem Galopp, wie selbst ich es seit Gehängtengedenken nie erlebt habe. Atemberaubend. Dann stieg sie herab, streckte sich auf dem Bett aus und zündete sich eine Zigarette an. Noch immer durchzuckten sie Schauer, das Ende des nachlassenden Orgasmus. »Was für eine Nummer!« sagte sie. »Es hätte nicht viel gefehlt, und ich wäre explodiert! Aah, von Zeit zu Zeit tut das gut! Ein verdammter Schwanz, was für eine Kraft! Sieh dir das an, der zappelt immer noch! Warte, beweg dich nicht, ich rauche meine Kippe fertig und komme dich polieren! Du hast mich noch nicht ganz zum Strahlen gebracht, mein Hübscher!«

In diesem Moment riß mein Strick, und es tat verdammt weh, als ich mir auf dem Parkett die Fresse aufschlug. »Aua! Scheiße! Scheißstrick! Hättest du nicht einmal etwas Solideres besorgen können!« Doch schon lag sie in meinen Armen: »Mein Liebling! Mein armer Liebling! Du hast mir einen Riesenschrecken eingejagt!«

»Ja, aber jetzt mußt du einen Chiropraktiker holen, mein Atlas ist eingeklemmt, ich kann den Kopf nicht heben!«

»Leg dich auf den Tisch!«

»Ich will einen Chiropraktiker, sag ich dir!«

»Hier ist er doch, dein Chiropraktiker!«

Sie nahm mich in die Arme wie ein Stück trockenes Holz und warf mich bäuchlings auf den Tisch. »Aua!« Ich brüllte wie ein Stier. Mein Kopf lag im Neunzig-Grad-Winkel nach vorn, wodurch das Gewicht meines Körpers auf meinem Schädel ruhte.

Sie hat es tatsächlich eingerenkt. Eine Klassefrau, diese Margaret. Sie konnte einfach alles: einem den Tod oder das Leben geben, Weiches steif machen und Hartes weich, womit ich das Herz eines Mörders meine. Sie stieg auf den Tisch und setzte sich mit ihrem enormen Hintern, von dem ich jeden Winkel kannte, auf meinen Nacken. Es machte »krack«, und sie forderte mich auf, aufzustehen. Aufzustehen und zu gehen.

Ich lief. Ich war nicht mehr tot. Ich konnte mich wieder völlig frei bewegen. Sie saß immer noch da in ihrem schwarzen Büstenhalter. Ich legte die Hände darauf, ganz sanft.

»Welche Marke ist dein Büstenhalter?« fragte ich. »Ich möchte die Marke kennenlernen.«

»Ich habe ihn nach Maß anfertigen lassen«, antwortete sie. »Das ist ein Einzelstück. Es hat mich eine Stange Geld gekostet. Ich trage ihn schon seit zwanzig Jahren. Noch nie hat ein Mann meine Brüste gesehen. Und der Typ, der sie einmal sehen wird, kann schon einmal anfangen, seine Todesanzeige zu formulieren.«

Gott, was habe ich diese Frau geliebt! Ich habe sie überall mit hingenommen, nach Paris, nach Venedig ... Im Hotel Danieli sind wir sechs Monate geblieben, sie hat bezahlt, denn sie war vermögend, und ich, ich war verliebt. Ein komisches Gefühl, verliebt zu sein, auf einen Schlag wird alles schön, selbst Venedig. Im Laufe der Wochen begann sich Margaret plötzlich für etwas anderes als fürs Vögeln zu interessieren, sie entdeckte ihre romantische Ader. Sie wurde eine dicke Dame mit festem Fleisch, die einfach nur noch dahinschmelzen wollte. Eines Tages äußerte sie den Wunsch, unser Zimmer zu verlassen, um ein wenig Luft zu schnappen. Wie zwei Genesende haben wir uns durch die Straßen geschleppt, vom vielen Rammeln waren unsere Beine ganz weich geworden, wir mußten uns an den Mauern festhalten ... Wir lachten wie die Verrückten ... Auf der Seufzerbrücke hat sie mir gesagt, daß sie mich liebe, daß sie verrückt nach mir sei, und ich habe ihr das gleiche gesagt, und ich meinte es auch so, mit Tränen in den Augen spürte ich, ich war gerettet, ich hatte einen Ausweg aus dem dunklen Tunnel gefunden, Margaret war die Frau meines Lebens, die Antwort auf all meine Ängste, nie mehr würde ich etwas Böses tun, nun könnte ich endlich meiner natürlichen Gutherzigkeit freien Lauf lassen, denn eigentlich war ich ja ein empfindsamer Typ, und meine Berufung war das Glück … Danach sind wir in den immer enger werdenden Gäßchen herumspaziert und hielten einander fest umschlungen. Wir kamen zu einem kleinen Kanal, dessen Wasser in der hereinbrechenden Nacht ziemlich schwarz aussah. Da, in dieses Wasser, habe ich sie hineingestoßen. Sie fand das gar nicht lustig, denn sie konnte nicht schwimmen.

»Warum hast du das getan?« schrie sie. »Wir hatten es doch so gut miteinander!«

»Ich weiß es nicht«, habe ich zurückgerufen und zugesehen, wie sie langsam unterging. »Das ist ein idiotischer Reflex, wahrscheinlich, weil die Angst zurückkommt …«

»Ich wollte dir doch meine Brüste zeigen!«

»Nun, da haben wir es, genau das habe ich kommen sehen …«

»Baudouin! Gib mir deine Hand!«

»Ich kann sie dir nicht geben, sie ist in meiner Tasche!«

»Warum bist du so fies?«

»Ich kann nichts dafür, meine Eltern sind schuld daran! Sie haben mich traumatisiert!«

Beim Weggehen war ich sehr traurig. Der Mensch hat doch viel Schlechtes in sich, sagte ich mir. Ich kaufte einen dicken Strauß roter Rosen und schenkte ihn einer schwarzgekleideten alten Dame, die vor ihrer Haustür saß. Sie hat sie mir ins Gesicht geworfen und dabei ein Kreuzzeichen gemacht. Ich fühlte mich erstarren.

Als ich nach sechs Monaten Abwesenheit zu Bel Canto zurückkehrte, war ich zu einem Clochard geworden, ich war total abgebrannt und hatte vor, die Geschäftsleitung um eine kleine Arbeit zu bitten, irgend etwas, das Scheißhaus zu putzen zum Beispiel, aber was erwartete mich statt dessen? Ein schwindelerregender Empfang, alle Mädchen weinten und zeigten mir ihre Büstenhalter, sie hoben mich hoch und trugen mich im Triumphzug herum: Mère Libourne war gerade gestorben, und ich sollte, nach einem Beschluß des Personalrates, ihr Nachfolger werden, man suchte mich schon seit Wochen …

Meine erste Frage war: »Wie ist sie denn gestorben, die arme Madame Libourne?«

»Sie ist in zwei Etappen gestorben.«

»Wie, in zwei Etappen?«

»Beim ersten Mal hat der Typ sie gewürgt, beim zweiten ist sie ihm entwischt, sie ist in ihre Karre gestiegen, und da sie betrunken war, krachte es schon an der ersten Kreuzung. Ein Halswirbelbruch, da war nichts mehr zu machen.«

»Kennt man den Täter?«

»Die Polizei hat eine Spur.«

»Rufen Sie den Inspektor an und bitten Sie ihn zu mir.«

Der Inspektor ist einer, der fertig mit der Welt ist, noch sechs Monate, dann geht er in den Ruhestand.

»Ich erwarte von der Polizei, daß sie ihre Arbeit gut macht«, sage ich. »Ich möchte wenigstens einmal meine Zeitung aufschlagen, ohne wieder von einer ermordeten Frau lesen zu müssen! Das ist auf die Dauer zermürbend, die Leute haben keine Moral mehr. Wenn Sie Geld brauchen, sagen Sie mir Bescheid, ich kann Sie finanziell unterstützen.«

»Wo waren Sie, Monsieur Treuttel?«

»Was heißt das, wo ich war?«

»Ich meine, am Tag, als die Frau ermordet wurde.«

»Das fragen Sie mich?«

»Nun, klingt ganz danach.«

»Ich bin ziemlich entrüstet.«

»Aber Sie antworten nicht.«

»Ich lebe gern gefährlich.«

»Wo waren Sie, Monsieur Treuttel?«

»Nun gut, dann erzähle ich Ihnen von Venedig. Kennen Sie Venedig?«

»Nein, ich hatte noch nicht das Vergnügen ...«

»Fahren Sie hin, Inspektor. Nehmen Sie Ihre Frau unter den Arm und fahren Sie mit ihr nach Venedig.«

»Meine Frau ist verstorben.«

»Oh, mein herzliches Beileid.«

»Sie war beim Bügeln, da kam ein Typ herein und hat sie erwürgt.«

»Was für einen Büstenhalter trug sie?«

»Einen Lejaby, Monsieur Treuttel.«

»Erinnern Sie sich an das Modell?«

»Ja, es war ein Gilda.«

»Einer mit Büstenhebe oder einer mit Körbchen?«

»Ich werde Sie noch zu fassen kriegen, Monsieur Treuttel.«

»Ich wünsche es Ihnen von ganzem Herzen. Sie können immer auf meine Hilfe zählen.«

»Ich danke Ihnen, Monsieur Treuttel.«

Ich begleite ihn zur Tür. Inspektor Caudry, so hieß er. »Sie sind mir sehr sympathisch«, sage ich zu ihm. »Sie verdienen es, Erfolg zu haben. Ihr Leben, das bleibt einem nicht verborgen, ist nur eine lange Abfolge von Reinfällen gewesen ...«

»Besonders mein Privatleben ...«

»War Ihre Frau sehr leidenschaftlich?«

»Sie war geradezu tropisch ...«

»Ich habe sie wieder abgekühlt!« Wir lachen herzlich, und ich klopfe ihm auf den Rücken: »Wir Männer werden letztlich immer Männer bleiben!«

»Schöne Schweine«, antwortet er. Und dann bricht der Idiot in Tränen aus!

»Ah, nein!« sage ich. »Also, das geht zu weit! Sie wissen, ich habe Beziehungen! Wenn Sie möchten, kann ich Sie versetzen lassen!«

»Oh, wenn es darum geht, gern! Darüber wollte ich mit Ihnen auch reden.«

»Versuchen Sie nicht, mich zu kaufen! Ich habe Ihre Frau kaltgemacht. Vergessen Sie das nicht!«

»Ich werde Sie kriegen, Monsieur Treuttel.«

Ich sehe ihm beim Weggehen nach. »Halten Sie mich auf dem laufenden!«

»Sie werden das Klicken der Handschellen noch hören!«

Nicht gerade lustig, die Arbeit der Bullen. Da ist mir Damenunterwäsche eindeutig lieber. Immerhin war nicht ich es, der Mère Libourne kaltgemacht hat. Ich wäre es gern gewesen, aber ich war zu der Zeit in Venedig. Wissen würde ich aber schon gern, wer das Ding gedreht hat. Eine schöne Sauerei, eindeutig! Ich hasse diesen Typen, der sich von mir hat inspirieren lassen! Ich werde ihm schon die Lust an seiner Inspirationsquelle nehmen. Er verdirbt meine Arbeit. Wenn ich eine Frau würge, nimmt sie nicht mehr ihre Karre, um bei der Konfrontation mit einem Lastwagen den Tod zu finden. Bei mir stirbt sie im Zustand vollkommener Glückseligkeit.

Ich kalkuliere blitzschnell in meinem Bad, in dem ich plötzlich vor Kälte schlottere. Zum ersten Mal fühle ich mich bedroht. In den darauffolgenden Wochen werden fünf Verbrechen begangen. Fünf Frauen, die man zu ermorden versuchte, die schwer verletzt wurden und die unter fürchterlichen Umständen gestorben sind. Fünf Frauen in meinem Gebiet. Eine in Maubeuge, eine in Vervins, eine in Peronne, eine in Arras, eine in Tourcoing, und ich im Zentrum dieses Kreises, in meiner jämmerlichen Suite des Hôtel de la Paix, warte darauf, daß alles umschlägt, fühle, daß der Typ mich im Visier hat und daß ich ihn werde töten müssen. Der Vorteil der Hölle besteht darin, daß es immer wieder einen Raum gibt, den man noch nicht gesehen hat, einen abscheulichen Raum mit Gefolterten. Ich stelle mir die Hölle mit Türen in Hülle und Fülle vor, wobei es hinter jeder Tür wieder eine neue Tür gibt, und je tiefer man sich hineinbegibt, desto schlechter geht es einem, und der Ausgang – ist zugemauert. Das Paradies ist ein Obstgarten, die Hölle ein Labyrinth. Ich bin in der Hölle geboren. Und wenn man in der Hölle geboren ist, zieht man nur selten ins Paradies um.

Getuschel unter meinen Gutachtern:

»Dieser Typ ist reif fürs Irrenhaus.«

»Sagen wir eher, er ist normal.«

»Was heißt das, ›normal‹?«

»Also gut, ein Beispiel: Ich habe heute abend eine Verabredung mit einem kleinen achtjährigen Jungen, dem ich fünfhundert Francs gebe, um zusehen zu dürfen, wie er in einen Teller kackt. Finden Sie das normal?«

»Das hängt davon ab, was Sie mit der Scheiße anfangen.«

»Ich esse sie.«

»Ist normal.«

Ich höre, wie sie ihre Sachen zusammenpacken, die Scheißkerle verduften jetzt einfach …

»Wollen Sie sich einfach so verdrücken? Ich habe Ihnen noch jede Menge zu erzählen.«

»Wir haben uns ein Bild davon gemacht.«

Sie suchen das Weite. Sie werden noch ihre eigene Scheiße fressen. Ich gehe wieder in meine winzige Zelle. Ich werde ein paar Erinnerungen niederschreiben. Sie sind schön, meine Erinnerungen. Ich habe sie mit meiner Zungenspitze gesalzen.

Habe ich Vergnügen dabei empfunden, zu töten? Ja. Ehrlich gesagt, ja. Ein ungeheures Vergnügen. Einen großen Augenblick intim geteilten Glücks. Was gibt es Schöneres als die Überraschung im Blick einer Frau? Sie gibt sich hin, sie wird genommen, sie ist glücklich darüber, genommen zu werden, sie bietet sich dem Dreckskerl freudig an, sie frohlockt, in dem, was am weichsten an ihr ist, durchwühlt zu werden, ihr Fleisch, ihr Herz, ihre Seufzer, ihre Geheimnisse, die schönen Kinder, die zu haben sie träumt, das Glück, sich selbst Mama genannt zu hören, die Großmutter, die sie hätte sein können, mit ihrem weißhaarigen Knoten, dieses ganze wunderbare, von Geburtstagen und Weihnachtsbäumen gesäumte Leben, all das wird sie mit der Öffnung ihrer Schenkel verspielen, mit der wachsenden Geilheit eines Unbekannten, und dieser Unbekannte, dieser hassenswerte Typ, dieses Ohrfeigengesicht bin ich, ich habe meine Hand unter ihren Rock gleiten lassen, vorhin, in der Warteschlange zu einem Film, der den Frauen so sehr gefällt, ja, ich bin dieses Backpfeifengesicht, meine Schnelligkeit hat ihr gefallen, jetzt bin ich in ihr drin, sie hat den Film sausen lassen, ist mir in dieses Hotel gefolgt, in dem die Bettlaken sich mit mir verschworen haben und die Frauen an den Fesseln blockieren, damit sie nicht fliehen können. Sie hat kein Wort gesagt. Ich habe die Tür abgeschlossen. Und schon hat sie ihre Schuhe von sich geworfen. Sie ist etwa dreißig und hat bestimmt ein ganzes Bataillon Verehrer. Sie wirft mir ihren Slip ins Gesicht.

»Laß bloß den Büstenhalter an«, sage ich, »ich bin ein Fetischist!«

»Und was passiert, wenn ich ihn ausziehe?«

»Dann kannst du nur noch um dein Seelenheil beten!«

Sie wirft sich auf die Knie und betet: »Oh Herr, hilf mir! Ich bin mit einem Verrückten zusammen, und ich fühle, daß ich auch verrückt werde!«

Ich falle neben ihr auf die Knie und streichle ihren Büstenhalter: »Ist das ein Armagique oder ein Plus Femme?« »Das ist ein Plus Femme mit Perlenstickerei! Oh Herr, leite mich! Was tue ich in diesem Zimmer? Ich wollte doch eigentlich ins Kino gehen!«

Ich schließe mich ihrem Gebet an: »Herr, hab Mitleid! Wir befinden uns in einer Sackgasse! Führe uns aus dieser Sackgasse heraus!«

Die Frau stößt mir ihre Zunge in den Mund: »Ich behalte meinen Büstenhalter an!«

»Dann wirst du sehr glücklich sein!«

»Ich lege mich aufs Bett! Mach mit mir, was du willst!«

Ich sehe sie jetzt einfach nur an. Unter den Laken halte ich mit meinen Händen ihre Handgelenke fest und dann ihre Fesseln.

»Aber ich bin ja eine Gefangene ...«

»Atme nicht zu heftig, deine Körbchen sind sensibel ...«
»Nicht so sensibel wie dein Herz ...«

Verrückte Frauen ... Selbst in den Händen eines Besessenen sind sie noch herrschsüchtig, sie vertrauen so sehr auf ihre Macht, eine horrende Macht, »zwischen meinen Schenkeln werde ich deine Lust, mich zu töten, empfangen, ich werde daraus drei Tropfen Eiter machen, ich werde dir einen Verband anlegen, ich bin deine Krankenschwester, der Tod ist mein Freund, du kannst dich gehenlassen, schau, mein Büstenhalter, wie er sich dir entgegenstreckt«.

Diese Frau nervt mich ein wenig, sie glaubt nicht an ihren Büstenhalter, sie spielt zu sehr damit, um wirklich aufrichtig zu sein, ich habe noch nicht einmal meine Krawatte gelöst ...

»Zieh deinen Büstenhalter aus«, sage ich plötzlich.

»Ich werde ihn ausziehen, wenn du mich auf Knien darum bittest«, antwortet sie mir. »Wenn du wie ein kleiner Junge flennst. Ich werde ihn dir geben, damit du dir den Rotz abwischen kannst.«

Ich weiß schon, daß sie sterben wird ... daß ihre Taille nie fülliger werden wird ... daß kein Kind jemals von ihrer selbstgemachten Marmelade naschen wird ... daß die kleinen Falten um ihre Augen nie die Erinnerung an herzhaftes Lachen sein werden ...

Normalerweise trage ich Handschuhe. Mein Vater trug Handschuhe, also habe ich beschlossen, ebenfalls Handschuhe zu tragen, alle Treuttel werden immer Handschuhe tragen. In meiner Tasche habe ich eine Rolle mit Pflaster. »Chérie, ich werde dir einen kleinen Verband anlegen.«

»Warum?«

»Um dich daran zu hindern, dummes Zeug zu reden.« Das findet sie nicht lustig. Ich auch nicht. Ich mag es nicht, von einer Frau enttäuscht zu werden. Ich setze ihr einen Dämpfer auf. Das bereitet ihrem Redeschwall ein fatales Ende. Ich werde sie noch ein bißchen ficken. Eine Frau muß man verwöhnen, bevor man ihr das Taxi ruft. Ich kurbele sie mit der Zunge an. Sie öffnet sich mir wie eine Perle. »Laßt sie nicht los, ihr zwei!« schreie ich meinen komplizenhaften Bettlaken zu. Jetzt bin ich in ihr, ich steige auf sie drauf. Als ich ganz oben bin, halte ich ihr die Nase zu, sie fällt auf die andere Seite, es dauert nicht lange, ich halte mein Ohr an ihr Herz, Funkstille. Mein Zimmer liegt wie immer im Erdgeschoß, ich haue durch das Fenster ab, der Mercedes wartet, ich lege eine gute CD ein und empfinde plötzlich so etwas wie Reue: Warum habe ich diese Frau getötet? Warum habe ich kein normales Leben? Warum die Scheibenwischer? Warum die trübe Sicht? Ich werde doch wohl nicht flennen!

Mein Vater war ein Blödmann. Das habe ich schon einmal gesagt, aber es schadet nicht, es zu wiederholen. Als die Kräne um unseren Besitz herum in den Himmel zu wachsen begannen, hat meine Mutter den Deckel ihres Klaviers ein für allemal geschlossen. »Um so besser«, sagte mein Vater, »ihr ewiger Chopin ging mir sowieso nur auf die Nerven.« Sie scheint jedoch ganz wunderbar gespielt zu haben, wenn man ihre Finger auf den Tasten sah, schämte man sich, überhaupt Finger zu haben, so schilderte es mir Mathilde jedenfalls, sie hat mir überhaupt alles erzählt.

Als die Bauarbeiten begannen, das Konzert der Betonmischmaschinen anhub, hörten alle Vögel im Park zu singen auf. Mein Vater war wütend. Er trat auf die Treppe hinaus und brüllte wie ein bissiger Hund: »Was ist das für ein Chaos?«

Ein ziemlich erschreckender Anblick bot sich ihm: Die Vögel saßen aufgereiht auf den Ästen, wie ein Tribunal, das nur auf das Erscheinen der Hauptperson gewartet hatte.

»Warum singt ihr nicht mehr?«

Die Antwort war Schweigen. Es war fünf Uhr nachmittags. Gerade hatten die Betonmischmaschinen mit ihrer Arbeit aufgehört. Mein Vater wagte sich ein paar Schritte vor, um zu den Vögeln zu sprechen: »Euretwegen habe ich mich die ganze Zeit geweigert, zu verkaufen! Weil ich weiter euer Trillern und Gurren hören wollte! Ich brauche euer Gezwitscher genauso, wie ihr meine Bäume braucht! Die Bäume gehören nämlich mir! Wenn ihr nicht mehr singt, lasse ich sie fällen!«

Fest in ihr Federkleid gehüllt, blieben die Vögel regungslos sitzen. Mein Vater war mit den Nerven am Ende. Er zitterte vor Wut, oder vor was auch immer. Und dann ging er sein Gewehr holen, kam zurück und fing an zu schießen. Er tötete einen Wendehals, der gerade aus Afrika zurückgekommen war. Der Vogel fiel zu Boden. Er machte den Schnabel noch zwei- oder dreimal auf, als wolle er etwas sagen, vielleicht einen Abschiedsgruß für sein Weibchen, aber das reagierte nicht, sondern fiel ebenfalls zu Boden. »Warum fällt die denn auch?« rief mein Vater. »Ich habe doch nur einen Schuß abgegeben!«

»Wahrscheinlich aus Kummer«, antwortete Mathilde.

»Kummer, Kummer, so schwer ist Kummer nun auch nicht zu verkraften!« murmelte mein Vater vor sich hin. »Lasse ich mich vielleicht von meinem Ast fallen? Und dabei ist mein Ast tatsächlich im Eimer! Ich höre es schon gefährlich knacken!«

Ein Buchfink fiel zu Boden, gefolgt von einem Zeisig. Einer Drossel. Einem Rotschwänzchen mit weißer Stirn. Alle Vögel fielen runter, und Mathilde sammelte sie in ihrer großen Schürze auf. »Wir machen eine Terrine daraus«, sagte sie, und beide, sie und mein Vater, kehrten wieder ins Haus zurück.

Meine Mutter hatte Migräne. Die Vierte Republik lag im Sterben. Überall der gleiche Schlamassel. Um diese Zeit wurden zum ersten Mal die Gerichtsvollzieher bei uns vorstellig. Sie waren sehr nervös und wollten alles beschlagnahmen, die Möbel, die Terrine, sogar, wie es schien, den Sinn und Zweck der verschiedenen Gegenstände, warum haben Sie so einen Kerzenleuchter?, so eine Vase?, was haben Sie mit den Blumen gemacht?, eine Vase ohne Blumen ist keine richtige Vase, da reicht es mir, ich gehe hin und zerbreche die Vase einfach, die Gerichtsvollzieher reagieren genervt! Mathilde hatte alle Mühe, sie zu beruhigen, mit ihrer Riesendose Insektenspray folgte sie ihnen von Raum zu Raum, sie verfolgte sie bis unter die Schränke, aber so ein Gerichtsvollzieher läßt sich nicht so leicht unterkriegen, der geht zum Gegenangriff über, der geht ihr an die Titten, Mathilde schreit auf, läuft in die andere Richtung davon, immer mit den Gerichtsvollziehern auf den Fersen, sie rennen durchs ganze Haus, rutschen auf dem Parkett aus, ein elektrischer Schlag erwischt sie am Hintern, Mathilde springt wie von der Tarantel gestochen hoch, endlich kriegen sie sie zu fassen, sie klebt mit ihrem Hintern fast am Klavier, ihre Titten quellen aus dem tiefen Dekolleté hervor, die Gerichtsvollzieher stürzen sich darauf, kneten sie, kneten sie richtig durch, ihre Leichenfinger auf dem weißen Fleisch drohen die Milch sauer werden zu lassen! Damals waren Mathildes Brüste noch so schön, voller Saft und Hoffnung, ohne ihre Visage wäre der Gesamteindruck mehr als passabel gewesen, aber sie war schon damals äußerst kurzsichtig, trotzdem – sie hätte ich niemals plattgemacht! Niemals! Solche Brüste brauchen keinen Büstenhalter, die halten von alleine, die ihren waren straff und fest, eine Kathedrale aus Fleisch und Blut! Damals war ich zwar noch nicht geboren, aber sobald ich da war und laufen konnte, und ich bin sehr früh gelaufen, wahrscheinlich gerade deswegen, ich meine, wegen Mathildes Brüsten, die ich schon ausprobiert hatte, denn sie hatte Milch und meine Mutter nur Essig, aber davon später mehr, das ist Teil des ganzen Horrors, bringen Sie mich jetzt ja nicht durcheinander. Vorerst bin ich gerade mal zwei Jahre alt und noch nicht traumatisiert, ich quäle mich aus meinem Gitterbett, aus dem ich eine Stange herausgerissen habe, irgend etwas zieht mich unwiderstehlich zur Treppe hin, zu diesen riesigen Stufen, die viel zu groß für mich sind. Ich versuche sie hinaufzuklettern, ohne meinen Vater aufzuwecken, bei meiner Mutter ist das kein Problem, sie schläft mit Ohrstopfen, um meinen Vater nicht zu hören, der, obgleich in einem anderen Zimmer, so unglaublich laut schnarcht, daß man es im ganzen Haus hört. Anfangs glaubte ich, wir würden in der Nähe eines Flughafens wohnen und es sei das Geräusch der ab- und anfliegenden Flugzeuge, aber Mathilde hat mich eines Besseren belehrt: »Nein, mein Schatz, das ist kein Flugzeug, das ist dein Papa, der schnarcht.« Sie nannte mich ihren Schatz ... sie wechselte meine Windeln ... sie fummelte ein bißchen an mir rum ... wenn ich Zahnschmerzen hatte, nahm sie ihn in den Mund und tröstete mich mit ihrer Spucke, und ich schlief selig ein ... Damals wußte ich noch nicht, daß sie auch den Schwanz meines Vaters in den Mund nahm, ich hätte es eigentlich wissen müssen, aber ich war immerhin noch klein, ein Baby, selbst ein frühreifes, kann noch nicht alles entschlüsseln, es fehlt ihm an Erfahrung, die Erfahrung der Schönheit zum Beispiel. Denn da meine Mutter sich nicht häufig über meine Wiege beugte, übernahm diese Aufgabe Mathilde, und sobald ich ihren Kopf sah, lachte ich vor

Freude laut auf, und auch sie lachte, aber wenn sie lachte, hörte ich damit auf, denn ihr Lachen erinnerte mich an mein großes Geschäft, ich drückte wie ein Tier, um es herauszubekommen, ich wurde krebsrot, und Mathilde schimpfte mich aus: »Warum fängst du immer an zu kacken, wenn ich lache? Ich darf doch wohl auch einmal nach Herzenslust lachen!« Ja, schon, aber in meinen Genen, das heißt im tiefsten Innern meines Selbst, mußte die Erinnerung daran existieren, wie mein Vater oder der Vater meines Vaters in der Galerie der Offizien in Florenz oder anderswo, wie jedenfalls dieser arme Kerl förmlich ausgerastet war beim Anblick der Gemälde von Botticelli, Veronese und Tizian. Und so empfand ich denn immer ein Gefühl der Verwirrung, wenn ich Mathilde ansah, und ich hatte den vagen Eindruck, daß irgend etwas unter ästhetischen Gesichtspunkten nicht stimmte. Und zwar auf Augenhöhe. Ich verstand nicht, weshalb: Mathilde guckte immer zwei Babys an, und dabei lag ich doch ganz allein in meiner Wiege. Ich suchte das andere Kind, vergeblich. Dieser sich überkreuzende Blick verursachte mir Übelkeit. Manchmal gelang es mir gerade noch, das, was mir hochkam, schnell wieder hinunterzuschlucken. Als ich etwa zwanzig Monate später zu ihr in das kleine Dienstmädchenzimmer kletterte, das sich ganz oben im Dachgeschoß befand, nahm ich gegen die aufsteigende Übelkeit einen Kopfkissenbezug mit, den ich ihr im richtigen Moment über den Kopf stülpte, und kaum war der häßliche Teil des Bildes verdeckt, machte ich mich über den gelungeneren Teil des Ganzen her, ihre sagenhaften Brüste, die ich bis spät in die Nacht so traktierte, daß sie schwer zu leiden hatte. Ich spüre, wie Sie bei diesen Worten zusammenzucken, aber damit müssen Sie sich zufriedengeben, denn mehr werde ich nicht verraten, immerhin war ich erst zwei Jahre alt, ach, sprechen wir von etwas anderem, kehren wir zu den Gerichtsvollziehern zurück, stop!, erlauben Sie mir nur noch ein Wort, bevor wir dieses Zimmer, diese Dienstmädchenstube verlassen, in der die arme Mathilde wie ein Tier auf der Schlachtbank lag, ein Tier mit Kapuze, ein blindes und keuchendes Ding, geritten von einem Zwerg, dem Sohn des Hausherrn, der damals schon autoritär auftrat und ein potentieller Arschficker war, ein künftiger Tempelentweiher: Streichen Sie jegliche Vorstellung von Unschuld aus Ihren Gedanken, was diese Ausgeburt betrifft, die den Namen Kind trägt. Schon bei seiner Geburt hat das Kind alle Eigenschaften der Bombe in sich, die es später einmal zünden wird. Es schleppt alle Gemeinheiten vorangehender Generationen in seinem Gepäck, das heißt lauter entsicherte Granaten. Decken Sie es zu, wischen Sie ihm den Popo ab, singen Sie ihm Liedchen vor, und das Kind sabbert nur und lacht sich innerlich tot über Sie. Wenn ein Kind geboren wird, sollte man ihm als erstes gleich in die Fresse hauen. Am besten direkt auf die Fontanelle. Damit es gar nicht erst Schlimmes anrichten kann. Mir hat man eine Chance gegeben, und ich habe sie mit beiden Händen ergriffen. Aber eigentlich hätte man mich gleich ertränken sollen. Die arme Mathilde, sie weinte damals unter ihrem Kopfkissenbezug. Aber heute bin ich es, der weint. Ich habe all meine Granaten verschossen, und sie haben mich geblendet. Ich habe alles vermasselt, sogar meinen Tod, denn er wird jetzt jeder Tragik entbehren. Man wird mich einfach vermodern lassen. Eines Tages werde ich beim Spazierengehen einen Unfall haben. Ich werde ganz dumm hinfallen, es wird noch nicht einmal nach Selbstmord aussehen. Und all das, weil ich an einem Ort geboren bin, wo man nicht geboren werden sollte. In einem Haus, das zum Verschwinden verurteilt war. Die Gerichtsvollzieher haben das Signal dazu gegeben.

Sie sind wie eine Epidemie über uns gekommen. Kleine alte Männer in Schwarz, mit schimmernder Glatze, feuchten Lippen und einer Hose, die in Höhe des Reißverschlusses gelbe Flecken aufwies. Abstoßend. Ich kann heute nicht mehr sagen, wie viele sie waren. Man glaubte, sie alle gesehen zu haben, und dann gab es doch noch einen, der sich hinter einer Tür versteckt hielt. Potthäßlich. Einer, der gar nicht schnell genug beim Beschlagnahmen sein konnte. Mein Vater mußte wohl eine Riesendummheit begangen haben.

»Wer ist dieser Monsieur Treuttel, daß er sich weigert, uns hereinzulassen?«

Mein Vater weigerte sich tatsächlich. Er hatte sich in seinem Büro eingeschlossen und hielt eine Besprechung mit sich selbst ab.

»Ich kann ihn nicht stören!« sagte Mathilde zum wiederholten Male.

»Wir beschlagnahmen das Klavier!«

Da erschien meine Mutter auf der Bildfläche: »Ich flehe Sie an, meine Herren, lassen Sie mir mein Klavier ...«

Die Gerichtsvollzieher drehen sich um, und meine Mutter tritt ihnen mutig entgegen. Ihre Migräne hat sie mit einem Morgenmantel bedeckt. Im Innern ihres Bauchs keimt ein Mörder heran. Die Szene spielt im Musiksalon. Mathildes

Brüste sind entblößt, sie trägt keinen Büstenhalter, und die Hände der Gerichtsvollzieher betatschen sie.

GERICHTSVOLLZIEHER: »Ein staubbedecktes Klavier – darauf spielt doch niemand mehr!«

Doch da setzt sich meine Mutter hin und belehrt sie eines Besseren. Sie hebt den Deckel und spielt ihnen das erste Nocturne Opus 27 vor. Die Gerichtsvollzieher sind bewegt. Musik berührt alle. Selbst Dreckskerle läßt sie nicht kalt. Nur mein Vater widersteht dem Ganzen. Er kommt aus seinem Büro und durchquert die Salons. Beim Näherkommen verkündet er: »Ich werde das Geld holen.«

Er geht zu Masbouth, dem niederträchtigen Baulöwen, der ihn in einer wahren Teppichbodenflut empfängt: »Sie kommen, um mir Ihr Haus zu verkaufen? Ich will Ihr Haus nicht! Ihr Haus ist nichts mehr wert!«

»Schade«, antwortet mein Vater und geht wieder Richtung Tür. »Meine Geschäfte laufen nicht mehr, und ich habe die Gerichtsvollzieher im Nacken. Ich habe kein Talent für Verhandlungen. Sie sehen doch: Ich begebe mich in eine Position der Schwäche. Meine Frau erwartet ein Kind, und sie will nicht mehr, daß ich sie berühre. Nur noch das Dienstmädchen akzeptiert mich in ihrem Bett. Aber in ihrem Bett sind Krümel. Ich bin gekommen, um Knete von Ihnen zu verlangen. Denn ich bin ein armer Teufel.«

»Das habe ich wohl gemerkt.«

»Woran?«

»Sie wirken wie ein toter Baum.«

»Ich habe aber noch Knospen.«

»Für Mathilde?«

»Woher wissen Sie, daß sie Mathilde heißt?«

»Heißt sie etwa nicht Mathilde?«

Mein Vater lief auf und ab. Er war ganz rot vor Aufregung: »Sie hat vielleicht einen Hintern: einen wahren Backofen! Man könnte darin Teig aufgehen lassen!«

»Das Problem ist ihre Visage! Die ist eine echte Katastrophe! Vor allem diese Warze mit den Haaren drauf!«

»Kennen Sie ihr Büschel?«

»Ich kenne alles, was Sie und Ihr Haus betrifft. Seit Monaten warte ich auf Sie. Ich warte geduldig auf Sie. Ich war mir sicher, daß Sie irgendwann kommen würden. Ich habe es mir zu sehr gewünscht. Irgend etwas sagte mir: Einen solchen Blödmann gibt's nur einmal! Den mußt du dir schnappen!«

Zwei Monate später kamen die Holzfäller, und die Bäume fielen. Die Vögel begannen zu singen, aber es war zu spät. Mein Vater hatte den gesamten Park verkauft. Masbouth hatte ihm das Haus gelassen und ein paar Quadratmeter dazu, um einen kleinen Garten anzulegen. »Wenn Sie einen Hund haben, können Sie ihn dort pinkeln lassen.«

»Ich mag keine Hunde«, antwortete mein Vater. Und kehrte ins Haus zurück, um sich in sein Büro einzuschließen. »Ich will unter keinen Umständen gestört werden.«

Bald begannen rund um unser Haus Gebäude in den Himmel zu schießen, fünfzehn Stockwerke hohe Dinger, und unser Haus verschwand, für immer, es war zum Vergessen verurteilt und dazu, alle Abfälle der neuen Mieter abzukriegen, Maiskolben, Dattelkerne, vollgeschissene Windeln, um nur einiges davon zu nennen. Und da bin ich geboren, auf dem Grund eines schwarzen Brunnens, da, wo es niemals

Sonne gibt und niemals Licht, ein Arschloch, wenn Sie so wollen, nur, daß man in einem Arschloch keine Lampen anzünden kann, aber bei uns brannten sie von morgens bis abends, denn sonst hätte man gar nichts sehen können.

Meine Mutter hat, wie gesagt, zu Hause entbunden, wie zu jener Zeit, als die Frauen noch im Kindbett zu sterben pflegten, und im übrigen hätte sie dabei auch beinahe den Löffel abgegeben, denn ihr Zustand war so ernst, daß der Doktor ein Stärkungsmittel verlangte. Nachdem er es getrunken hatte, wischte er sich die Stirn ab, auf der dicke Tropfen perlten, und sagte zu Mathilde: »Ich muß mit dem Ehemann sprechen.«

»Ich kann ihn nicht stören. Er ist in einer Besprechung.«

»Ich möchte aber dennoch wissen, wen ich opfern soll: das Kind oder die Mutter!«

Mathilde mußte also wohl oder übel meinen Vater holen. Sie schnitt dabei Grimassen vor Schmerz, denn sie hatte meine Mutter schon zwei Tage und zwei Nächte zum Pressen angehalten und empfand mittlerweile selbst Wehen. Ich dagegen hielt im engen Gebärmutterhals die Stellung, ich war schon knallrot, kurz vorm Aufgeben, allmählich sagte ich mir, daß, wenn es im Leben nur darum geht, den richtigen Ausgang zu finden, es vielleicht die vor mir liegenden Strapazen gar nicht wert war, und da, endlich, kam mein Vater. Er war nicht gerade guter Stimmung. Er beugte sich über meine Mutter, deren Herz nur noch schwach schlug, und fragte: »Sag, liebst du das Leben? Liebst du meine Visage? Liebst du meinen Atem an deinem Ohr, wenn ich alle zwei Jahre mal deinen eisigen Körper genießen darf?« Sie war außerstande zu antworten. »Retten Sie das Kind!« rief daraufhin mein Vater. Und ich schoß heraus wie eine Granate und habe auf meinem Weg alles verwüstet. Mathilde schrie, meine Mutter brüllte, ich dagegen raffte überhaupt nicht, was passierte, ich habe Jahre gebraucht, um es zu kapieren, fünfzehn Jahre, um genau zu sein, fünfzehn Jahre mit einer unbeschreiblichen Angst, an deren Ende das Entsetzen stand.

Meine Mutter ist nicht einmal dabei gestorben, und mein Vater, der schon alles für ihre Beerdigung organisiert hatte, mußte den Sarg in eine Ecke des Dachbodens stellen, denn der Bestattungsunternehmer weigerte sich, ihn zurückzunehmen. »Eines Tages werden Sie ihn brauchen«, meinte er mit seinem untrüglichen Spürsinn.

Nach meiner Geburt nahm meine Mutter ihr lustloses Leben wieder auf, das hauptsächlich aus lauwarmem Kräutertee und feuchten Waschlappen bestand. Manchmal sah man von weitem ihren Morgenmantel vorübergleiten – er war vermutlich ohne Inhalt, denn sie verließ selten das Bett. Wie eine Puppe ruhte sie in einem Berg frischer Kopfkissen und auf Laken, die immer wie neu aussahen. Nur ihre Augen bewegten sich. Ihre Nägel waren lackiert, ihre Lippen geschminkt. Sie war schön wie die Erinnerung an ihr früheres Selbst.

Von Zeit zu Zeit ging Mathilde zu ihr und präsentierte mich ihr wie das achte Weltwunder. Meine Mutter sagte nur »Baby«, ich rülpste ihr ins Gesicht, und dann gingen wir wieder in die Küche, zu den vertrauten Gerüchen, nach Lauchsuppe, manchmal auch nach Blumenkohlauflauf, das waren die Gerüche meiner Kindheit, einer mit Bitterkeit parfümierten Kindheit, denn ich wurde in einer Küche von einer unerkannten Heiligen herangezogen, einer heiligen Mathilde, die mich liebte und die ich quälte.

Mein Vater saß derweil verbarrikadiert in seinem Büro, schimpfte auf sein Elend und verfluchte das Leben. Nur für die tägliche Suppe bequemte er sich heraus, und später, in der Nacht, um Mathilde oben im Dachgeschoß zu treffen, die kurzsichtige Mathilde, sein einziges Glück auf Erden, die immer einen Rest Béchamelsauce in petto hatte, um den Lauch damit anzureichern. Als ich eines Tages ebenfalls ins Dachgeschoß hinaufstieg, um bei Mathilde zu sein, habe ich die beiden in flagranti erwischt, das Trauma, das sie bei mir auslösten, war enorm, sie keuchten wie die Ochsen, überall war nacktes Fleisch zu sehen, und es roch nach Angebranntem ... Ich versteckte mich in einer dunklen Ecke und ließ mir nicht das Geringste entgehen. Für meine Gutachter war diese Erklärung meines Traumas kalter Kaffee:

»Was macht mein Papa?«

»Er fickt gerade das Dienstmädchen!«

»Ich möchte wieder in mein Gitterbett!«

»Halt die Klappe und schau zu!«

Schon als Kind habe ich gespürt, daß ich nicht am richtigen Ort geboren worden war. Der richtige Ort, das wäre irgendwo in der Umgebung gewesen, in der monströsen Stadt, die uns vergiftete, aber immerhin kamen von dort Kinderlachen und Kindergeschrei. Ich dagegen war immer brav, und zu lachen hatte ich nichts. Ich spielte in unserem kleinen Garten und hob alles auf, was man uns von den Balkonen aus zuwarf. Ein richtiges Bombardement bekamen wir jedesmal ab, es landete oft mitten in meinem Gesicht oder auf meinem Kopf. Eine Mütze hätte mir nicht geschadet. Eines Tages warf man etwas Blutiges auf mich. Ich steckte es in meine Tasche, um Mathilde damit Angst einzujagen. Sie schrie furchtbar, ich höre sie heute noch. Ich lief ihr mit dem Ding nach, denn ich genoß es, wenn sie vor etwas Schiß hatte.

Manchmal landete in unserem Garten auch ein Fußball, den ich den Spielern ungeschickt zurückzukicken versuchte, aber ich war nicht stark genug, und das Gitter war zu hoch. Die Quittung war ein Schwall von Beschimpfungen. »He, du Schwuli, du Weichei«, riefen mir die Jungs von gegenüber zu. Damals fickte man in Flüchen noch nicht die eigene Mutter, aber Flüche, in denen alles Dunkelhäutige und Kraushaarige beschimpft wurde, waren schon im Kommen. Meine Antwort bestand aus einem Lächeln. Im Lächeln war ich Autodidakt.

Eigentlich hätte nicht viel gefehlt und meine Kindheit wäre statt beschissen wunderbar gewesen. Man hätte mir nur zu erlauben brauchen, mit den Typen aus der Siedlung zu spielen. Aber das durfte ich nicht, ich mußte immer zu Hause bleiben. Und das Tor nach draußen blieb verschlossen. Mathilde überwachte es streng: »Kommst du wohl sofort zurück! Du wirst dir noch eine Krankheit holen!«

Aber die Krankheit hatte ich schon. Ich werde Ihnen erzählen, wie alles begonnen hat. Damals fing die Schule am 1. Oktober wieder an. Am 30. September beim Mittagessen läßt mein Vater seine Zeitung sinken und richtet das Wort an mich: »Ich erwarte dich um Punkt siebzehn Uhr in meinem Büro. Und ich empfehle dir, pünktlich zu sein.«

Um Punkt siebzehn Uhr kreuze ich auf und poche leise an seine Tür. Er läßt mich ihm gegenüber Platz nehmen: »Morgen ist ein großer Tag«, sagt er. »Ich habe dich in der Schule angemeldet. Ich muß dich bitten, für den Unterricht eine Krawatte umzubinden. Es ist eine sündhaft teure Schule, ich selbst habe sie auch besucht, und ich hoffe, du wirst dich ihrer würdig erweisen, das heißt der Schule, der Kohle, die ich für dich investiere, und nicht zuletzt der Erinnerung, die ich dort zurückgelassen habe. Ihr Name ist Cours Fulmar und die Adresse 25, rue de l'Abbé-Carvin, in Saint-Mandé. Du wirst dort ohne fremde Hilfe hinfahren, hier der Fahrschein und fünftausend Kröten, die ich jeden Montag, die Ferien ausgenommen, auffrischen werde. Mit dem Kleingeld kannst du dir etwas zu essen kaufen, für den Rückweg. Paß auf, daß du nicht verlorengehst oder dich überfahren läßt. Hier ist ein Stadtplan von Paris. Jetzt komm und gib deinem Vater einen Kuß.«

Ja, und dann habe ich mit der menschlichen Bosheit Bekanntschaft gemacht. Es begann mit meinem belgischen Akzent. Meine Ankunft in den Mauern des Cours Fulmar löste nämlich enorme Heiterkeit aus. Meine Mitschüler standen alle um mich herum mit strahlenden, vom Glück gezeichneten Mienen. »Ich bin der Neue«, hatte ich sie gerade informiert. »Ich heiße Baudouin Treuttel.« Staunend betrachteten sie mich. »Kannst du noch einmal wiederholen, was du uns da gerade gesagt hast? Wir haben nicht alles verstanden ... »

»Ich bin der Neue. Ich heiße Baudouin Treuttel.«

Sie amüsierten sich immer mehr ... »Noch mal, das ist einfach zu schön ...«

Ich fing an, mißtrauisch zu werden. Trotzdem wiederholte ich brav: »Ich bin der Neue. Ich heiße Baudouin Treuttel. Warum guckt ihr mich so an? Was ist so lustig an meinem Namen?«

Ein großer Junge gab in freundschaftlichem Ton zurück: »Ist dir klar«, fragte er mich, »daß du uns während der gesamten Schulzeit einen Scheiß interessieren wirst?«

Ich verstand nicht. Und sie wollten mir nichts erklären. Schließlich übernahm es der Lehrer, zur Freude der ganzen Klasse, mir die schreckliche Wahrheit zu offenbaren: »Sind Sie denn Belgier?« fragte er mich.

»Wieso sollte ich Belgier sein? Machen Sie sich über mich lustig?«

»Nein, ich mache mich nicht über Sie lustig, ich interessiere mich für Sie. Ich frage mich zum Beispiel, was Sie zum Frühstück essen? Fritten?«

Meine Leidenszeit dauerte gottlob nicht lange. Denn auf dem Weg zur Schule, genauer, zwischen der Schule und der Bushaltestelle, gab es ein Geschäft. Es hieß Thirion. Und dort gab es Damenunterwäsche zu kaufen. Der Büstenhalter hatte Einzug in mein Leben gehalten!

»Das erste Mal habe ich es nicht verstanden.«

ERSTER GUTACHTER: »Was haben Sie nicht verstanden?«

»Ich habe nicht verstanden, was ich da tat.«

»Wo?«

»Vor dem Geschäft Thirion.«

»Haben Ihre Füße den Dienst verweigert?«

»Ja. Es war, als würde ich einem Befehl, etwas Mächtigem gehorchen.«

»Der Appell des Büstenhalters?«

»Genau. Ich betrachtete die Büstenhalter im Schaufenster, und ohne im geringsten zu wissen, was das war, noch wozu das diente, stand ich unter dem Eindruck eines tiefen Gefühls.«

ZWEITER GUTACHTER: »Wie alt waren Sie damals? Sechs? Sieben?«

»Das weiß ich nicht mehr.«

»Versuchen Sie sich zu erinnern. Wir kommen dem Geheimnis langsam auf die Spur.«

DRITTER GUTACHTER: »Strengen Sie sich an, sich die Szene wieder ins Gedächtnis zu rufen.«

»Ich durchlebe sie jeden Tag.«

»Heute aber sind wir dort, mit Ihnen, auf diesem verdammten Trottoir.«

»Ja, ich stehe auf dem Trottoir. In der linken Hand meinen Ranzen. Rechts von mir Thirion.«

ERSTER GUTACHTER: »Gehen Sie näher heran?«

»Nicht sofort. Ich bin zu aufgewühlt. Einen Moment lang schaue ich nur. Ich betrachte das Schaufenster. Alle Büstenhalter im Schaufenster. Schwarze, weiße, transparente und nichttransparente. Alle strecken sich mir entgegen. Und auch ich strecke mich ihnen entgegen. Ich habe meine Hand in der Hosentasche. Als ein Hund an mir schnüffeln will, versetze ich ihm einen Fußtritt. Der Depp verdrückt sich in die Röcke seines Frauchens. Die gute Frau kommt zu mir: ›Warum hast du meinen Hund getreten?‹ Ich antworte ihr, sie solle mich nicht ansprechen, ich müsse mich konzentrieren: ›Sehen Sie nicht, daß ich gerade dabei bin, mein Leben aus dem Gleis zu bringen?‹ Noch während ich das sage, gehe ich näher an das Schaufenster heran. Ich klebe meine Nase förmlich an die Scheibe. Stopfe mir die Augen voll mit Bildern. Büstenhalter, nichts als Büstenhalter. Sie stecken an kopflosen Frauen, ohne Arme, ohne Beine, und doch habe ich den Eindruck, als atmeten sie, als gäbe es pochende Adern in ihnen drin. Am liebsten würde ich in dieses Schaufenster steigen und meine Hände auf diese Spitzen legen, sie beruhigen, damit ihr Herzklopfen aufhört. Habt keine Angst mehr, würde ich ihnen sagen. Ich bin da. Die Gefahr ist vorüber.«

ZWEITER GUTACHTER: »Wovor hatten die Büstenhalter denn Angst?«

»Sie hatten Angst, mit schmutzigen Blicken bedacht zu werden. Mit Blicken wie den Ihren.«

DRITTER GUTACHTER: »Unser Blick ist nicht schmutziger als der deine!«

DER GERICHTSPRÄSIDENT: »Lassen Sie den Angeklagten weitersprechen!«

»Ich ging in das Geschäft hinein. Darin waren zwei Damen, die miteinander schwatzten. Die eine sagte gerade: ›Also mit Brüsten wie den Ihren wäre es völliger Quatsch, sie verstecken zu wollen! Wenn ich Ihre Brüste hätte, würde ich sie hervorheben!‹, und die andere antwortete: ›Ja, aber ich will, daß sie gestützt werden!‹ ›Mit Top Form werden sie gestützt, und trotzem haben sie genügend Bewegungsfreiheit! Ich will sehen, wie sie sich bewegen! Sie brauchen keine Rüstung! Der Stretch allein trägt sie vollkommen!‹ Und während sie redeten, öffneten die beiden Damen Schachteln, zogen Modelle heraus, sie entledigten sich ihrer Oberteile, zogen sie wieder an, und ich ging näher an die Kabine heran, sah überraschend einen nackten Rücken, Träger, die daran entlangglitten ...«

»Was suchst du denn, mein Kleiner?«

»Wer? ... Ich?«

»Ja. Du. Was tust du hier?«

»Ich habe mich mit meiner Mutter verabredet.«

»Was heißt das, verabredet?«

»Sie hat mir gesagt, bei Thirion. Das Geschäft Thirion. Dies ist doch das Geschäft Thirion, oder?«

»Ja, allerdings, hier bist du bei Thirion.«

»Sie hat mir gesagt, wir treffen uns dort. Wer zuerst da ist, wartet auf den anderen.«

»Gut, dann setz dich dort hin ...«

Ich setze mich auf den angewiesenen Stuhl. Die Anprobe geht weiter. Ich verdrehe mir den Hals, um etwas zu sehen. Ein Büstenhalter fällt zu Boden, ich stürze hin und hebe ihn auf, reiche ihn der Dame.

»Danke, mein Kleiner. Der ist ja nett, dieser Kleine. Stört Sie das nicht, Madame?«

»Aber woher denn, ein Kind ...«

»Ein Kind, ein Kind ... das alles genau beobachtet!«

Ich bin jetzt in der Kabine, genau hinter der Kundin. Sie probiert einen Rose-Marie an. Ich helfe ihr dabei, ihn zuzuhaken.

»Das steht Ihnen gut«, sage ich. »Fühlen Sie sich gut damit?«

»Ja, ich fühle mich gut ...«

»Gibt es den auch in Schwarz?«

Die beiden Frauen werfen einander einen seltsamen Blick zu ...

»Sag mal, man könnte meinen, deine Mama kommt nicht mehr.«

»Sie ist immer zu spät, das ist eine ihrer schlechten Angewohnheiten ...«

»Ah ja?«

»Sie hat noch eine andere, sie hat keinen Busen. Ich mag sie sehr, aber sie ist flach. Und außerdem sehe ich sie nie. Sie ist immer krank.«

»Was hat sie denn?«

»Migräne ... Die einzigen Titten, die ich kenne, sind die von Mathilde, aber sie sind riesig, und sie zieht niemals einen Büstenhalter an, denn sie sagt ›ein Dienstmädchen, das trägt keinen Büstenhalter, das hält sich von allein, und manchmal hält es sogar noch die anderen ... Und dann hat es auch kein Geld, um sich schöne Wäsche zu kaufen, wozu denn schöne Wäsche, wenn sie ohnehin im Dreck lebt? ...‹ Aber ich, Madame, habe Lust auf etwas Schönes ... auf Schönes im Doppelpack ...«

Ich fühlte, wie mir die Tränen kamen, und so habe ich mich davongestohlen wie ein Dieb. Ich bin in irgendeinen Bus gesprungen, und in der Nacht habe ich schlecht geschlafen. Ich träumte, ich hätte Brüste. Daß mein Vater mich mitnahm, um einen Büstenhalter zu kaufen. Am nächsten Tag machte ich einen Umweg um das Geschäft, ging in größtmöglicher Entfernung vorbei. Auf dem Trottoir gegenüber. Der Boulevard war menschenleer. Das Geschäft geschlossen. Der Eisenrolladen heruntergelassen. Hinter mir hörte ich klackende hohe Absätze. Das war die gute Madame Thirion.

Dieses Miststück folgte mir. Sie drückte mich in eine Toreinfahrt und öffnete ihren Persianer. Sie zeigte mir ihren Büstenhalter und ihre Miederhose. Das war übrigens alles, was sie trug. Dann machte sie mit mir, was sie wollte.

Die Frau lebte in einer Altbauwohnung mit sehr wenig Licht, das aber die richtigen Stellen beleuchtete. Sie war Witwe. »Haben Sie Ihren Mann getötet?« fragte ich sie.

»Wie hast du das erraten?« gab sie zurück.

Ich hatte es geahnt. Trotz meines sehr jugendlichen Alters hatte ich die Gefahr gespürt. Diese Frau war gefährlich, und das genau war der Grund, weshalb ich sie liebte. Ich wußte, daß sie mich töten würde, ihre Augen verrieten es mir. Sie war gezwungen, es zu tun. Mit einem so kleinen Jungen tut man nicht, was sie mit mir getan hat, ohne ihn anschließend zu töten.

Ich habe sie noch gut in Erinnerung. Sie hat mir den Weg gewiesen, mich mit dem richtigen Gebrauch weiblicher Unterwäsche vertraut gemacht.

Anfangs bemühte sie sich noch, die Mutterrolle bei mir zu übernehmen. Die Rolle der liebenswerten Mama. Darin war sie ganz das Gegenteil meiner eigenen Mutter. Ich hatte Nachholbedarf in Sachen Mama, und sie erteilte mir richtiggehend Nachhilfeunterricht. Ich traf sie jeden Donnerstag- und Sonntagnachmittag. Als Alibi benutzte ich einen Schulkameraden, den ich unter Androhung von Gewalt dazu gebracht hatte, zu behaupten, wir würden an diesen Tagen immer auf der Rollschuhbahn im Wald von Vincennes Rollschuh laufen.

Ich kam mit Blumen, die ich ihr mit liebevollen Worten überreichte. Sie war sehr bewegt, nahm mich in ihre Arme und wirbelte mich durch ihre Parfumwolke. Als sie mich wieder hinstellte, hatte ich den Drehwurm, der ganze Raum schwankte. Sie setzte mich auf einen Stuhl und betrachtete meine Knie: »Na, wie geht's unsrem Wehwehchen?«

Mitleidig sah sie auf meine kurzen Hosen und meine mit Zinksalbe beschmierten blauen Stellen auf den Knien. Als sie mir zum ersten Mal die Innenseite der Schenkel streichelte, habe ich nicht verstanden, was da mit mir passierte. Mir wurde ganz schwindelig, am liebsten hätte ich einfach losgeweint, nie hätte ich vermutet, daß man einen anderen Menschen so sanft berühren kann.

»Irgendwann müssen wir diese Hose ausziehen«, sagte sie, »und sehen, was sich da drin verbirgt ... Wahrscheinlich etwas ganz Wunderbares ... Na? ... Würde dir das gefallen?«

»Oh ja, Madame ...«

Sie sah immer schön aus, trug hübsche Kleider, schöne Schuhe, ein bißchen Schmuck. Und ihr Haar – schönes Haar, ein hübsches Aschgrau – hatte sie zum Knoten aufgesteckt, der von zwei Nadeln mit vergoldeten Köpfen gehalten wurde. Man brauchte nur daran zu ziehen, und die Haare fielen herunter.

Zuerst pflegten wir ein wenig zu plaudern, sie fragte mich nach meinem Befinden, wollte wissen, ob ich an sie gedacht hätte, und das schwarze Spitzenhöschen, das sie mir letztes Mal, bevor ich ging, in meine Tasche hatte gleiten lassen, hatte ich das gut gebrauchen können?

»Ich schlafe jeden Abend damit ein«, gestand ich ihr. »Die Nase in Ihrem Geruch.«

Sie führte mich in ihr Schlafzimmer. »Ich hatte noch keine Zeit, mein Bett zu machen«, sagte sie. Die Fensterläden waren geschlossen. Ihr Nachthemd lag herum. Und die Laken waren zerknittert. Sie setzte sich auf den Bettrand und lächelte mir im Halbdunkel zu. »Ich gehöre dir«, sagte sie. »Spiel mit mir.«

Ich zog ihr die Schuhe aus und küßte ihre Strümpfe. Wagte mich weiter voran, bis zum Kleid, das ich aufknöpfte und zu Boden gleiten ließ. Ihr Büstenhalter war jetzt sichtbar. Jedesmal trug sie einen anderen. Und jedesmal geriet ich ganz außer Atem, und meine Kehle war wie zugeschnürt. Sie wußte es, dieses Luder. Sie spielte virtuos mit meinen Gefühlen. Ihre Büstenhalter wirkten immer angezogen, ließen nie viel erkennen, verliehen der Phantasie Flügel. Immer saßen sie perfekt, sowohl Körbchen als auch Träger, und immer schafften sie es, bei mir kleinem Gör die Sicherung durchbrennen zu lassen.

Meine Finger glitten auf ihren BH, über den Spitzenstoff. Mit meinen Fingerkuppen eroberte ich jeden einzelnen Millimeter. Die glatten Teile, den Spitzeneinsatz, die Träger auf der Schulter, die ich herabgleiten ließ, um die Abdrücke zu sehen, die sie auf der Haut hinterließen. Ich drückte meine Lippen darauf. Dann rückte ich die Träger wieder an ihren Platz. Ich wollte ja nichts zerstören.

»Wenn du brav bist, ziehe ich den Büstenhalter einmal aus.«

»Kein Grund zur Eile«, sagte ich. » Alles ist sehr gut, so wie es ist.«

»Hast du Angst, ich könnte zu alt sein? Daß ich Hängebrüste haben könnte?«

Ich antwortete ihr nicht, sondern löste einfach ihren Haarknoten. Sie lehnte sich zurück, zog mich auf sich und öffnete leicht ihre Lippen: »Küssen?«

Ich küßte sie vorsichtig. Ihr Mund schmeckte gut. Und ich mochte auch ihren Lippenstift, obwohl er ein bißchen klebte. Eines Tages spürte ich ihre Zunge in meinem Mund, und unsere Spucke vermischte sich.

»Ich bin deine erste Frau«, sagte sie. »Dein ganzes Leben wirst du von mir geprägt sein. Nie wirst du mich vergessen können.«

Ich streichelte ihre Miederhose, ihre Schenkel.

»Streichle mich *zwischen* den Schenkeln«, sagte sie. »Mach die drei Druckknöpfe auf. Hab keine Angst, da ist es sehr weich. Du wirst sehen, es ist feucht. Zwischen den Schenkeln einer Frau ist immer Feuchtigkeit.«

Feuchtigkeit und Haare, aber es hat mir gefallen, sie zu berühren. Sie erklärte mir genau, wo ich sie streicheln mußte, zeigte mir die Stelle: »Siehst du, das ist wie eine Knospe. Sie geht auf und wird fleischig.« Sie führte meinen Finger, gab mir den Rhythmus vor, zuerst sanft, dann stärker, und schließlich sogar ziemlich heftig, ich berührte sie einmal ganz zart und dann wieder mit kreisenden, starken Massagebewegungen, immer abwechselnd. Die Lektion hatte ich schnell gelernt. Und sie ließ mir auch schnell die Chance, mich allein zurechtzufinden. Sie gab sich mir hin, wirkte zufrieden. Und ich war es ebenfalls.

Es stimmte, die Knospe ging auf. Sie wurde sehr fleischig und war irgendwann von einer klebrig-feuchten Masse bedeckt, die auch meine Finger klebrig machte. Ich ließ sie nun zwischen ihre Pobacken gleiten, ich fühlte ihr Loch, glitt sogar ein Stückchen hinein, nur, um zu sehen, welche Wirkung es auf sie haben würde, aber sie war nicht böse, im Gegenteil, sie schien es zu mögen, jedenfalls stöhnte und röchelte sie, und ich wackelte sie von vorn und von hinten hin und her, es sah wirklich komisch aus. Irgendwann schrie sie, ich glaubte, ich solle aufhören, aber sie sagte »mach weiter!«, in flehendem Ton, und da habe ich ihr einfach meinen Pimmel hineingeschoben. Plötzlich wurde sie von unglaublichen Stößen durchgeschüttelt, Stöße, die wie Kurzschlüsse aussahen, ich glaubte schon, sie würde bald abkratzen, aber von wegen! Im Gegenteil, sie war total lebendig! Lächelte übers ganze Gesicht und gab zärtliche Laute von sich! Dann drückte sie mich an ihr Herz, wie mich noch nie jemand gedrückt hatte.

Im Bus roch ich an meinen Händen. Und als ich wieder zu Hause war, ließ ich Mathilde daran riechen. Sie versetzte mir sofort ein paar Ohrfeigen. Ich lachte mich halbtot darüber.

Madeleine hieß sie. Madeleine Thirion. Eines Tages empfing sie mich mit einer ungewöhnlichen Distanziertheit. Dabei hatte ich ihr Rosen mitgebracht. »Jetzt ist Schluß«, sagte sie. »Ich will nicht mehr, daß du mich anrührst. Jetzt bin ich es, die dich berührt. Zieh deine Hose aus.«

Ich kam der Aufforderung nach und öffnete meine kurze Hose. Sie rutschte mir auf die Füße. Madeleine kam näher und fiel vor mir auf die Knie. Ihr Mund war in Höhe meiner weißen Unterhose, und ich war verlegen, denn er war feucht, und ich hatte einen Steifen. Sie rieb ihr Gesicht langsam an meiner Unterhose, und ich vergrub meine Hände in ihren Haaren. Sie zog mir die Unterhose herunter, ganz vorsichtig, um mir nicht weh zu tun. Sie sah sich meinen Schwanz an, den ich noch nie in einem solchen Zustand gesehen hatte, er war hochrot, wirklich eine Schande.

Ich versuchte, mir vor ihren Augen einen runterzuholen, aber es wollte mir einfach nicht gelingen. Ich sabberte entsetzlich herum, und es tat sehr weh. Da öffnete sie ihr Kleid und zeigte mir ihren Büstenhalter. Mein Schmerz wurde nur noch größer. Ich wichste weiter drauflos, weil ich glaubte, so könne ich ihn lindern. Als ich aufhörte, zitterte ich wie Espenlaub.

Sie nahm mich in ihre Arme, führte mich ins Schlafzimmer und zog mich aus. Ich war jetzt ganz nackt mit meinem steifen Schwanz. Sie sagte, ich solle mich ins Bett verziehen und fünf Minuten warten. Ich schlüpfte zwischen die Laken und hielt die Augen weit geöffnet. Sie zog sich aus. Zuerst die Strümpfe. Dann die Miederhose. Ich sah ihr gewaltiges Büschel und ihren ganz weißen Bauch. Sie löste ihre Haare. Schluß. Sie trug jetzt nur noch den BH. Ein schwarzer, ein unglaubliches Modell. Ob sie ihn ausziehen würde? Gespannt wartete ich auf eine Bewegung. Aber sie bewegte sich nicht mehr. Sie sah mich nur ganz intensiv an. Sie fühlte, daß ich Angst hatte, und sie selbst hatte auch Angst. Langsam öffneten ihre Hände die Haken im Rücken. Der BH verlor an Spannkraft. Mit einer Schulterbewegung ließ sie ihn fallen. Ich war überrascht über ihre Brüste. Sie waren schwer und doch ziemlich straff.

»Ich bin eine Frau von fünfzig Jahren«, sagte sie. »Und ich habe niemals Kinder gehabt.«

»Würde es dir etwas ausmachen, deinen Büstenhalter wieder anzuziehen?« fragte ich.

»Aber nein, wir werden jetzt nackt aneinander liegen«, antwortete sie. »Mein Fleisch an deinem Fleisch. Wenn du das nicht willst, mußt du es mir sagen.«

Sie riß das Laken von mir. Mein Schwanz war nicht mehr ganz so steif. Sie kam zu mir, beugte sich über mich, ließ ihre Brüste über meinen Augenlidern und über meinem Mund baumeln. Dann drehte sie sich um und beugte sich über meinen Schwanz. Ich hatte ihren Hintern vor meiner Nase. Ihre dicken Pobacken und ihre Möse, ihr Allerintimstes, ihren dunkelbraun umrandeten Anus. Ich merkte, wie er wieder steif wurde. Sie nahm ihn eine Weile in den Mund, um mir zu zeigen, was in einer Frau alles steckt und welche Macht sie hat. Beinahe wäre mir schlecht geworden. »Ich werde aus dir einen Mann machen«, sagte sie. »Ich werde deinen ersten Erguß auf der Spitze meiner Zunge empfangen.«

Und sie fing an, mir einen zu blasen. Ich erinnere mich daran als an die große Wendung in meinem Leben. Was diese Frau mit meinem Ding machte, mit ihrer Zunge, ihren Lippen, dem Innern ihres seidigen Mundes, wie ich mich plötzlich in der Falle fühlte, als Sklave, gezwungen, zu erleiden, was man mit mir anstellte, das war fast unerträglich! Um so unerträglicher, je wunderbarer es wurde! Ich wußte, ich würde niemals mehr damit aufhören können! Und sie machte weiter! Sie fand das sehr gut! »Er wächst! Er wird größer! Du wirst ein richtiger kleiner Mann!«

Sie zog mich auf ihren Bauch, meine Nase steckte in der

»Na, dann los!«

Sie legte an Schnelligkeit noch einmal zu. Ich fühlte mich durchgeschüttelt wie in einer Wäscheschleuder.

»Hör auf!« sagte ich.

»Was ist los?«

»Du tust mir weh!«

»Okay,« sagte sie. »Dann ruhen wir uns etwas aus.«

Sie wußte, wann es Zeit war aufzuhören. Schließlich war ich noch ein Kind.

In der Schule begannen mich meine Schulkameraden wegen meiner kurzen Hosen auszulachen. Ich war der einzige, der überhaupt noch kurze Hosen trug.

»Man sieht, wie dein Schwanz hängt«, sagten sie.

Das ist nur wegen Madeleine, dachte ich bei mir. Ihre Bewegungen haben ihn förmlich aufgebläht. Ich fühlte mich nicht wohl, wenn ich durch die Straßen lief. Leute drehten sich nach mir um, das gleiche passierte im Bus. Ich hatte den Eindruck, als würde jeder auf meinen Schwanz gucken. Besonders die Damen. Ich versteckte meine Schenkel hinter meinem Ranzen, aber selbst dann guckten sie noch. Einige flüsterten mir sogar voller Entrüstung zu: »Ein großer Junge wie du, noch kurze Hosen anzuziehen ...«

Kaum war ich zu Hause, verlangte ich meinen Vater zu sehen. Er hatte sich wie immer zurückgezogen. Ich riß die Tür zu seinem Büro auf: »Papa, ich muß dich sprechen.«

»Ich bin gerade in einer Besprechung.«

»Mit wem? Es ist doch keiner hier.«

»Willst du mich demütigen? Mein eigener Sohn will mich demütigen!«

»Meine Hosen sind zu kurz, Papa, man sieht meinen Sack.«

»Schämst du dich deiner Eier?«

»Alle machen sich über mich lustig.«

»Möchtest du, daß ich dich bei den Pfadfindern anmelde?«

»Selbst der Lehrer hat zu mir gesagt: ›Treuttel, man sieht Ihre Eier, Sie werden noch drauftreten.‹«

Es kommt zur Konfrontation mit dem Lehrer. Mein Vater hat eigens dafür Shorts angezogen.

MEIN VATER: »Es scheint, Sie machen sich über die Eier meines Sohnes lustig?«

DER LEHRER: »Entschuldigen Sie, Monsieur, aber das ist wirklich ein Problem ...«

MEIN VATER: »Wollen Sie meine sehen?«

DER LEHRER: »Aber Monsieur, ich bitte Sie ...«

MEIN VATER: »Sobald die Eltern auftauchen, verlieren Sie wohl Ihren Humor!«

DER LEHRER: »Wie reden Sie mit mir!«

MEIN VATER: »Haben Sie etwas gegen Belgier?«

DER LEHRER: »Warum sollte ich etwas gegen Belgier haben?«

MEIN VATER: »Belgien ist ein großes Land!«

DER LEHRER: »Ich habe nie das Gegenteil behauptet!«

MEIN VATER: »Mein Sohn hat einen belgischen Akzent und trägt kurze Hosen! OK? Und wenn man seine Eier sieht, dann deswegen, weil das Gummi seiner Unterhose ausgeleiert ist. OK? Und außerdem verbiete ich Ihnen, von meiner Frau zu sprechen! OK?«

DER LEHRER: »Aber ich spreche gar nicht von Ihrer Frau ...«

MEIN VATER: »Ich bin der Vater dieses Kindes! OK? Jedenfalls so lange, bis das Gegenteil bewiesen ist!«

DER LEHRER: »Aber warum hat er einen belgischen Akzent?«

MEIN VATER: »Hören Sie auf, dumme Fragen zu stellen!«

Immerhin hörten meine Schulkameraden auf, sich über mich und meinen belgischen Akzent lustig zu machen, als ich ihnen zu erzählen begann, daß ich mir einmal von einer fünfzigjährigen Frau mit dicken Brüsten einen habe blasen lassen und daß ich sogar ihre Möse anfassen und einen Finger in ihren Arsch stecken durfte. Plötzlich hatten sie vollsten Respekt vor mir. Ich war nun in ihren Augen ein Glückspilz, einer, der das große Los gezogen hat, und wenn ich morgens selbstbewußt wie ein junger Gott ankam, stürzten sie alle zu mir, völlig fasziniert, ganz geil vor Aufregung, und fragten: »Und? Was hat sie gestern mit dir angestellt?«

»Gestern haben wir gevögelt«, sagte ich und versuchte möglichst gelassen zu klingen, »wir haben gevögelt wie die Verrückten.«

»Donnerwetter! Hast du gespritzt?«

»Natürlich habe ich gespritzt! Wenn sie dich zwischen ihre Schenkel nehmen, lassen sie dich nicht mehr los, bis sie ihren Likör bekommen haben!«

Und wenn einer skeptisch war, denn mit Skeptikern muß man immer rechnen, holte ich das schwarze Höschen aus meiner Tasche und sagt: »Hier ... wenn ihr mir nicht glauben wollt ...«

Ihr gieriger Blick hatte etwas Obszönes ...

Was das Spritzen anging, so hatte ich übertrieben. Mit sieben Jahren kann man noch nicht spritzen. Ich bekam einen ziemlich steifen Schwanz, das ja, und er wurde zur großen Freude von Madeleine immer länger. Sie war begeistert über meine Fortschritte, ich scheine ein wahres Wunder gewesen zu sein, ich war sehr leidenschaftlich, aber – ich kam nicht, es gelang mir einfach nicht. Ich fühlte mich wie ein Idiot, mit meinem Steifen, der zu nichts nutze war, und manchmal regte ich mich auf: »Diese ganze Fickerei kotzt mich allmählich an! Schau, in welchen Zustand du mich gebracht hast! Was sollen wir damit jetzt machen?«

Auch sie ödete es an, sie wußte nicht, was tun. Sie versuchte es mit zerstoßenem Eis, aber das machte mich nur noch härter. Das gleiche passierte bei der Methode, mir den Finger in den Po zu stecken. Wir fanden einfach keine Lösung.

»Es gibt nur eins: Bier. Magst du Bier?«

»Du willst, daß ich Bier trinke?«

»Bier bringt dich zum Pinkeln, und um zu pinkeln, muß er erst schlaff werden. Das weiß jede Frau.«

Also gönnte ich mir zwei schäumende Bier. Ich fand es nicht schlecht, und auch sie trank. Wir lachten wie die Verrückten, denn wir hatten bald einen im Tee. Ich spürte, daß ich pinkeln mußte. »Pinkel auf mich drauf«, sagte sie. Das habe ich mir nicht zweimal sagen lassen. Auch wenn es ein komisches Gefühl war. Ich pinkelte ihr mitten ins Gesicht, sie leckte sich die Lippen. Es lief überall an ihr runter. Ihre Miederhose war ganz naß, und ihre Brüste klebten aneinander. Als ich fertig war, sagte sie: »Hier, schau!« Sie hatte sich auf das Bett gehockt und pinkelte jetzt auch, ich hielt meine beiden Hände auf, um den Strahl aufzufangen. Ihre Pisse war heiß, und es spritzte. Sofort ist er wieder steif geworden, und mitten in ihrem Pipi habe ich sie gevögelt. »Jetzt will ich, daß du auch noch kackst«, sagte ich.

»Hast du wirklich Lust, meine Scheiße zu sehen?«

»Ja, ich habe Lust, deine Scheiße zu sehen. Mit sieben lieben alle Kinder Kacka-Geschichten.«

»Und wenn ich nicht kann?«

»Du mußt nur ein wenig drücken.«

Sie drückte, so fest sie konnte. Ihr Gesicht wurde dabei immer röter. Ich weiß auch nicht, was dann in mich gefahren ist, aber ich fing an, sie zu bumsen, als wollte ich sie damit umbringen. Sie hatte einen wahnsinnigen Orgasmus, und mitten drin, als sie etwas entspannter wurde, hat sie reichlich geschissen, und auch ich hatte einen Orgasmus, endlich war es soweit, ich hatte einen, und trotz des ziemlich scheußlichen Gestanks sahen Madeleine und ich einander vollkommen überwältigt an. Wie wollen Sie verhindern, daß einer, der seinen ersten Orgasmus in der Scheiße erlebt, zu einem Mörder wird?

Jeden Nachmittag nach der Schule traf ich Madeleine im Geschäft. Sie gab mir eine Kleinigkeit zu essen, und dann machte ich meine Hausaufgaben. Sie hatte mir einen Schreibtisch in den hinteren Teil des Ladens gestellt, genau hinter den Spiegel, einen Einwegspiegel natürlich, so daß ich bei meinen Hausaufgaben die Frauen beim Anprobieren beobachten konnte. Sie legte großen Wert darauf, daß unsere Beziehung keine Auswirkungen auf meine schulischen Leistungen hatte. Sie kontrollierte meine Noten, überprüfte meine

Schulhefte, und wenn ich einmal in meinen Leistungen nachließ, zeigte sie sich streng, ja manchmal sogar unerbittlich. Dann ging sie sogar so weit, mich richtig zu bestrafen: »So, heute darfst du nicht in die Kabine schauen!« sagte sie. Und sie zog den Vorhang über den Spiegel. Da saß ich nun, eingeschlossen in meinem Hinterraum, allein mit meiner Algebra oder einer Übersetzung aus dem Lateinischen, dazu verdonnert, nur noch zu hören, was auf der anderen Seite vor sich ging. Ich tobte innerlich, aber ich schuftete auch, ich war ja ein intelligentes Kerlchen, ehrgeizig und stolz, und meine Noten wurden schnell besser. Sie freute sich darüber, und der Vorhang ging wieder auf.

Nicht alles, was ich von meinem Tisch aus sah, war angenehm, wie Sie sich vorstellen können. Ich sah dicke Frauen und klapperdürre, verzweifelte Frauen, an denen jedes Dessousteil wie ein Verband aussah, aber im Durchschnitt, das fühlte ich an meinem Schwanz, der ein untrügliches Gespür dafür hatte, boten mir diese Frauen im geheimen Innern ihrer Kabine, beim Überstreifen eines Body, beim Blick in den Spiegel, ein ganz wunderbares, überwältigendes, aufregendes und lehrreiches Schauspiel, wie gemacht für einen wie mich, der sich für die weibliche Psyche interessiert. Die Anmut eines BHs verwandelte jede Frau in eine Geliebte, sie wurden förmlich zu Musik und waren selbst ganz überrascht von dieser Verwandlung. In Madeleines Geschäft habe ich alles gelernt, was ich wissen mußte: daß aus Plumpheit Anmut werden, daß eine Mutti zur Geliebten mutieren kann, daß eine vernachlässigte Frau zu blühen beginnt, eine mit schlechtem Geschmack dennoch ein Gefühl für Eleganz bekommen kann, daß die Frau von Welt davon träumt, eine Hure zu sein, daß echte Schönheit nicht beschädigt werden kann, daß ein Anflug von Jugend in den Augen einer reifen Frau zu schimmern beginnt, sobald sie sich als begehrenswert empfindet.

Madeleine hatte ich in Verdacht, daß sie mich zu amüsieren oder, besser gesagt, mich verrückt zu machen versuchte, denn sie bot ihren Kundinnen Wäsche an, die oft gar nicht zu ihnen paßte. Ich sah der Kundin, die halbnackt in der Kabine stand, förmlich an, wie es sie gruselte. Sie denkt doch wohl nicht, daß ich das anziehe? »Probieren Sie's an«, sagte Madeleine, »es verpflichtet Sie zu nichts ...« Und drückte der Unglücklichen, die schon ganz rot vor Verlegenheit war, einen Büstenhalter von einer Transparenz und Obszönität in die Hand, der ihre gute Erziehung, ihre vorbildlichen Manieren, ihren Mutterinstinkt und ihre religiösen Überzeugungen zum Explodieren brachte. Auf diese Weise habe ich Bekanntschaft mit dem Gossard gemacht. Die Kundin war verwirrt, verblüfft darüber, sich so gut zu finden, ja, sich sogar selbst zu begehren – im Grunde begehrt ja jede Frau sich selbst, sie verführt sich selbst, und das macht sie so unbegreiflich, so geheimnisvoll, sogar wenn sie vor uns steht, sieht sie sich in unseren Augen gespiegelt – die Kundin also, von der mich nur der Spiegel trennte, konnte sich selbst nicht widerstehen, wie gut ich sie verstehen kann!, und fing an, die eigenen Brüste zu liebkosen. Madeleine lächelte. Ich berührte mich, fühlte, wie der Virus in mich eindrang. Es war mein erster Kontakt mit der Droge. Vor so viel Schönheit war ich nur noch Sanftheit und Rührung.

Kurz vor sieben Uhr schloß Madeleine das Geschäft ab, ließ den Eisenrolladen herunter, und wir waren allein. Die Stunde der Erlösung! Ich wußte, daß sie den schmerzhaften Stau, der sich in mir gebildet hatte, bald auflösen würde, und ich wartete zitternd, bis es soweit war. Sie hatte Gefallen daran, mich warten zu lassen. Sie ließ sich alle Zeit der Welt, räumte das Geschäft auf, legte die herumliegenden Wäschestücke sorgfältig zusammen und ordnete sie in die Schubladen ein. Dann kam sie zu mir: »Bist du fertig mit den Hausaufgaben?«

»Ja, schon lange.«

»Gut, dann mußt du jetzt nach Hause gehen. Deine Eltern machen sich bestimmt Sorgen.«

»Bei mir zu Hause macht sich niemand Sorgen. Ich will bei dir bleiben. Ich will mit dir essen. Ich will mit dir schlafen.«

Normalerweise lehnte sie es ab. Sie zog dann, wie jetzt auch, nur meine Buxe herunter und befreite mich von all den Bildern, die meine Phantasie mir geliefert hatte. Ich zog aber die Hose wieder hoch. »Ich will nicht nach Hause«, sagte ich. Doch mein Protest war zwecklos, sie bestand darauf, daß ich ging. Also stieg ich in ihre Karre, und sie setzte mich vor der Haustür ab. »Du bist wirklich gemein!« sagte ich. Aber sie ließ mich einfach stehen.

Zu Hause scherte sich kein Mensch darum, daß ich so spät kam. Als ich mich an den Tisch setzte, sah mein Vater nicht einmal von seiner Zeitung auf. Nur Mathilde gab mir mit ihrem schielenden Blick zu verstehen, daß sie einen leisen Verdacht hegte.

Eines Abends habe ich mich einfach verdrückt. Ohne das leiseste Geräusch zu machen, schlich ich die Treppe hinunter und ging aus dem Haus. Draußen zog ich mich an und kletterte dann über das Tor. Ich lief durch die verlassenen Straßen, bis ich vor Madeleines Haus stand. Ich klingelte. Sie kam im Nachthemd, ich hatte sie im Tiefschlaf überrascht. Zum ersten Mal sah ich sie ungeschminkt und mit zerzaustem Haar. Am liebsten hätte ich jetzt Mama zu ihr gesagt. Sie ging zurück ins Haus, um sich wieder hinzulegen, und sagte: »Komm schnell.« Ich zog mich aus und sprang zu ihr ins Bett. Es war warm wie ein Nest. Sie machte das Licht aus, und ich kuschelte mich an sie, meine Nase in ihrer Halsbeuge. Sie zog mir die Decken über die Schultern. Wir lagen ganz still und fühlten uns gut so. Ich atmete ihren Geruch ein. Es war schön, ein Kind zu sein. Es gibt Momente, da braucht man nicht viel: nur ein wenig Wärme und eine Schulter zum Ausruhen. Und das Geräusch eines Zuges, der in der Ferne vorbeifährt.

»Eines Tages muß ich dich töten«, sagte sie.

»Warum?« fragte ich.

»Weil du mit deinen Freunden über mich sprechen wirst, und deine Freunde erzählen es weiter, bis es ihren Eltern zu Ohren kommt, und darunter gibt es immer einen beflissenen Idioten, der seiner Bürgerpflicht nachkommen will. Ich habe keine Lust, im Knast alt zu werden.«

»Gut, dann sterbe ich eben«, sagte ich, »jetzt, wo ich dich kennengelernt habe, kann ich ruhig sterben.«

»Mein Liebling«, sagte sie.

»Mein Schatz«, gab ich zurück.

Sie öffnete ihre Schenkel. »Ich möchte, daß du mich leckst«, sagte sie. Das traf sich gut, denn ich hatte auch Lust dazu. Schon seit geraumer Zeit hatte ich mit dem Gedanken gespielt, es aber nicht gewagt. Es war dumm von mir gewesen, aber ich hatte Angst, auf einen beißenden Geruch zu stoßen, der mir in den Augen brennen würde. Als ich mich tief unten im Bett befand, das mir wie ein Brutkasten erschien, habe ich erst verstanden, wie blöd ich gewesen war. Es stank zwar wirklich ein wenig, vielleicht hatte sie gerade gepupst, aber nach einem ersten verwirrenden Moment wurde ich von Liebe überwältigt. Einem Ozean voller Liebe. Mit Tang und allem, was dazugehört. Ich bin in ihrem Loch unter- und wieder hochgetaucht, wie man es vom Reiten auf den Wellen des Meeres kennt. Und der Fang, den ich machte, war wunderbar. Doch plötzlich bewölkte sich der Himmel, und ich löste einen gewaltigen Sturm aus. Den Gewittersturm einer Fünfzigjährigen. Er peitschte mir ins Gesicht, und ich glaubte, mit dem Bett zu versinken. Ja, die Zunge hat eine enorme Macht, wenn sie auf dem Kamm einer Welle reitet. Schaumverschmiert tauchte ich wieder an die Oberfläche. Ihr Mund kam mir entgegen.

»Na, immer noch Lust, mich zu töten?« fragte ich.

»Mehr als je zuvor«, sagte sie. Es war sehr aufregend. Es war aufregend, Angst davor zu haben. Und es war aufregend, dem Todesengel noch Genuß zu verschaffen. Ja, es wird Zeit, daß ich es endlich einmal ausspreche: Ich war das Opfer einer Pädophilen. Was für ein Glück!

Täglich fragte ich mich, auf welche Weise sie mich umbringen würde. Ich hatte Angst, daß sie mich ersticken, mich mit der Schere traktieren, den Raum zwischen ihren Schenkeln mit Arsen beschmieren würde. Aber letztendlich kam sie auf eine viel weniger komplizierte Idee. Sie verschwand ganz einfach, löste sich in Luft auf. Ihr Geschäft war geschlossen, der

Eisenrolladen heruntergelassen, die Wohnung leergeräumt, es gab kein Möbelstück mehr, nichts. Und der Concierge hatte sie natürlich auch keine Adresse hinterlassen: »Sie ist umgezogen, aber sie hat nicht gesagt, wohin.«

Ich fühlte mich ganz klein, hätte am liebsten geheult, ich wußte nicht mehr, was tun. Also bin ich ziellos durch die Straßen gelaufen. Zu Hause konnte ich nichts zu Abend essen. Ich lag in meinem Bett und zitterte. Jeden Abend zitterte ich und bat Madeleine, mir so etwas doch nicht anzutun. Aber sie hatte es getan, sie hatte Wort gehalten. Ich hatte keine Lust mehr zu leben. Ich ging morgens zur Schule, kam dort aber nie an. Ich löste mich einfach unterwegs auf und lief Richtung Paris. Es gab natürlich auch andere Dessousgeschäfte, aber ich wagte mich nicht hinein. Mit Tränen in den Augen blieb ich vor den Schaufenstern stehen. Manchmal kam eine Dame heraus und fragte besorgt, ob ich mich verlaufen hätte. Ich drehte ihr abrupt den Rücken zu und floh. Wahrscheinlich hatte ich damit eine Gelegenheit verpaßt, aber ich hatte auf nichts mehr Lust, wollte mich einfach nur noch im Strom meiner Traurigkeit treiben lassen und an diese Frau denken, die mir alles gegeben und alles genommen hatte. Inzwischen wurde ich größer, meine Kindheit schmolz dahin wie Schnee in der Sonne. Eines Tages war ich zehn Jahre alt. Um diese Zeit starb unsere gute Mathilde, sie starb, während ich in ihr drin war. Später werden Sie verstehen, warum sie dabei gestorben ist und warum ihr die ganze Sache so zu Herzen ging. Ohne sie fühlte ich mich noch einsamer.

Mit meinem Stimmbruch wurde mein belgischer Akzent stärker, und im Cours Fulmar machte man sich weiter über mich lustig. Ich ließ alles klaglos über mich ergehen, antwortete nicht einmal mehr. Ich war zu einem Fremden in meinem eigenen Land geworden. Und dann, eines Tages, entdeckte ich auf dem Boulevard, genau da, wo früher ihr Geschäft gewesen war, eine Gestalt auf dem Gehweg gegenüber. Es war Madeleine, ich war mir ganz sicher, mein Herz hüpfte vor Freude, ich brüllte ihren Namen und stürzte auf die Straße, hörte gerade noch ein Bremsmanöver und dann ein sehr heftiges Geräusch: Es war das Krachen meines Körpers, der von einem Auto überfahren wurde.

Ein perfektes Verbrechen. Ohne Motiv. Sie steigt in ihr Auto und startet, völlig teilnahmslos. Ich dagegen komme ins Krankenhaus, kämpfe mich drei Monate durchs Koma, überall habe ich Schläuche, ich werde nur mühsam wach, bin böse, das Leben hat mich hart gemacht. Ich scheiße in eine Schale, die Krankenschwestern putzen mir den Hintern ab, ich esse vorgekautes Zeug, man fährt mich in einem Rollstuhl herum, ich habe behinderte Freunde, mit denen ich mich im Park der Klinik treffe, fast alles irre Typen, manche waren von Motorrädern zerrissen worden, ich höre ihnen zu, wenn sie ihre Geschichten erzählen, Geschichten von Krankenschwestern, die ihnen einen blasen, ich weiß nicht mehr, ob ich tot bin oder lebendig, mein Meniskus schmerzt, meine Erinnerungen tun mir weh, und meine Jugend tut mir weh, und dann, eines Tages, Sie wissen ja, irgendwann scheint in jedem Leben auch die Sonne wieder, entdecke ich jemand Neues, ein Mädchen in einem Rollstuhl. Sie saß im Schatten eines Kastanienbaums und las ein Buch. Es war Frühling, der Kastanienbaum blühte. Auch das Mädchen schien zu blühen. Ihre Brüste in ihrem kleinen gequälten Körper zwitscherten.

Sie hieß Gabrielle, und sie war mehr oder weniger eine Andeutung von sechzehn. Sie trug eine Hemdbluse mit einem passenden Rock, unter dem zwei gelähmte Gebilde zum Vorschein kamen. »Ich bin zu früh geboren«, sagte sie, »mit nur fünf Monaten. Die Ärzte haben um mein Leben gekämpft, und hier ist das Resultat.«

Am nächsten Tag sahen wir uns wieder, und von da an trafen wir uns täglich. Ich war selig. Wir tauschten von Sessel zu Sessel Küsse aus, so gut es ging, und ihre Küsse waren frisch und leidenschaftlich. Gabrielle war wegen einer Rückenmarksbehandlung da, von der sie sich nicht viel versprach, sie wollte nur, daß sie schnell vorbei war, denn die Einstiche waren schmerzhaft. Und ich war zur Rehabilitation in der Klinik und machte, im Gegensatz zu ihr, Fortschritte. Aber wenn ich mit meiner Gehhilfe an ihr vorbeiging, sagte mir ihr Blick, daß sie stolz auf mich sei und mich ermutigen wolle und auch, daß sie keine Angst mehr habe, denn sie wisse, ich würde sie nie verlassen.

Ihre Eltern hatten sich nach einigen Jahren Ehe scheiden lassen. Nachdem das Unglück sie zusammengeschweißt und sie Seite an Seite gekämpft hatten, um ihrer kleinen Gabrielle alle Liebe zu geben, die Eltern geben können, damit ihre Tochter wie andere Kinder eines Tages herumhüpfen könnte, hatten sie schließlich die Trennung beschlossen, der Schmerz um die Tochter hatte sie einander zu sehr entfremdet. Gabrielles Mutter kam häufig zu Besuch, und auch ihr Vater kam. Manchmal war eine Begegnung der beiden unvermeidlich, dann umarmten sie sich lange. Sie waren keine Helden, einfach nur tapfere Leute.

Nicht ein einziges Mal war zwischen uns, das heißt zwischen ihren Eltern und mir, die Rede davon, daß Gabrielle und ich bei unserer Entlassung aus dem Krankenhaus einander weiter sehen oder sogar, warum nicht?, zusammen wohnen könnten, denn es war mehr als offensichtlich, daß meine Gegenwart sie glücklich machte und umgekehrt mein ganzer Lebensinhalt darin bestand, sie glücklich zu sehen. So war es ganz natürlich, daß wir, Gabrielle und ich, wie ein Paar, das von einer Reise zurückkehrt, zusammen die Klinik verließen, zusammen essen gingen und dann in einer kleinen Zwei-Zimmer-Erdgeschoßwohnung in der Nähe der Porte de Montreuil, die unsere Eltern für uns gemietet hatten, schlafen gingen.

»Darf ich Sie nun, Herr Präsident, bevor ich eine der schmerzhaftesten Perioden meines kurzen Lebens angehe, um den Gefallen bitten, mir ein paar Augenblicke Ruhe zu gewähren und, wenn möglich, mir ein Glas Wasser zu besorgen?«

DER GERICHTSPRÄSIDENT: »Bitte bringen Sie dem Angeklagten etwas zu trinken.«

Man führte mich, damit ich mich hinsetzen konnte. Dann reichte man mir ein Glass Wasser. Ich roch das Parfum meiner Anwältin, die sich an mein Ohr neigte. »Sie sind wunderbar«, sagte sie, »Sie sind auf dem besten Weg, sie umzudrehen, ich habe Tränen in den Augen der Geschworenen gesehen …«

Gabrielle wog zweiunddreißig Kilo. Ich trug sie von morgens bis abends. Am Morgen hob ich sie aus dem Bett, und am Abend legte ich sie wieder hinein. Dazwischen wusch ich sie, zog sie an, fuhr mit ihr spazieren. Damit sie sich auf der Straße nicht so allein fühlte, benutzte auch ich einen Rollstuhl, und so rollten wir beide nebeneinander her. Manchmal waren wir ganz mutig und spielten Fangen, bis Gabrielle völlig außer Atem geriet. Es war einfach schön mit ihr. Sie hatte ein Talent für die Liebe. Im Sommer, als es richtig heiß wurde, schwitzte Gabrielle, sie hatte Durst, verlangte nach Eis. Beim geringsten Lüftchen zog ich ihr einen Pullover über. Wir gingen zum Markt und setzten uns auf die Terrassen der Cafés. Alle Leute kannten uns und betrachteten uns beim Vorübergehen wie einen Hoffnungsschimmer. Wir waren *das* Liebespaar des Viertels, die wunderbaren, verliebten Behinderten. Die Geschäftsleute standen vor ihren Läden und lächelten uns zu. Wir machten vielen Mut. Schwierigen Kindern hielt man uns als Beispiel vor Augen. Wenn wir nach Hause zurückkamen, freuten wir uns immer. Wir waren noch ganz überwältigt von dem Gedanken, gemeinsam in einer Wohnung zu wohnen, die uns gehörte. Gabrielles Wangen waren feuerrot, und einige Haare klebten ihr auf der Stirn. Ich wartete immer ein wenig, bevor ich aus meinem Rollstuhl aufstand, um ihrer Traurigkeit willen, wenn ich sie sanft in die Realität zurückholen mußte, denn ich konnte ja aufstehen und gehen und sie nicht.

Ich erinnere mich noch, wie Gabrielle mir an unserem ersten Abend in der neuen Wohnung, nachdem unsere Eltern den Kühlschrank mit Lebensmitteln und das Bad mit frischer Wäsche gefüllt hatten, in teils trotzigem, teils mitleidigem Ton sagte: »Du wirst dich bei mir auch um sehr peinliche Dinge kümmern müssen. Ich hoffe, meine Mutter hat dich vorgewarnt ...«

Ich antwortete, dann würden wir eben mit der peinlichsten aller Angelegenheiten beginnen, nämlich der körperlichen Liebe, und das wiederum war ihr überhaupt nicht peinlich.

Ihre Mutter hatte mich in der Tat vorgewarnt: »Weißt du, Gabrielle ist eine Frau mit allem, was dazugehört. Einer normalen sexuellen Beziehung mit ihr steht nichts im Weg.«

Nichts stand dem im Weg, das stimmte. Ich würde sogar sagen, alles trug dazu bei. Ich lebte zusammen mit einer Frau, die in mich verliebt war.

Anfangs, ich hätte mißtrauischer sein sollen, schien Gabrielle viel selbständiger, als ich mir vorgestellt hatte. Sie wußte sich bei vielem zu helfen, hievte sich mit der Kraft ihrer Arme in die Höhe, erledigte einen Großteil ihrer Toilette selbst. Eines Tages aber, als ich hörte, daß sie im Badezimmer hingefallen war und ich sie in Tränen aufgelöst vorfand, mit ihrem armseligen Tampon, den sie zu verstecken versuchte, da habe ich verstanden, daß nur ihre Schamhaftigkeit ihr eine solche Kraft hatte verleihen können, der absolute Wille, ihre kleinen Geheimnisse für sich zu behalten, und daß ich doppelt aufmerksam sein mußte, auch wenn sie das nicht wollte. Von diesem Tag an habe ich sie nie wieder allein gelassen, und unsere Intimität, die weit über das hinausging, was man normalerweise darunter versteht, hat darunter niemals gelitten, denn Gabrielle war viel zu anmutig, als daß man sich dafür hätte schämen müssen.

Die Rolle des Krankenpflegers ist gerade dann schön, wenn die Kranke einem förmlich den Kopf verdreht. Wenn man jedesmal, sobald man sie in den Arm nimmt, den Eindruck hat, als würde man alle Kinder dieser Welt retten, die sterben müssen, weil sich keiner um sie kümmert. Gabrielle aber war lebendig. Viele hatten darum gekämpft, daß sie überlebt, Ärzte, Krankenschwestern, alle möglichen Leute, sie aber hatte lange gezögert, hatte vielleicht den Sinn und Zweck der Reise ins Leben nicht klar erkannt da unten in ihrem Brutkasten, durch den sauerstoffgetränkten Nebel konnte sie nur vage Umrisse von dicken Köpfen mit sorgenvollem Gesichtsausdruck erkennen und manchmal etwas, das wie das Lächeln einer Mutter aussah. Aber dann, eines Tages, war ihre Entscheidung klar: Sie würde es mit dem Leben aufnehmen, und jetzt lag sie, noch nicht ganz fertig, aber dennoch tapfer in meinen Armen, und ich paßte auf, daß sie sich nicht stieß, wenn ich mit ihr über die Türschwellen stieg. Wenn ihre Eltern kamen, küßte ich ihnen die Hand. Sie stellten nie Fragen, denn sie konnten ja selbst sehen, daß alles gut lief. Sie verlangten nur jeweils ein Kleenex, weil ihre Augen vor Rührung oft feucht waren.

Auch mein Vater kam von Zeit zu Zeit. Er hatte seinen eigenen Teller bei uns. Wir kochten ihm ein kleines Hammelragout, und damit war er zufrieden. Er aß. Wortlos. Unser Glück bedachte er mit dem Blick eines Heimatlosen. Sobald er mit dem Essen fertig war, setzte er sich vor den Kamin. Dort stand ein Sessel eigens für ihn. Er las seine Zeitung und hörte zu, wie Gabrielle mich bei den Schularbeiten abhörte. Ich bereitete mich auf ein Fernabitur vor. Gabrielle zählte die Stunden, die uns noch vom Zubettgehen trennten.

Sie war ganz wild aufs Vögeln. Eines dieser Phänomene des Wieder-ins-Gleichgewicht-Bringens, dessen Geheimnis nur die Natur kennt, hatte bewirkt, daß sich die gesamte ungenutzte Energie des unteren Teils ihres Körpers nach oben verlagerte, in ihren Intimbereich, und sie verzehrte sich förmlich vor Ungeduld, die so groß war wie ihre Leidenschaft, ich brauchte sie nur leicht zu berühren, und schon hatte sie einen Orgasmus, und gleich noch einen, sofort, wie eine Diebin, die sich schnell die Taschen füllt, bevor sie erwischt werden kann. Und ich machte mit, ließ mich von ihr ausplündern. Zuerst war ich voller Verwunderung darüber, daß ich in der Lage war, so viel Lust in jemandem auszulösen, sie zitterte, kaum daß ich in sie eingedrungen war, aber wenn ihr Zittern zu stark wurde, machte ich mir Sorgen, bekam Angst, sie zu zerbrechen, denn sie war so unendlich zart. Eine solche rebellische Kraft in einem so schmächtigen Körper! Ich versuchte ihr gut zuzureden, sie zu beruhigen, ich erklärte ihr, wir könnten uns doch Zeit lassen, das ganze Leben liege noch vor uns, aber meine Worte waren vergeblich, dieser flehentliche Blick in der Nacht, ihr Drängen, ihr Liebeshunger und die damit verbundene Angst, daß alles vielleicht doch bald vorbei sein könnte, die Angst vor einem brutalen Erwachen, vor einem erneuten Alleinsein, das war stärker als alles andere. Ich tauchte also wieder in sie ein, um ihr Kraft zu verleihen und um in mir jenen schrecklichen Gedanken zum Schweigen zu bringen, daß der Tod am Ende unserer Reise unweigerlich auf uns wartet. Dabei dachte ich allerdings immer nur an den Tod von Gabrielle. Während dieser ganzen Zeit, die wir zusammen verbrachten, wie lange genau es war, weiß ich nicht mehr – sechs Monate? ein Jahr? –, spürte ich die Gegenwart des Todes in einer Ecke unseres Schlafzimmers. Und ich bin sicher, daß auch Gabrielle sie gespürt hat. Ich konnte es an ihrem Blick erkennen. Wir haben jedoch nie miteinander darüber gesprochen. Über derlei spricht man nicht. Man hat einfach nur Angst, das ist alles.

Gabrielle konnte ganz unvermittelt große Freude empfinden, sie brauchte dazu keinen besonderen Grund. Ihre Freude hatte etwas Kindliches, sie klatschte in die Hände dabei und lachte schallend. Und dann fing sie an, mit Bällen zu jonglieren. Manchmal hatte diese Freude auch geilere Aspekte, war fast aufreizend, der Auslöser dazu konnte ein Oldie sein, den sie gerade im Radio hörte, dann fing sie an, in ihrem Rollstuhl zu tanzen, und sie betrachtete mich lüstern von der Seite. Zuweilen streckte sie sich auch wie eine übersättigte Katze, präsentierte mir eine aufreizende Wollust, ihr Gesicht nahm laszive Züge an, und das waren Momente, in denen ich zusehen konnte, wie sie sich in eine Frau verwandelte. Ich hielt den Atem an.

Seltsam: Wie kann man in einem Zustand intensiven Glücks auf tiefschwarze Gedanken verfallen? So schwarze Gedanken, daß man sich weigern möchte, sie überhaupt an sich herankommen zu lassen. Man kämpft wie ein Löwe, um sie zu vertreiben. Und im allgemeinen schafft man es auch, ihnen zu entfliehen. Aber sie kehren dennoch immer wieder, lassen einen nicht los. Meist haben sie irgendein grundlos begangenes Verbrechen zum Inhalt, einen Alptraum am hellichten Tag.

Ein seltsam komisches Gefühl hätte mich eigentlich alarmieren müssen. Ein Detail an ihrer Kleidung, klingt idiotisch, ich weiß, aber ich werde Ihnen die Geschichte trotzdem erzählen.

Gabrielle liebte Hemdblusen. Sie besaß zwei, eine weiße und eine schwarze. Sie besaß auch zwei Büstenhalter, einen weißen und einen schwarzen. Der eine war so keusch wie der andere. Büstenhalter, wie junge Mädchen sie tragen, einfach und ohne Koketterie, normalerweise hätten sie mich nicht in einen solchen Zustand versetzen dürfen. Mir wurde ganz schwindlig, wenn ich sie sah, ich mußte mich setzen, um nicht zu fallen. Jedesmal, wenn sie ihre Hemdbluse auszog, war mir, als würde mir jemand einen Schlag in die Magengrube verpassen. Ihre Brüste waren klein und ziemlich hübsch, klein, voll und straff … und wenn sie in einem BH steckten, also gar nichts von ihnen zu sehen war, tat es weh, so schön waren sie!

DER GERICHTSPRÄSIDENT: »Wollen Sie damit sagen, Sie haben gelitten?«

»Ja, ich habe gelitten.«

DER GERICHTSPRÄSIDENT: »Aber weshalb denn, guter Gott! Sie hatten doch alles, um glücklich zu sein!«

»Ich litt an der Schönheit und an der Zeit. Eine verfluchte Kombination.«

DER GERICHTSPRÄSIDENT: »Das verstehe ich nicht.«

»Ich auch nicht.«

MEINE ANWÄLTIN: »Strengen Sie sich an, Monsieur Treuttel. Wir sind dabei, über Ihre Schuld oder Unschuld zu befinden.«

»Ich bin schuldig, weil ich zuviel hingeschaut habe! Ich bin schuldig, zu sehr geliebt zu haben! Die Schönheit einer Frau, die sich hingibt, schmerzt mehr als die Schönheit einer Frau, die sich verweigert!«

DER GERICHTSPRÄSIDENT: »Das müssen Sie mir aber bitte erklären!«

»Weil, immer wenn Sie der Meinung sind, sie gehöre Ihnen, sie Ihnen schon wieder entglitten ist. Eine Frau zerrinnt Ihnen zwischen den Fingern, wie die Zeit! Aber der Büstenhalter, Herr Gerichtspräsident, hält die Zeit an, trotz seiner Leichtigkeit, trotz des wenigen Stoffs, aus dem er besteht! Bevor ihn die Frau auszieht, hat sie noch ihre gesamte Zukunft vor sich, zieht sie ihn aber aus, gehört sie bereits der Vergangenheit an! Und die Vergangenheit ist die Zeit der Toten!«

DER STAATSANWALT: »Ich überlasse den Geschworenen das Recht zu urteilen.«

MEINE ANWÄLTIN: »Ich bitte darum, meinem Mandanten Zeit zum weiteren Ausführen seiner Geschichte zu gewähren.«

Ich vertraute mich Gabrielle an.

Sie sagte, sie würde mich nicht verstehen.

Ich insistierte: »Ich mag es, dich im Büstenhalter zu betrachten.«

Sie schlug vor: »Willst du, daß wir noch ein paar kaufen? Welche, die sexier sind? Durchsichtige?«

»Nein, auf keinen Fall!« antwortete ich. »Ich finde gerade die umwerfend!«

»Wo ist dann also das Problem? Du scheinst ja richtig zu leiden ...«

»Natürlich leide ich!«

»Aber warum denn?«

»Aus Liebe!«

»Aus Liebe zu meinem Büstenhalter?«

»Aus Liebe zu dir *im* Büstenhalter!«

»Ist es schlimm für dich, wenn ich ihn ausziehe?«

»Das ist ja das Schreckliche am Büstenhalter: Er ist dazu da, um ausgezogen zu werden.«

»Gut, dann hör zu, ich behalte ihn an, und wenn du möchtest, daß ich ihn ausziehe, dann ziehe ich ihn aus.«

»Mach dich nicht über mich lustig!«

»Aber ich mache mich doch gar nicht über dich lustig!«

»Wohl! Du machst dich über mich lustig! Du denkst, ich sei krank im Kopf! Du tust alles, damit ich plemplem werde, und wenn ich es dann bin, spielst du die Unschuldige!«

»Aber ich habe diese armen Büstenhalter noch nicht einmal selbst ausgesucht, meine Mutter hat sie mir gekauft!«

»Ja, gut, ändert nichts daran, daß sie schön sind!«

Das war unser erster Krach. Aber da wir uns liebten, gab es überhaupt keinen Grund, weshalb er hätte schlecht ausgehen sollen. Sie behielt ihren Büstenhalter jetzt immer an. Ich betrachtete sie endlos lange. Sie bot sich meinem Blick dar, zog noch nicht einmal mehr eine Hemdbluse an. Ganze Tage verbrachte sie im Büstenhalter. Obwohl es Winter war. Wir heizten gewaltig. Ich blieb in einer Ecke sitzen und bewegte mich nicht. Ich betrachtete sie nur, ließ sie nicht aus den Augen. Sie hatte ein wenig Angst, sie war aufgeregt. Und sie hatte Angst vor dieser Aufregung, die in ihr hochstieg. Ich faßte sie nicht an. Sie spürte, daß etwas Ungewöhnliches passieren würde. Auch ich spürte das. Es war unmöglich, es nicht zu spüren. Irgendwann stand sie auf, sie erhob sich aus ihrem Rollstuhl und kam zu mir gelaufen. Mit kleinen, zaghaften Schritten. Sie durchquerte das Zimmer und setzte sich rittlings auf meine Knie. »Das ist eine gute Idee«, sagte ich.

In diesem Moment klingelte es. Es war Madeleine. Madeleine, die zurückkam, um zu sehen, was für ein großer Junge ich inzwischen geworden war. Sie fand, ich sei gewachsen, und machte einen interessierten Eindruck. Sie ließ ihren Mantel auf den Parkettboden fallen, darunter trug sie ein enganliegendes Jerseykleid, das dem Blick nichts ersparte. Sofort mußte ich an ihre Miederhose denken, an die drei Druckknöpfe, die nur darauf warteten, geöffnet zu werden, an die wunderbare Vertiefung, die mich erwartete, und ich erkannte an ihrem Blick, daß sie ans gleiche dachte, daß sie keine Geduld mehr hatte, zu warten …

Wiederbegegnungen mit Frauen, mit denen man früher wie wild gevögelt hat, sind furchtbar. Ich stürzte mich auf sie, und sie krallte sich an mir fest, wir wälzten uns auf dem Boden, sofort war ich in ihr drin, genau da, wo ich erwartet wurde, es gibt Momente, da muß man dorthin gehen, wo man erwartet wird, das Leben verlangt es, an einem Tag ist man Dichter, am nächsten Tag ein Tier, und all das hat auch sein Gutes, aber dies hier war das Beste, eine Dreckschlampe zu vögeln, das war das einzig Wahre, ich fühlte mich sofort auf bekanntem Terrain, es war gerade deshalb so geil, weil sie versucht hatte, mich zu töten, das verstärkte nur meine Liebe zu ihr, meine Lust, zärtlich zu ihr zu sein, diese Lust kann allein mit der Gewalt mithalten, mit der Sie ihr den Garten zerstören, Sie hätten sie sehen sollen, sie war völlig überwältigt, die schöne Madame Thirion, Madeleine, die erste Frau in meinem Leben, Sie hätten sehen sollen, wie begeistert sie darüber war, daß ihr Schüler nun größer geworden war, sie war sprachlos vor Überraschung, stieß nur »Ohs« und Ahs« aus und keuchte so heftig, daß ihre Miederhose von selbst aufsprang, sie verlor alle Hemmungen, überschritt alle Grenzen, wußte nicht mehr, wo sie sich befand, ah, ich würde sie mitnehmen ins Land der Schande, dorthin, wo Spiegel verboten sind, weil sich die Frauen nicht mehr anzusehen wagen, wir machen weiter, unaufhörlich, das Problem ist, daß sie es ist, mit der ich dorthin gehe, sie ist es, die mich mitnimmt, in ihr Dörflein, dorthin, wo man nachts alte Glatzköpfe beim Ejakulieren schreien hört, ihre Haxen schlingen sich um meinen Bauch, sie wehrt sich, geht zum Gegenangriff über, holt alles aus sich heraus, ihre unbegrenzten Fähigkeiten, ich werde zu ihrem Spielzeug, mir wird ganz schwindelig, überall spüre ich ihre Finger, sie krümmt sich und streckt sich wieder aus, sie läßt mich los und hält mich dann wieder fest, ich flehe sie an, zum Ende zu kommen, mich aus ihrer Umklammerung zu befreien, aber sie lacht nur über mich, bringt mich ins Leben zurück, bei jedem Glissando entringt sich mir ein Schrei, aber sie ist mit ihrer Koloratur noch nicht fertig, auch wenn es allmählich mehr wie ein Röcheln klingt, wie eine Agonie der Stimmbänder, und irgendwann lege ich meine Hände um ihren Hals und drücke zu, so sehr wünsche ich mir, daß sie endlich die Klappe hält, daß sie aufhört, mir ihren letzten Willen zu diktieren, aber sie ist hartnäckig, es gelingt mir nicht, heftig genug zu drücken, ich werde wohl noch üben müssen, einstweilen sage ich ihr, daß ich sie liebe, und wir kommen zusammen wie ein Orchester, gehen unaufhörlich auf und nieder, es sieht aus wie ein epileptischer Anfall, und am Ende liegen wir engumschlungen, streicheln einander zärtlich mit unseren Zungen, murmeln einander zärtliche Worte ins Ohr, und dann – sehen wir uns um ... Aber wo war unser Ausgangspunkt? Wo waren wir stehengeblieben?

Ich strecke meine Hand nach Gabrielle aus: »Gabrielle? ...« Wo war sie denn hinverschwunden? Ich stehe auf, um nachzusehen, aber der Boden ist so klebrig, daß ich aufpassen muß, mir nicht die Fresse aufzuschlagen und auf Madeleine draufzufallen! Sie lacht aus vollem Hals! Und versucht mich genauso barsch wie vorher wieder in sich hineinzuziehen!

»Hör auf mit deinen Schweinereien!« sage ich. »Ich war gerade mit einem Mädchen zusammen!«

»Ein Mädchen im Büstenhalter?«

»Ja!«

»Die ist schon vor längerem abgehauen.«

»Aber ihr Stuhl ist noch da!«

»Welcher Stuhl?«

Gabrielle lief. Sie schlenderte durch die Rue des Suppliciés und lächelte dem Leben zu. Sie war schön wie nur irgend etwas. Alle kamen aus ihren Häusern, um dieses Wunder vorbeiziehen zu sehen. Einige bekreuzigten sich. Andere riefen: »Es lebe die Liebe!« Wieder andere blieben vor lauter Tränen sprachlos.

Wie ein Idiot stürzte ich ihr in die Rue Viviani nach. Ich hatte meinen Rollstuhl genommen und fuhr so schnell wie möglich. Aber ich fuhr nicht schnell genug.

An der Kreuzung zur Rue des Aiglons, keiner weiß, wie genau es passiert ist, einige behaupten, sie habe den Bus nicht gesehen, andere sagen, sie hätte sich unter seine Räder geworfen, wieder andere meinen, ihre Beine hätten den Dienst versagt, wie dem auch sei, jedenfalls als ich ankam, sah ich ihr Blut schon auf der Straße und in ihren Augen einen eindeutigen Abschied. Ich drehte sofort um und kehrte nach Hause zurück.

DER GERICHTSPRÄSIDENT: »Wie fühlten Sie sich?«

»Schlecht. Sehr schlecht. Ich verließ meinen Rollstuhl nicht mehr. Weder für die Beerdigung noch für den ganzen Rest. Ich fand das Leben einfach widerlich. Zu wissen, daß man nichts tun kann, um einen Menschen zu schützen, den man liebt, das baut einen nicht gerade auf. Was blieb mir jetzt noch übrig? Ich mußte nachdenken. Tagelang saß ich in meinem Sessel und betete Gabrielles Büstenhalter herunter wie einen Rosenkranz. Dabei mußte ich zugeben, daß einen die Liebe trotz allem in seltsame Gegenden verschlägt. Die Richtung, die mein Leben genommen hatte, gefiel mir aber keineswegs. Selbst Madeleine hatte mir nichts wirklich Neues gegeben. Dennoch hatte ich mir einen Apparat gekauft, um die Muskeln meiner Hände zu trainieren.

Ich ging so selten wie möglich aus dem Haus, gerade mal, um Brot, die Zeitung und Konserven zu kaufen. Der mitleidige Blick, mit dem mich die Geschäftsleute bedachten, ging mir auf die Nerven und nicht weniger die Kunden, die einander zuflüsterten: ›Das ist er, der arme, bemitleidenswerte Behinderte, schauen Sie, wie traurig er aussieht ...‹ Ich nutzte die Ablenkung, um soviel wie möglich mitgehen zu lassen. Bei einem, der des Mordes angeklagt ist, kommt es ja wohl auf einen Diebstahl auch nicht mehr an ...«

MEINE ANWÄLTIN: »Ich möchte vor dem Hohen Gericht an dieser Stelle noch einmal die Aufrichtigkeit des Angeklagten hervorheben. Er versucht keinen, auch nicht den schmutzigsten Aspekt seiner Persönlichkeit zu verheimlichen. Ich hoffe, die Geschworenen werden diese Ehrlichkeit berücksichtigen, wenn sie über meinen Mandanten beraten. Keiner kann zum jetzigen Zeitpunkt mit Sicherheit sagen, wie der Kampf zwischen Gut und Böse in der Person des Baudouin Treuttel ausgehen wird.«

DER STAATSANWALT: »Für die Opfer ist es klar, wie er ausgehen wird.«

MEINE ANWÄLTIN: »Ich plädiere nicht für unschuldig, ich plädiere nur dafür, zu berücksichtigen, daß wir es hier mit der Verletztheit eines Jungen zu tun haben, der von einem Sturm mitgerissen wurde, den Verrückte ausgelöst haben. Warten Sie nur, hören Sie, was der Angeklagte weiter zu sagen hat!«

DER PRÄSIDENT: »Fahren Sie fort, Monsieur Treuttel.«

Eines Tages kam mich mein Vater besuchen. Er machte sich Sorgen. »Warum kommst du nicht nach Hause?« fragte er. »Deiner Mutter und mir gefällt es gar nicht, dich hier alleine zu wissen. Du grübelst uns zuviel, wirst noch depressiv werden.«

»Ich habe ein Rendezvous«, antwortete ich. »Ein sehr wichtiges Rendezvous.«

»Mit wem?«

»Mit einer Frau. Ich bin sicher, daß sie wiederkommen wird. Ich erwarte sie.«

»Vergiß dann aber nicht, deine Adresse an der Tür zu hinterlassen.«

»Nein, es muß hier passieren. Hier ist der Ort des Verbrechens. Ein Mörder kommt immer an den Ort seines Verbrechens zurück.«

»Du hast doch nicht vor, eine Dummheit zu begehen?«

»Du wirst es dann aus der Zeitung erfahren.«

»Du willst mir das Zeitunglesen, meine einzige Freude, verderben?«

»Du verdirbst mir ja auch meine einzige Freude: allein zu leben und die Büstenhalter des Mädchens zu streicheln, das ich geliebt habe und das ich habe weglaufen lassen.«

»Warum hast du sie überhaupt weglaufen lassen?«

»In der Familie Treuttel vererbt sich das Schwein-Sein vom Vater auf den Sohn.«

»Schwein ja, aber kein Mörder.«

»Und genau damit möchte ich das Genom bereichern.«

Dieses Geständnis hat ihn doch ein wenig erschüttert, ist ja auch verständlich, er war immerhin mein Vater. Aber kurz danach drehte er den Spieß um und erschütterte mich. Er näherte sich mir mit glänzenden Augen, kniete sich vor meinen Rollstuhl, legte zwei dicke väterliche Hände auf meine kranken Knie und sagte mir ungefähr folgendes: »Treuttel. Vergiß diesen Namen nie. Das ist unser Name. Niemals hat ein Treuttel einen Treuttel fallen lassen. Und wenn Treuttel Sohn gegen das erste Gebot verstößt, wird Treuttel Vater, ganz gleich, was es ihn kosten wird, seinem Sohn zu Hilfe eilen. Seinem Sohn. Seiner Schande und seinem Stolz.«

»Willst du damit sagen, seiner Liebe?«

»Ich benutze nie Wörter, deren Sinn ich nicht verstehe.«

»Ich sehe aber den Sinn in deinen Augen!«

»Meine Augen können trügen. Sie sind müde. Manchmal könnte man denken, ich würde weinen, aber es ist nur eine Reizung, ich habe eine empfindliche Hornhaut.«

»Nimm doch ein Kleenex ...«

»Ja. Danke. Da sage ich nicht nein.« Er wischt seine Tränen ab wie alle Väter dieser Welt. Plötzlich nehme ich seine Hand in die meine: »Papa ...«

»Ja ...«

»Ich glaube, ich habe auch ein bißchen Lust zu flennen ...«

»In deinem Alter flennt man nicht. Man hält sich gerade und schaut in die Zukunft. Selbst wenn sie darin bestehen sollte, eine Frau zu töten.«

»Ich habe jetzt keine Lust mehr, sie zu töten ...«

»Dann war das Verlangen dazu aber nicht sehr groß, oder ...«

»Ich habe Lust, meine Mutter zu sehen ...«

»Du weißt, daß deine Mutter keinerlei Wert darauf legt, gesehen zu werden ...«

»Ich sage dir trotzdem, ich habe Lust, meine Mutter zu sehen, ich möchte, daß sie mich in ihre Arme nimmt, mich auf ihre Knie zieht, mich wiegt und mich hätschelt!«

»Wenn du auf ihre Knie kletterst, werden dich ihre Schienbeine sofort wieder abwerfen!«

»Sag ihr, daß ich sie brauche! Sag ihr, sie soll zu mir kommen! Sag ihr, daß ihr krankes Kind, das sie mit so viel Mühe zur Welt gebracht hat, sag ihr, daß dieses Kind immer noch lebt und nach ihr verlangt! Sag ihr, daß ich wieder werde laufen können, wenn ich sie hier hereinkommen sehe! Oh, bitte, Papa, sag ihr das.«

Mein Vater richtete sich wieder auf. Er war genervt. »Es würde mich sehr wundern, wenn sie hierherkäme«, sagte er. »Aber ich verspreche dir, ich werde mit ihr reden.«

Und schon war er draußen, und ich war wieder ganz allein in meinem Stuhl. Ich fuhr zum Fenster, um zu sehen, wie er seinen alten Citroën startet. Damals war ich noch kein Mörder. Ich überlegte. Die Voraussetzungen für die Tat waren noch nicht ganz perfekt. Was fehlte, war der kleine Kick, der einen plötzlich handeln läßt. Ich beschloß, mir selbst einen Tritt in den Hintern zu verpassen. »Du wirst jetzt erst einmal aufstehen«, sagte ich zu mir. »Du wirst aufhören, den Kranken zu spielen. Du hast genug getrauert.« Und mit einem festen Schwung sprang ich auf die Füße. Ich hatte begriffen. Ich weiß noch, daß ich laut aufgelacht habe, denn ich hielt es für einen Gag. Doch kurz danach fing ich an zu zittern: Meine Beine weigerten sich, mich zu tragen. Das waren keine Beine mehr, das war Brei. Da wußte ich, es war kein Gag. Ich saß auf dem Parkettboden und versuchte aufzustehen. Jedesmal war es ein Fiasko. Wieder schlug ich mir die Schnauze auf. Die

Arschlöcher von Zuschauer, die ich mir einbildete, starben vor Lachen.

Ich drehte mich zu ihnen um und riet ihnen, ihre Begeisterung zu dämpfen. Aber sie lachten nur noch mehr. Ich zog mich hoch wie ein beinloser Krüppel. Um mich in meinen Rollstuhl zu setzen, mußte ich fünfmal Anlauf nehmen. Der Stuhl rollte dabei immer ans andere Ende des Zimmers. Ich war völlig fertig. Und wieder dieses Gefühl, ein Krüppel zu sein. Wieder brüllten die eingebildeten Zuschauer vor Lachen …

Ich schleppte mich zu ihnen, blickte ihnen direkt in die Gesichter und sagte: »Genießt Eure Frauen, solange sie noch am Leben sind. Schenkt ihnen Glück. Und nachts, wenn sie schlafen, hört zu, wie ihr Herz klopft. Man weiß nie, was einmal passiert …«

Das Lachen versiegte. Ich sprang in meinen Stuhl und riß mich los, fuhr zu meinen Eltern, die ich jetzt sehr brauchte.

Natürlich waren sie nicht zu Hause. Als ich endlich ankam, völlig erschlagen, nach einer endlosen Fahrt in mehreren Bussen, einige Leute hatten mir beim Einsteigen geholfen, andere beim Aussteigen, aber manchmal war auch niemand da, der mir half, was mich in die erniedrigende Situation brachte, um Hilfe bitten zu müssen, als ich also ankam, stieß ich auf einen Typen mit einem Schutzhelm. Er rauchte eine dicke Zigarre und sah seinen Arbeitern dabei zu, wie sie das Haus meiner Kindheit mit dem Preßlufthammer attakkierten. Und ganz besonders mein Zimmer. Ich erkannte es an der Tapete. »Die Leute, die da gewohnt haben«, fragte ich den zigarrerauchenden Typen, »wissen Sie, was aus denen geworden ist?«

Er war braungebrannt und trug ein rosafarbenes Lacoste-

Hemd. Seit dem letzten Mal hatte er Bauch angesetzt. »Block G«, antwortete er. »Wohnung 154.«

Ich war schon im Weggehen, mein Rollstuhl hatte schon eine Kehrtwendung gemacht, da fiel mir ein, ihm doch noch diese eine Frage zu stellen. Sie quälte mich einfach zu sehr. Also rollte ich zurück und wurde sie los: »Gibt es in Ihrem Leben keine Frau?« fragte ich ihn.

»In meinem Leben gibt es jede Menge Frauen«, antwortete er. »Zwangsläufig, denn ich habe ja immerhin Geld!« fuhr er fort.

Ich gab nicht auf: »Nein, ich meine, eine Frau, an der Sie ganz besonders hängen.«

»Ich hänge nie an jemandem, die Frauen hängen höchstens an mir. Und wenn sie zu sehr klammern, sorge ich für Klarheit. Wie kommt es, daß Sie einen belgischen Akzent haben?«

»Bin ich hier denn nicht in Belgien?«

»Nein. Hier sind Sie in Vibreuil. Nördliche Umgebung von Paris. Aber Belgien ist nicht sehr weit weg. Zwei oder drei Stunden Autofahrt. Hängt davon ab, was für eine Karre Sie haben. Oder haben Sie nur diesen Rollstuhl?«

»Und Kinder, haben Sie Kinder?«

Er wandte mir sein gebräuntes Gesicht zu. Und seine veilchenblauen Augen. »Sie interessieren sich für mich?«

»Ja. Ich finde Sie faszinierend. Ein nettes Exemplar.«

»Ein Exemplar von was?«

»Eines Arschlochs.«

Er sah zufrieden aus: »Ich bin ein Arschloch.«

»Na, sehen Sie, dann habe ich doch richtig geraten!«

»Ich werde mich bei den nächsten Wahlen aufstellen lassen.«

»Sie werden mit Sicherheit gewählt werden.«

»Das meine ich auch. Möchten Sie eine Zigarre?«

»Nein, danke, ich rauche nicht.«

»Auch keine belgischen?«

Ich fuchtelte mit meinem Finger herum: »Das soll wohl ein Scherz sein, was? Es klingt gerade so ...«

»Rauch nur, das ist eine belgische«, sagte der Typ und machte eine ermutigende Handbewegung.

Ich wußte nicht genau, was er meinte, lachte aber trotzdem: »Manchmal habe ich Mühe, eure Witze hier zu begreifen ... Aber einige sind wirklich super ... In Belgien haben wir aber auch gute Witze ... Zum Beispiel der: In welchem Land der Welt werden die meisten Schemel gekauft?«

»Keine Ahnung?«

»In Frankreich, Monsieur. Und wissen Sie, warum? ... Weil die Franzosen selbst beim Furzen höher hinaus wollen! ... Ist der nicht gut?«

»Ausgezeichnet. Sie sehen ja, ich lache mich halbtot.«

»Wollen Sie noch einen hören?«

»Nein, danke. Wirklich nicht.«

»Ich habe aber eine ganze Menge auf Lager ...«

Während wir miteinander plauderten, zerfiel mein Haus in Trümmer und meine Kindheit zu Staub. Dazu noch der Zigarrenrauch, den mir der Typ ins Gesicht blies.

»Sind Sie nicht zufällig der junge Treuttel?« fragte dieses Arschloch.

»In der Tat«, antwortete ich. »Es ist mir eine Ehre.«

Sein Blick hatte sich plötzlich verändert, Wohlwollen, ein freundschaftlicher Zug lagen darin.

»Warum sehen Sie mich so an?« fragte ich.

»Ich fühle Sympathie für dich«, antwortete er. »Eine unverständliche Sympathie.«

»Ich auch«, sagte ich. »Völlig unerklärlich.«

»Wie alt bist du?«

»Das variiert, von Tag zu Tag verschieden. Sagen wir, zwischen sieben und zwanzig.«

»Was willst du einmal werden?«

»Ich warte darauf, daß Sie es mir sagen.«

»Hier: meine Karte. Komm mich mal besuchen. Wir werden versuchen, etwas für dich zu finden. Etwas im Erdgeschoß.«

Ich steckte seine Karte in die Tasche. »Sehr freundlich von Ihnen.«

»Ist ja nichts dabei, einem Jungen zu helfen.«

»Sie haben auf meine Frage von vorhin aber immer noch nicht geantwortet.«

»Welche Frage?«

»Ich habe Sie gefragt, ob Sie Kinder haben.«

»Keine Kinder und keine Frau. Ich bin ein Jäger. Ein Jäger hat keine Liebe, er hat überhaupt keine Schwachstelle, gerade deshalb ist er ja ein Jäger. Er ist unverwundbar.«

Ich sagte mir, einem Typen wie dem würde man alles fertig servieren müssen, sein Glück, seine Leidenschaft, seine Verrücktheit, wenn er einmal alt wäre, wäre es mit ihm kein Zuckerschlecken. Aber was für ein Spaß, Freunde, wenn ich ihn erst in der Hand habe und ihm den Hals umdrehen werde. Das nahm ich mir vor, und es tat gut, diesen Plan zu haben. Ich habe nichts gegen fiese Typen. Wie düster und langweilig wäre das Leben ohne sie! Zu viele anständige Leute, schreckliche Vorstellung! Wissen Sie, was ich meine? Lauter überkorrekte Typen, die nie jemandem die Armbanduhr klauen, nie einer Frau den Hintern betatschen und die sich selbst sensationell finden! Was für eine Monotonie! Die Atmosphäre bei Cocktails und Vernissagen! Jeder findet jeden sympathisch, nicht die geringste krumme Tour! Nie einen Fußtritt zu bekommen, weil man jemanden verraten hat! Stinklangweilig! Und die Weiber genauso! Alle Mädchen so gut erzogen, daß man bei ihrem bloßen Anblick schon an den Kinderwagen denkt, den man mit ihnen durch den Jardin des Poètes oder den Square Mandela schieben wird, und froh ist über das taktvolle Benehmen der neuen Regierung, die die vorhergehende in einer freundlichen Atmosphäre abgelöst hat. Und selbst wenn aus dem Kinderwagen das Lallen eines milchkaffeebraunen Knirpses ertönt, den Sie an einem von vielen schönen Abenden bei romantischer Musik gezeugt haben, ohne es zu merken, selbst wenn Sie dieses Kind vielleicht sogar im Wasser gemacht haben sollten, bei einem Mitternachtsbad auf den Kykladeninseln, im Wasser vögeln ist nämlich das tollste, man braucht das Mädchen nicht mal anzufassen, man kann sich einfach treiben lassen, aus dem Mittelmeer kommen einem lange weißliche Fäden von schmachtendem Sperma entgegen, es muß Vollmond sein, und das Mädchen muß sich anbieten, um Sie herum tanzen die Delphine, und Sie schaukeln hin und her, Sie ejakulieren in Richtung Afrika, in Richtung anderer badenden Frauen, die Sie im tiefsten Innern ihres Körpers aufnehmen und Ihnen einen Sohn schenken, einen Farid, einen Djemal, vielleicht auch einen Helmut, sofern es sich um eine Touristin handelt, Sie werden es nie erfahren, aber das ist Ihnen auch egal, für Sie zählt nur, sich im Gleichklang mit der gesamten Menschheit zu befinden, das nennt man das Neue Zeitalter, das Zeitalter des Planeten Liebe, es erklärt auch den milchkaffeebraunen Knirps, ein Bretone hätte damit vielleicht ein Problem, aber Sie haben ihn angenommen wie ein Geschenk des Himmels, denn alles ist ein Geschenk Gottes, aber welchen Gottes? Keine Ahnung, alles ist Gott, alles ist in allem, Gott ist Musik, eine lange synthetische Robe! ...

Die Vorstellung einer Welt, in der man nur wie auf Wolken schwebt, mag ich nicht. Ich will, daß es fiese Typen, Arschlöcher und Verkommene gibt, will, daß man sich ab und zu gegenseitig eins auf die Fresse haut und so richtig mies miteinander umgeht. Erst ein Fiesling gibt einem den richtigen Kick, sonst wäre es ja zum Einschlafen. Erst ein Fiesling bringt die Fundamente zum Wanken und die Mauern zum Einstürzen. Er wird zu unserer Zielscheibe. Ihn müssen wir demaskieren. Zu Boden schlagen. Und danach den nächsten, der vielleicht noch beschissener ist als sein Vorgänger, der Kampf geht weiter, im Kampf ist Bewegung, und Bewegung ist Hoffnung. Nur nicht die Rückwärtsbewegung. Gehen wir also voran, sag' ich! Krieg all denen, die versuchen, uns einen Strich durch die Rechnung zu machen! Und es sind nicht wenige. Ich freue mich darauf, den Kampf aufzunehmen. Baulöwen, unsaubere Polizisten, korrupte Politiker, kommt alle in meine Arme! Was würde ohne euch aus uns werden? Könnt Ihr Euch den Zusammenbruch der Medien vorstellen? Das Verschwinden aller großen Zeitungen? Dann bliebe nur noch *Geo* ...

Verneigen wir uns vor den Fieslingen dieser Welt.

Danken wir ihnen für die tägliche Ration an schlechter Laune, die sie uns geben.

Passen wir auf, daß sie nicht bei ihren fiesen Unternehmungen gestört werden und daß sie ihre krummen Finger immer tiefer in unsere Säcke voller Illusionen tauchen.

Wenn ich von Fieslingen spreche, meine ich natürlich zuallererst die Männer. Die Frauen werden sich benachteiligt fühlen. Ich komme gleich darauf zurück. Wenn ich Ihnen von Verrat erzähle.

Wer nie eine Frau besessen hat, weiß nicht, was Angst ist. Angst, daß sie einem ausgespannt wird. Angst, daß einer vergißt, sie einem zurückzugeben. Die noch schlimmere Angst, daß sie selbst jemandem ihre Dienste anbieten könnte. Daß sie schlechten Umgang hat. Daß sie sich dem erstbesten Typen an den Hals wirft. Daß sie sich mit einem Häßlichen einläßt.

Die Frau ist ein Diamant, der auf hohen Absätzen daherkommt und der, wie alles, was glänzt, Begehrlichkeiten weckt. Keine Versicherung deckt das ab. Das ist Gefahr pur. Sie sind der Konservator eines Museums, bei dem keine einzige Tür schließt. Die Frau besteht nur aus Öffnungen. Im übrigen trägt sie Röcke, dieses Kleidungsstück ist doch wie für einen Verrat geschaffen. Und sie trägt noch etwas anderes, von dem ich Ihnen schon zuviel erzählt habe. Vielleicht ist die Frau ein Wiederbelebungsmittel? Vielleicht hat sie für die Ehrlichkeit die gleiche Bedeutung wie die Brechstange für die Panzertür.

Ich bin jemand, der gerne nachdenkt. Trotz meines belgischen Akzents stehe ich in der urfranzösischen Tradition, was das Nachdenken betrifft. Denken muß logisch sein. Immer logisch. Ich denke, es gibt auch im Bösen etwas Gutes. Und ein schöner, komischer Schweinehund ist immer noch interessanter als ein sympathischer Kretin. Man muß nur mißtrauisch sein, das reicht schon. Es gibt üble Schweinehunde und stinkende Kretins. Es gibt nichts, was es nicht gibt. Das ist sehr gefährlich. Aber ich liebe die Gefahr. Ich mag krumme Touren. Und manchmal biege ich sie so hin, daß sie krumm werden. Es kommt auch vor, daß ich mich von der Sanftheit des Lebens überraschen lasse. Von einem Kind, das laufen lernt, einem Sonnenstrahl, dem Auffliegen eines Taubenschwarms ... Die Poesie des Lebens bekommt jedoch erst dann ihre wirkliche Bedeutung, wenn man sie mit dem Durcheinander vergleicht, das man gerade hinter sich gelassen hat. Weiß ist nur deswegen schön, weil es Schwarz gibt. Und Treue nur wegen des Verrats. Was täte man ohne die Existenz des Verrats? Was würde man mit einer Frau tun, wenn man nicht Bammel hätte, daß sie eines Tages die Koffer packt und mit einem andern verschwindet? Nichts. Man täte nichts. Man würde einander anschauen. Sprachlos. Das wäre wie eine Liebesgeschichte zwischen Kohlköpfen. Es gäbe nicht einmal mehr Büstenhalter. In Friedenszeiten haben Waffen ihren Sinn verloren. Da muß man sich nicht den Arsch aufreißen. Cool bleiben. Das läßt einen über allem schweben. Die Verfolger sind nicht weit. Die Langeweile dieses Lebens. Suppe, die über alles gegossen wird.

Ich werde nie ein nettes Glied sein. Das Glied ist nicht nett. Es ist mit Blut getränkt. Es mag kein Karaoke. Das Glied liebt es jedoch, die Frau auf ihrem Bett festzunageln, um sie daran zu hindern, sich anderswo umzusehen. Die Frau ist nämlich eine Verräterin. Alles an ihr ist darauf ausgerichtet. Sie ist eine Rakete, deren Kopf immer auf der Suche nach einem neuen Ziel ist. Beim Zünden muß man sehr gut aufpassen, denn da, wo bei anderen das Herz ist, besitzt die Frau einen Hund. Einen Hund, der mit dem Schwanz wedelt und sich zu ihren Füßen schlafen legt. Ein treuer Hund. Und die ganze Zeit über feixen die Fieslinge, die sich hinter den Kakteen versteckt halten. Schauen Sie sich die Augen Ihrer Frau genau an, wenn Sie sie küssen: Im allgemeinen sind sie offen und blicken einen anderen Typen an, dem sie mehr versprechen. Das ist der Grund, weshalb wir kämpfen, warum wir uns immer von unserer besten Seite zeigen wollen, ja, mit der Sonne konkurrieren wollen: Wir wollen die Treulose beeindrucken, damit sie beim Küssen nur einmal die Augen schließt, damit sie wenigstens hin und wieder zu Hause bleibt. Und damit sie ihre Fensterläden schließt.

Meine Antriebskräfte heißen Verrat und krumme Geschäfte. Und nicht zuletzt das Pech, das, wie Sie haben feststellen können, mich unaufhörlich verfolgt.

Ganz zu schweigen davon, daß, wenn es einem wirklich gelingen würde – die Vorstellung ist ein Alptraum –, alle Fieslinge zu beseitigen, man sofort wieder die Sehnsucht nach diesen Fieslingen, eine Fiesling-Nostalgie, wachrufen würde.

Der erste Mörder, der seinen Schnurrbart stutzen und ein wenig lauter schreien würde als die anderen, wäre im Nu an der Macht! Gefeiert von brüllenden Massen! Ein Ozean von Armen würde sich ihm entgegenstrecken!

Die Wohnung Nummer 154 im Block G war die für den gemeinnützigen Wohnungsbau übliche Dreizimmer-Wohnung. Ihre Beschreibung will ich Ihnen ersparen, da vermutlich nie wieder die Rede davon sein wird und Sie sich nicht langweilen sollen mit einer ganzen Kette von Details, nur um eine Szene geschildert zu bekommen, bei der ich mich kurz fassen will und die nur deshalb wichtig ist, weil sie entscheidende Weichen für die Zukunft unseres Helden gestellt hat, also meiner, Baudouin Treuttels Zukunft, Treuttel, gleichermaßen verhaßt bei Belgiern und Franzosen, einer, der nach zwanzig ausschweifenden Lebensjahren endlich hinter Gittern sitzt, Jahre, die er damit verbracht hat, Leidenschaften zu dämpfen und vor Liebesglut brennende Körper abzukühlen, und zwar mit dem Segen der schlafenden Polizei, die sich einredete, alles würde gut laufen, nur weil sie nie einen Schrei hörte, und die, selbst wenn sie mit halbem Auge herumgeschielt und etwas gesehen hätte, von den maßgeblichen politischen Kräften, in Belgien und in Frankreich, sofort zum Schweigen gezwungen worden wäre, denn dort ist nichts einfacher, als sich einen Minister zu kaufen, vor allem wenn man ihn an den Eiern erwischt hat, und falls er schwer von Begriff ist, ihm einfach ein wenig auf die Fresse zu hauen, denn was gibt es Nervtötenderes, wenn man alle zehn Minuten seine Haut aufs Spiel setzt, als Leute, die Eile mit Weile gleichsetzen, was erklärt – die Weile, die Langsamkeit also –, daß ich es immer abgelehnt habe, mit Schweizern zu arbeiten, obwohl die Schweiz immerhin ein Nachbarland ist, und ich habe daher auch nie eine Schweizerin getötet, nicht einmal in La Chaux-de-Fonds, einem Ort, der mich allerdings sehr in Versuchung geführt hatte.

Die Wohnung lag im Erdgeschoß, in dem eine kleine abgeschrägte Ecke zum Abstellen der Kinderwagen diente. Ich brauchte Hilfe, denn ich war total erledigt. Zwei Gören waren so nett, mich zu schieben. Sie fanden das lustig. Einen Behinderten aufgeilen, das gefällt den Mädchen. Sie zeigten mir ihre Schlüpfer, dann auch ihre BHs. Die schienen an allen Ecken und Enden aus den Nähten zu platzen. Frühreife Früchtchen aus Algerien. Als sie sahen, daß ich den Tränen nahe war, schoben sie mich blitzschnell in den großen Flur, in dem es ungeheuer hallte, und dort, vor der Nummer 154, stellten sie mich ab. Sie griffen noch einmal nach meinen Eiern und rannten davon, nur ihr Lachen wehte ihnen nach.

Mein Vater – beziehungsweise das, was von ihm übriggeblieben war – erwartete mich inmitten von Kartons und Kisten. Er hatte noch nicht den Mut gehabt, sie auszupacken. Als ich klingelte, war er noch im Schlafanzug. Unrasiert. Grau. Dem Tode nah.

»Deine Mutter ist gegangen«, sagte er. »Sie hat die Vertreibung aus unserem Haus nicht verkraftet. Sie hat es nicht verkraftet, mit ansehen zu müssen, wie ihr Klavier versteigert wird. ›Das werde ich nicht überleben‹, hatte sie gesagt. ›Meine Eltern haben mich auf Demütigungen dieser Art nicht vorbereitet. Sie haben mir beigebracht, Prinzipien zu haben, und haben mir eine gute Erziehung angedeihen lassen. All das wird hier mit Füßen getreten. Ich empfinde überhaupt nichts mehr für dich, nicht einmal Mitleid. Nur noch Abscheu. Ich habe nicht die Absicht, ewig auf dieser Erde zu bleiben. Nur noch eines bleibt mir zu tun, dann werde ich mich empfehlen …‹ Sie war so schön wie nie zuvor … ›Was ist es denn‹, fragte ich sie, ›was dir noch zu tun bleibt?‹ ›Meinen Sohn vor einem tragischen Schicksal zu bewahren‹, antwortete sie. Dann ist sie gegangen, und seit drei Wochen weiß ich nicht, wo sie abgeblieben ist.«

Durch das Fenster sah man die Kinder mit ihren Ranzen von der Schule heimkehren. Die Kinder waren schön und, nebenbei bemerkt, schwarz. Die Wohnung lag nach Norden, aber die Kinder waren ein Symbol für den Süden und schickten meinem Vater ein wenig Sonne herein, was allerdings seine Verzweiflung nur noch verschlimmerte.

»Papa«, sagte ich zu ihm.

»Ja«, antwortete er.

»Ich bin gelähmt.«

»Berede das mit deiner Mutter. Geh in deine Wohnung und warte auf sie.«

Ich war schon dabei, mit meinem Stuhl der Tür und meinem tragischen Schicksal entgegenzurollen, als seine traurige Stimme mich abrupt innehalten ließ: »Nur ein letzter Ratschlag«, sagte er, »für den Fall, daß wir einander nicht mehr sehen sollten …«

Ich drehte mich nach ihm um und sagte: »Ja, Papa.«

Ich betrachtete ihn dort im Gegenlicht vor dem Fenster und hörte, wie er sprach: »Ich wünsche dir nicht, daß du das erlebst, was ich dir jetzt sage, denn ein Vater kann seinem Sohn dergleichen nicht wünschen, aber sollte dich jemals, während einer traurigen, vielleicht auch während einer wunderbaren Liebesnacht mit einer Frau, die dir wie ein Engel oder aber wie das allerletzte Exemplar vorkommen mag, wenn dich also jemals nach einer solchen Liebesnacht die Lust überkommt, dieses Luder zu töten, dann kann ich dir nur einen Rat geben, mein Junge: tu es.«

»Verlaß dich auf mich«, sagte ich und ging nach Hause. Wo ich auf meine Mutter zu warten begann.

Ich habe lange auf sie gewartet. Monate. Wie viele es genau waren, weiß ich nicht, denn ich habe sie nicht gezählt. Ist das überhaupt wichtig? Das Warten auf eine Frau verleiht der Zeit ja etwas Seidiges. Es macht sie schmiegsam wie die Arme einer Mutter. So unendlich viel Zeit war vergangen, seit ich das letzte Mal das Wort »Mama« ausgesprochen hatte.

Jeden Morgen machte ich mich schön, zog saubere Kleider an, setzte mich gegenüber von der Tür in Position und wartete auf das ersehnte Klingeln. Mein Rollstuhl war fahrbereit. Die Blätter fielen von den Bäumen, der Regen peitschte gegen die Scheiben. Immer früher wurde es dunkel. Ich legte noch einen Holzscheit in den Kamin. Jeden Abend hörte ich, wie die Leute von ihrer Arbeit zurückkehrten. Alle benutzten sie den Aufzug. Im Erdgeschoß gab es nur eine Wohnung, die meine, und direkt gegenüber einen Raum, in dem die Mülleimer standen. Ich kannte jedes einzelne Geräusch des Gebäudes, denn mein Gehör war sehr gut. Ich wußte, um wen und was es sich bei den verschiedenen Geräuschen handelte. Ich konnte nicht einschlafen, bevor alle anderen auch schliefen. Die Nacht ist beschissen, weil nichts passiert. Ich lag in meinem Bett und sagte mir: »Wäre es nur schon morgen ... damit ich wieder warten kann ...« Ich wartete auf das Geräusch ihrer Schritte, auf ihre vogelhafte Leichtigkeit, auf das kristallklare Klacken ihrer Absätze. Auf das Geräusch ihres Herzens, bevor sie klingelt. Auf ihr Parfum, das vielleicht unter der Tür hindurchströmen würde ...

Und dann ist es ganz anders gekommen. Zuerst einmal tauchte ein Bär von einem Mann auf und hämmerte wie ein Tauber an meine Tür, weil er beauftragt war, zwei riesige Koffer bei mir abzugeben. Zwei verschlossene Koffer. Aviancas-Etiketten klebten darauf, und an einer Seite hing ein Stück eines Strapses heraus. Ich steckte dem Typen ein Trinkgeld zu und blieb dann allein mit den beiden Koffern. Meine Mutter kam eine Stunde später.

»Was ist in diesen Koffern?« fragte ich.

»Mein ganzes Leben«, antwortete sie.

Sie hatte eine andere Frisur, sich überhaupt eine Rundumerneuerung geleistet. Sie streckte mir ihre Arme entgegen. »Na, willst du deine Mutter nicht umarmen?«

»Ich kann nicht aufstehen, ich bin gelähmt.«

»Gelähmt wovon?«

»Der Angst zu leben, wahrscheinlich ...«

Sie begann ihren Mantel auszuziehen. »Ich habe es gespürt, daß es dir schlechtgeht. Selbst wenn sie sich verirrt hat oder am anderen Ende der Welt befindet, eine Mama spürt es immer, wenn ihr Kind sie braucht. Schau, was ich dir mitgebracht habe. Ich habe ein Geschenk für dich.« Und genau in diesem Moment brachte sie mein Leben ins Wanken. Als sie ihre Jacke auszog, fühlte ich, daß etwas passieren würde, was außer Kontrolle zu geraten drohte. Bei der Bluse habe ich es ganz deutlich gespürt. Und dann bei dem, was unter der Bluse hervorkam und für mich eine unvorstellbare Überraschung darstellte.

Sie zog die Bluse aus.

Ich entschuldige mich im voraus bei allen Müttern, die meine folgende Schilderung lesen, aber ich schwöre, genau so ist es passiert.

Als sie die Bluse auszog, entdeckte ich das Geschenk.

Es war ein richtiges Mama-Geschenk.

Ich traute meinen Augen nicht.

Ihr, die früher so flach, so hoffnungslos flach gewesen war, waren zwei Brüste gewachsen, zwei wunderbare, stolzgeschwellte Brüste, die in einem schmiegsamen, lavendelblauen Büstenhalter steckten.

Sie zog den Büstenhalter aus.

»Siehst du Narben?«

»Nein, Mama, es ist perfekt so.«

»Das ist für dich, mein Schatz. Professor Iguski, Rio de Janeiro. Jetzt hast du eine ganz richtige Mama. Bist du immer noch gelähmt?«

»Ich will versuchen, ob ich laufen kann.«

»Ja. Versuch es. Währenddessen ziehe ich mich wieder an. Du bist ein bißchen groß dafür, daß ich mich dir so zeige.«

Sie zog den Büstenhalter wieder an.

Ich stand. Ich fiel nicht, schwankte nur ein wenig.

»Mama«, sagte ich, während ich mich auf sie zu bewegte …

»Mein Schatz«, antwortete sie.

Sie nahm mich in die Arme, und ich weinte lange. Meine ganze Kindheit habe ich aus mir herausgeweint, es war wie ein überfließender Staudamm. Sie küßte meine Augen und leckte meine Tränen ab, und dann weinte auch sie, dabei sagte sie mir zärtliche Worte, wie sie nur einer Mutter einfallen, es war Balsam auf meine Wunden. Endlich, nach zwanzig Jahren verpaßter Begegnungen, hatten wir einander gefunden. Das tat gut. Draußen wurde es dunkel. »Ich werde Feuer machen«, sagte ich. Sie öffnete ihre Koffer, nahm ihren Kulturbeutel und ging ins Badezimmer. Ich hörte Wasser laufen. Sie kam im Pyjama zurück. Einer aus weißer Seide. Sie setzte sich vor die Flammen und rauchte eine Zigarette. »Ich bin gekommen, um mit dir zu leben«, sagte sie. »Jetzt verlassen wir einander nicht mehr. Wir werden die verlorene Zeit nachholen. Ich werde mich um dich kümmern, wie eine Mutter sich um ihren Sohn kümmern sollte.«

Ein Schauer überlief mich: »Aber ich habe nur ein einziges Bett …«

»Hab keine Angst«, sagte sie. »Was geschehen muß, wird geschehen. Es gibt so vieles, wofür ich um Verzeihung bitten muß. Ich möchte nicht, daß du kriminell wirst. Ich werde deine Träume überwachen, und wenn du jemals Angst hast, schmiege dich an mich, Mama wird dich beruhigen.«

»Ich habe Lust auf dich«, sagte ich. »Es ist abscheulich, aber ich habe Lust auf dich.«

»Ich auch«, antwortete sie. »Ich denke nur noch an eines:

an deine Erektion.« Sie hielt mir ihre Lippen entgegen: »Mama möchte einen Kuß.«

Sie gab mir ihre Lippen, ihre Zunge und ihre Spucke. Wir haben einander vollgeschmiert wie Leute, die sich und alles um sich herum vergessen. Eine Mutter und ihr Sohn. Eine schlechte Mutter. Eine Mutter, die zu allem bereit ist, nur damit man ihr verzeiht. Die selbst dazu bereit ist, mit ihrem Sohn zu vögeln. Die sich von ihrem Sohn von hinten nehmen läßt. Die den Schwanz ihres Sohnes lutscht, das Sperma ihres Sohnes schluckt. Die Beine für ihren Sohn breit macht. Sich von ihrem Sohn lecken läßt.

Die Pussy meiner Mutter. Was wäre weniger normal, als danke dafür zu sagen? Ich bringe dieser Mutter geradezu Verehrung entgegen. Sie ist die wichtigste Frau meines Lebens. Aber greifen wir nicht vor. Geben wir dieser Mutter die Chance, sich zu entfalten. Im Augenblick liegt sie vor ihrem Sohn auf den Knien. Um ihn zu erregen, hat sie ihre Pyjamajacke ausgezogen und zeigt ihm ihre ganz neuen Brüste, die sie eigens für ihn hat machen lassen. Sie hat ihre Hose noch nicht ausgezogen, und man zittert beim Gedanken, daß sie sie ausziehen wird, daß sie sie notgedrungen ausziehen muß. Dagegen hat sie die ihres Sohnes ausgezogen. Sie weiß, was sie will, und sie nimmt es sich: die Erektion ihres Jungen. Ich erzähle Ihnen das, weil es wie schmelzende Lava durch meine Adern rinnt. Das ist wie ein Feuer, das nie erlischt. Ich erzähle Ihnen das alles, weil es mein erstes Verbrechen ist. Ich habe in den Mund meiner Mutter ejakuliert, und sie hat es geschluckt. Eine Mama, die schluckt, alles bis auf den letzten Tropfen aufschleckt. Erbarmen mit ihr, Erbarmen mit mir! Wir zitterten alle beide, denn wir wußten, wir hatten uns auf die andere Seite des Lebens begeben, ins Land des Wahnsinns. Ich begehrte diese Frau, wollte sie besitzen. Durch alle Öffnungen in sie hineinkommen. Mich in ihr verlieren. Und sie, sie wollte das gleiche. Meine Erektion war wie ein galoppierendes Pferd. Ich warf mich auf sie, sagte »mein Liebling« und biß ihr in die Brüste. Sie rollte auf den Boden. Als ich ihr die Pyjamahose runterreißen wollte, sprang sie aufs Bett und versteckte sich unter den Laken. Als ich sie einholte, lächelte sie wie eine Frischvermählte. Sie reichte mir die Hose, die sie gerade ausgezogen hatte. »Ich gehöre dir«, sagte sie. »Mach mit mir, was du willst. Ich bin nicht deine Mutter. Ich bin einfach eine Frau.« Ich ließ mich, plötzlich eingeschüchtert, neben sie gleiten. Zusammen in einem Bett zu sein, alle beide, ganz nackt, das war einfach unglaublich, wir wagten nicht mehr, einander zu berühren. Unter dem Laken drückte ich ihr fest die Hand. »Mama«, sagte ich.

»Mein Liebling«, antwortete sie.

»Du hast mir so sehr gefehlt ...«

Sie stieß die Laken zurück und sagte: »Leck mich.«

Ich rutschte hinunter, um ihrem Wunsch nachzukommen. Ich leckte sie ganz zart, einmal, weil ich sie verrückt machen wollte, und dann, weil ich mich von meiner Überraschung erholen mußte, denn ich war dabei – einen Schwanz zu lecken.

Meine Mutter hatte einen Schwanz, ich meine einen männlichen Schwanz, der wunderbar steif war und zart. Ich leckte ihn so, wie man den Schwanz einer Mutter lecken muß, mit Respekt und Taktgefühl nämlich, ich führte meine Aufgabe ganz gewissenhaft aus, bot der Lust Einhalt, ich spreche von der meinen, natürlich, denn ich war verblüfft wie nie, aber ihre Lust war immer noch so stark wie zuvor, ich hörte, wie sie keuchte, ich streichelte ihre Brüste, ihre Eier, den samtweichen, wie eine Pfirsichhaut zarten Anus, so lange, bis sie kam und gewaltige Spritzer heißen Spermas ausstieß, das ich wie ein Ertrinkender schluckte, und dabei dachte ich nur an eines: das Ganze noch mal zu machen.

Als ich wieder hochrutschte, war sie ganz zärtlich zu mir, voller Dankbarkeit und überströmender Liebe. »Mama, Liebling«, sagte ich, und sie drückte mich so fest sie konnte an ihr Herz.

»Jetzt wirst du mich ficken«, sagte sie.

»Ja, Mama«, sagte ich.

Sie legte sich so hin, daß ich sie von hinten nehmen konnte. Sie reichte mir eine Tube Creme. »Damit es leichter geht«, sagte sie. Ich cremte ihr den Anus ein. Sie hatte engelsgleiche Pobacken. Ich bin in sie hineingeglitten wie in eine Religion: mit Andacht. Es war ja auch ein göttliches Erlebnis. Eine Überfülle von Geschenken war mir zuteil geworden. Ich konnte ihre Brüste streicheln, ihren Schwanz berühren, sie war überall steif. »Fick mich!« sagte sie. »Fick mich wie eine Nutte!«

Ich tat, wie mir geheißen. Ich habe einen regelrechten Brand in ihr entfacht. Zuerst schrie sie ein wenig, dann hörte ich sie lachen. Es klang wie das Lachen einer Nutte in der Nacht. »Warum lachst du?« fragte ich. Sie wußte es nicht. Eine Frau ist ein launisches Wesen. Sie regiert die Welt, indem sie sie verlacht. Sie führte mich wie ein dummes Gör bis an die Grenzen des Vernünftigen, bis dorthin, wo man den Kopf verliert, wo man verrückt wird nach dem mütterlichen Anus, man weiß nicht, wie einem geschieht, beziehungsweise, ich wußte nicht, wie mir geschah: Ich kam im Arsch meiner Mutter.

Sie war sehr zufrieden. Sie lächelte, sah aus, wie eine glückliche Mutter aussieht. Sie sagte mir, ich solle mich ausgestreckt hinlegen und mich ausruhen. Ich habe all ihre Anweisungen befolgt. Sie bedachte mich mit zärtlichen Küssen, führte die Spitze ihrer Brüste an meinem Mund entlang, ich schnurrte vor Lust. Endlich konnte ich mich von meiner Mutter hätscheln lassen. Ich spielte das verwöhnte Kind. Sie war total geil. Ich wußte genau, was mich erwartete. Ich schloß die Augen und betete, es möge geschehen. Ich zog die Beine an und gab mich ihr hin, wie ein Mädchen sich hingibt. Ich fühlte, wie ihre Finger mir etwas Glitschiges in den Anus strichen. Wahrscheinlich mein Sperma. Da schlug ich die Augen auf. Sie war schön wie ein wildes Tier und fing an, mich von vorne zu ficken. Ich ließ sie nicht aus den Augen, sah zu, wie sie abging wie die Post. Es war einfach zum Sterben schön. Sie tat mir ein wenig weh, ich stöhnte ein bißchen auf, doch dann fühlte ich nur noch Glückseligkeit. Ich streichelte ihre Brüste, ihre Pobacken, ihren Anus, der ganz glitschig war. Währenddessen holte sie mir einen runter. Wir kamen gleichzeitig und erstickten beinah vor Freude. Dann schliefen wir ein, wie zwei satte Tiere, in zärtlicher Umarmung. Das war die schönste Nacht meines Lebens. Und das sanfteste Erwachen. Als ich die Augen aufschlug, öffnete sie auch die ihren. Sie lächelte mir zu. »Mein Liebling«, sagte sie.

»Mama«, antwortete ich. Nein, es war kein Traum. Sie war in meinem Bett. Das Kopfkissen war voll von ihren Haaren.

Dennoch plagte mich ein Zweifel. Ich hatte ihre Brüste sehen wollen, denn sie hatte jetzt wirklich welche. Und ich hatte ihr Geschlecht sehen wollen, aber was ich zu sehen bekam, war ein männliches Geschlecht. Ein mänliches Glied an einem Frauenkörper. Ich machte uns Kaffee. Und dann stellte ich ihr einige Fragen, wie zum Beispiel: »Ich wüßte gerne, wer meine wirkliche Mutter ist, wer ist sie?«

Das war keine gute Idee gewesen. Sie antwortete mir nicht, in ihrem Blick sah ich etwas wie ein Gewitter aufleuchten. Dann stürzte eine ganze Flut von Tränen aus ihren Augen. Sie lief weg und schloß sich im Badezimmer ein. Ich stellte mich vor die Tür und hörte sie schluchzen. Ich flehte sie an: »Ich bitte dich um Verzeihung, Mama! Ich bitte dich auf Knien um Verzeihung!«

Ich hatte mich wie ein taktloses Schwein benommen. Ich hatte Lust, mich zu übergeben. Es war das erste Mal, daß ich ein Meisterwerk kaputtgemacht hatte. Und auch noch meine Mutter, die mir immer so sehr gefehlt hatte! Das einzige, was mir einfiel, als sie sich einmal um mich kümmerte, war, sie zu quälen. Ich fühlte mich elend.

Sie kam aus dem Badezimmer und stieg über mich hinweg wie über einen Hund. Ich sah ihre Füße und ihre zarten Fesseln vorbeigleiten. Dann hob ich den Kopf und blickte zu ihr hin.

Sie wühlte in ihren Koffern, das einzige, was sie trug, war ein Büstenhalter. Ich betrachtete ihre Pobacken, sie waren unverkennbar weiblich. Alles an ihr war weiblich: ihre Taille, ihre Hüften, ihre schmalen Schultern.

Sie zog einen Slip an. Einen, der ein wenig zu weit war. Darüber einen feinen Straps. Dann ihre Strümpfe, ihre Schuhe und den Rest. Ich ging näher zu ihr heran.

Sie war geschminkt. Jede Spur eines Kummers war aus ihrem Gesicht verschwunden. Sie ignorierte mich übrigens komplett, zog ihren Mantel über. »Wo gehst du hin?« fragte ich.

»In die Stadt«, antwortete sie.

Draußen wartete eine Limousine auf sie, mit Chauffeur. Ich sah, wie sie einstieg, mir dabei noch einen Blick auf ihre Schenkel gewährte, dann schlug die Tür zu, und sie verschwand. Nun war ich wieder ganz allein. Ratlos. Mit einem komischen Gefühl im Arsch. Wie eine leichte Quetschung. Um mich herum herrschte ein Riesendurcheinander. Das Resultat eines liebestollen Wirbelsturms. Ich machte mich an die Arbeit. Der Zustand des Bettes trieb mir die Schamröte ins Gesicht. Die Cremetube war offen. Ihr Kopfkissen roch nach Fieber. Ich hob ihren Pyjama vom Boden auf. Im Badezimmer hatte sie ihre Tamponschachtel vergessen. Im Abfalleimer fand ich ein benutztes Tampon. »Stell bloß keine Fragen«, sagte ich zu mir selbst. »Nimm das Leben einfach, wie es kommt.«

Ich ging raus und kaufte Blumen, die ich zu Hause arrangierte. Ich wartete, bis es Abend wurde. Die Limousine setzte sie wieder vor dem Haus ab. Kaum war sie eingetreten, warf ich sie aufs Bett, fummelte unter ihrem Rock herum und holte ihren Schwanz heraus, der mir so sehr gefehlt hatte.

Oh wunderbare, in Spitzen gekauerte Geilheit! Oh, diese zärtliche Berührung der Eichel! Der mütterliche Anus, den ich wie eine Frucht schälen kann! So viele Sanftheiten wurden mir geboten! Mir, der ich zwanzig Jahre lang vergeblich eine Streicheleinheit erfleht hatte ...

Man muß ins tiefste Innere einer Sache vorgedrungen sein, um ein richtiger Mann zu werden. Ich war ins tiefste Innere meiner Mutter vorgedrungen, meiner Mutter, die gar nicht meine Mutter war, denn meine Mutter war Mathilde, daher meine chronische Häßlichkeit, und hier liegt auch der Grund, weshalb die arme Frau so bestürzt war, als ich sie eines Abends, in der Küche, vögelte und ihr Kopf nach vorn in die Spüle fiel, um nie wieder von selbst hochzukommen. Sie werden sich aber gewiß fragen, weshalb eine Mutter, vorausgesetzt, sie ist wirklich eine, was noch bewiesen werden muß, sich verpflichtet fühlt, sofort ihren Rock zu heben, nur weil ihr Sohn gerade Lust hat, sie zu ficken. Wer nur hat mir solche Mütter beschert?

Arme Mathilde … Weil sie bei einer Familie von total Durchgedrehten in Diensten stand, hat sie den gesunden Menschenverstand verloren. Sie hatte ein Gör gemacht, um es einer anderen Frau zu überlassen, einer reicheren, schöneren, und hatte deren Ehemann, meinen einfältigen Vater, glauben lassen, seine Frau sei wirklich eine Frau. All diese Informationen habe ich von dem damaligen Geburtshelfer, einem, wie könnte es anders sein, ziemlich seltsamen Arzt, den ich sofort nach dem Tod meiner Mutter aufgesucht habe. Ich hatte in ihren Koffern herumgestöbert, ihre Papiere durchwühlt und zu recherchieren begonnen, aus welchem Loch ich wohl gekommen war, eine Frage, die alle Männer umtreibt, besonders am Ende dieses Jahrhunderts, wo kein Mensch mehr wagt, das Kind bei seinem richtigen Namen zu nennen.

Der Doktor war alt und ziemlich heruntergekommen. Ich mußte mich nicht lange mit ihm abgeben, noch vor der dritten Ohrfeige fing er an zu sprechen. Das Problem war, daß ich nicht verstehen konnte, was er sagte. Seine Aussprache war einfach scheußlich. Eine geschlagene Stunde brachten wir damit zu, sein Gebiß zu suchen, das bei der ersten Watsche in den Staubhaufen geflogen war, und weiß Gott in diesem

Schweinestall von Haus gab es mehr als genug Staub, und auch viel Scheiße, alles Anzeichen, die auf das baldige Abkratzen dieses miesen Typen schließen ließen.

Ich fand sein Gebiß und gab es ihm wieder. Dann legte er los und erzählte mir die ganze Geschichte. Er war ein belgischer Arzt gewesen und wohnte damals in Antwerpen. Und von dort war er angereist, um meine Mutter zu entbinden. Mit dem Zug. Mit einem kleinen Koffer aus gepreßter Pappe. Mein Vater glaubte, er sei eine Koryphäe, eine Kapazität in Sachen Geburtshilfe. Der Arzt hatte ihm eine Adresse in der Avenue Mozart genannt, ein elegantes Gebäude, von dem aus er abgeholt werden wollte. Bis der Citroën meines Vaters eintraf, hielt er sich im Treppenhaus versteckt, huschte dann wie eine Ratte hervor und stieg zu meinem Vater ins Auto. Als Name hatte er Doktor Burgos angegeben, denn das klingt nicht gerade belgisch, aber das alles ist eine sehr komplizierte Geschichte, ich erzähle sie Ihnen, doch ich bin nicht sicher, ob ich alle Details zusammenkriege. Und die erbärmliche Aussage meines Vaters während des Prozesses trug nicht gerade zur Erhellung der Dinge bei, ganz im Gegenteil.

Die erbärmliche Aussage:

MEIN VATER: »Ich verlange von Ihnen, daß Sie mich respektieren. Ich spreche in Anwesenheit meines Sohnes, und ich möchte, daß er mir noch ein wenig Achtung entgegenbringt, selbst wenn ich hier heute eine jämmerliche Figur mache. Ich habe alles verloren, bin ein gebrochener Mann, aber meine

Würde habe ich mir bewahrt. Ich bin immer noch ein Vater. Mein Sohn kann mich zwar nicht sehen, aber er hört meine Stimme. Und ihm gelten folgende Worte: Baudouin, wenn du mich hörst, sollst du wissen, daß dein Vater da ist. Und was auch immer deine Verbrechen sein mögen, selbst wenn sie abscheulich sein mögen, so bleibst du doch immer mein Sohn. Die Frucht meiner Liebe zu deiner Mutter. Meiner unmäßigen Liebe zu ihr. Meiner Liebe, die uns allesamt ins Verderben gestürzt hat. Zur großen Freude der Spekulanten. Deine Mutter war ein echtes Kunstwerk. Mein gesamtes Vermögen habe ich aufs Spiel gesetzt, um sie in meinem Museum halten zu können. Jeder wollte sie mir wegnehmen. Nachts hörte ich, wie die Einbrecher um unser Haus schlichen. ›Mach dein Fenster zu‹, sagte ich. Aber sie ließ es offen. So war ich gezwungen, mir ein Gewehr zu kaufen. Mit den Taschen voller Patronen bewachte ich sie die ganze Nacht. Bis spät in den Morgen hinein, denn sie schlief immer sehr lange. ›Warum schläft sie so lange?‹ fragte ich mich. Ich wartete oft bis Mittag auf sie, manchmal auch länger, und ich hielt dabei meinen Blick stets auf die Pendeluhr gerichtet. ›Es ist aus‹, sagte ich mir, ›ich werde sie nie mehr sehen … möglich, daß sie schon über alle Berge ist … in einer Kalesche sitzt, die Richtung Grenze prescht … mit heruntergelassenen Vorhängen … und völlig erschöpften Pferden …‹ Doch dann erschien sie plötzlich oben auf der Treppe. Langsam kam sie herunter und hielt sich dabei am Geländer fest, sie wirkte so zerbrechlich, so kostbar. Das sanfte Klappern ihrer Pantöffelchen, wie ich ihre Pantöffelchen geliebt habe! … Und ihre zarten Fesseln, die bei jedem Schritt zu zögern schienen, vor allem, wenn sie sich mir näherte … Sie sah blaß aus, und ihr

Blick wirkte erschöpft, so, als habe sie gerade einige Angriffe abwehren müssen … Ich sprach sie nicht an. Sie hatte mich gebeten, sie so wenig wie möglich anzusprechen, am liebsten überhaupt nicht, und vor allem nicht morgens, eine schreckliche Tageszeit, die sie täglich weiter hinauszögerte, wahrscheinlich, um so spät wie möglich meine Visage zu sehen und die schwarze Sonne meines Begehrens, die ihr das Blut in den Adern gefrieren ließ … Ich machte ihr Tee. Sie zerbrach zwei Zwiebäcke. Danach legte sie sich wieder hin. Und wieder wachte ich über sie. Meine Geschäfte liefen unterdessen immer schlechter. Bis schließlich die Gerichtsvollzieher mit ihren fiebrigen Fingern auftauchten. ›Wo versteckt sich Ihre Frau?‹

Ich versperrte ihnen den Weg zu ihrem Schlafzimmer. ›Das Gesetz untersagt Ihnen, einen lebenden Menschen zu beschlagnahmen!‹

›Sind Sie wirklich sicher, daß sie lebt?‹

›Ich weiß, daß sie lebendig ist, ich spüre es daran, wie mein Herz schlägt, wenn ich armer Trottel manchmal glaube, sie würde lächeln!‹

›Ein Kunstwerk kann nicht lächeln! Nur Mona Lisa darf das. Und das ist auch wirklich das Äußerste!‹

Sie waren unerbittlich. Mit ihren kleinen stahlharten Augen, ihrer widerlichen Libido. ›Ihre letzten vierzehn Wechsel sind immer noch nicht eingelöst!‹

›Ich kann sie nicht bezahlen!‹

›Dann müssen wir Ihr Vermögen beschlagnahmen!‹

›Sie wird sich aber weigern, mit Ihnen zu kommen!‹

›Wenn sie sich an den Laken festhält, beschlagnahmen wir eben die Laken! Und wir werden auch ihre Träume beschlagnahmen! Und ihren Nachtgeruch!‹

Diese abstoßenden kleinen Scheißer machten an ihren Eiern rum und aßen ihre Popel.

›Wer hat euch Schakalenbande denn eigentlich hergeschickt?‹

›Die Treuhänderin eines Konsortiums! Leute, bei denen das Faß jetzt voll ist!‹

›Ich werde meine Fabrik verkaufen!‹

›Die haben wir schon beschlagnahmt. Wir haben alles beschlagnahmt: das Inventar und die Arbeiter! Der Kuckuck klebt überall im Arbeiterviertel, von denen wagt sich keiner mehr raus! Die Kinder gehen nicht mehr zur Schule, und der Priester bringt den Sterbenden keine Sakramente mehr! Alle hassen ihren Chef, einen gewissen Treuttel, der in die Kasse gelangt hat, um sich eine persönliche Laune zu finanzieren!‹

›Und was soll ich jetzt tun?‹

›Das Geld rausrücken!‹

›Ich habe die Knete aber schon ausgegeben!‹

›Ist Ihre Frau schwanger?‹

›Nein, sie ist nicht schwanger!‹

›Darf man wissen, warum?‹

›Sie verweigert sich mir!‹

›Ein Kunstwerk verweigert sich doch nicht! Das kauft man, und dann freut man sich dran!‹

›Ja, schon, aber ich freue mich nicht dran.‹

›Man kauft doch auch kein Rennpferd, wenn man es nicht reiten kann!‹

›Cora ist kein Pferd!‹

›Dafür, daß Sie in Unterhosen vor uns stehen, finde ich Sie reichlich selbstbewußt!‹«

Ich erhebe mich von der Anklagebank. »Bitte«, frage ich, »könnte mir einer den Zustand beschreiben, in dem sich mein Vater gerade befindet? ... Mir sagen, wie es ihm geht?«

»Deinem Vater geht es nicht gut«, antwortet mein Vater höchstpersönlich. »Die wilden Stürme tragen ihn hinweg ... ich bin wie ein Kapitän ohne Schiff ... die Möwen scheißen mir auf den Kopf ... Um hierherzukommen und meine Aussage machen zu können, habe ich einen Anzug gestohlen ... er steht mir nicht schlecht ... ich mache immer noch was her ... Mein ganzes Leben habe ich dem Sturm standgehalten ... ich habe versucht, das Kap zu umschiffen ... Jetzt bin ich gescheitert ... nur noch ein altes wurmstichiges Stück Holz ... wahrscheinlich vom Salz zerfressen ...«

DER GERICHTSPRÄSIDENT: »Sie haben die Uferschnecken vergessen ...«

MEIN VATER: »Unterbrechen Sie mich nicht! ... Einen Vater sollte man ausreden lassen, wenn er das Wort ergreift! ... Vor allem, wenn sein Sohn ihm zuhört ... Hörst du mich, mein Junge?«

DER ANGEKLAGTE: »Ja, Papa, ich höre dich.«

MEIN VATER: »Wovon rede ich gerade, jetzt, in diesem Moment?«

DER ANGEKLAGTE: »Über das Leben, Papa. Über das Leben.«

MEIN VATER: »Das Leben hat nicht für jeden denselben Stellenwert. Dein Vater ist zu sehr über den Wolken geschwebt ... Er glaubte, es sei ein Zeichen von Schwäche, wenn er aus seinem Wolkenkuckucksheim herabsteigen würde ... Verzeihen Sie, Herr Gerichtspräsident, aber jetzt, wo ich meinen Sohn wiedersehe, kommt alles wieder hoch ...«

DER GERICHTSPPRÄSIDENT: »Haben Sie ihn denn nie im Gefängnis besucht?«

MEIN VATER: »Niemand hat mir gesagt, daß er im Gefängnis ist.«

DER GERICHTSPRÄSIDENT: »Lesen Sie denn nie Zeitung?«

MEIN VATER: »Weder lese ich die Zeitung, noch sehe ich fern. Was hat sich mein Sohn denn zuschulden kommen lassen?«

DER GERICHTSPRÄSIDENT: »Morde. Er hat dreiundsechzig Frauen einfach ausradiert.«

DER ANGEKLAGTE: »Sie waren mir auf die Nerven gegangen!«

Großer Aufruhr im Saal. Diese Blödmänner kapieren nichts. »Ihr Bande von armen Trotteln!« rufe ich ihnen zu ... »Ist auch nur ein einziger unter Euch, der sich einmal bemüht hat, jemanden umzubringen? ... Sie, Monsieur, zum Beispiel? Ja, Sie mit der gepunkteten Krawatte!«

Ein Typ steht auf und fragt mit matter Stimme: »Woher wissen Sie, daß ich eine gepunktete Krawatte trage? Sie sind doch blind!«

»Es gibt immer einen Doofen mit einer gepunkteten Krawatte.«

»Ich bin der Ehemann eines der Opfer.«

»Sind Sie bewaffnet?«

»Wir werden am Eingang alle nach Waffen durchsucht, wenn sie eine finden, wird sie beschlagnahmt.«

»Ihre Stimme klingt so, als seien Sie ein gutmütiger Mensch ...«

»Das hat meine Frau auch immer gesagt. Sie sagte, du bist

nicht schön, aber ein gutmütiger Mensch. Und ließ mich an ihr herumspielen, vorausgesetzt, ich hatte saubere Hände.«

»Wie hieß sie nochmal?«

»Pascaline.«

»Ich kann mich an keine Pascaline erinnern.«

»Aber Sie haben sie doch getötet ...«

»Eine Frau, die man tötet, behält man nicht unbedingt in bleibender Erinnerung.«

Stille.

DER MIT DER GEPUNKTETEN KRAWATTE: »Es gelingt mir nicht, Sie zu hassen.«

»Strengen Sie sich an, mein Lieber.«

Eine Frau wird aus dem Raum geführt. Ihr ist schlecht geworden.

»Der einzige Schuldige bin ich«, sagt mein Vater.

DER GERICHTSPRÄSIDENT: »Das müssen Sie mir erklären, Monsieur Treuttel.«

MEIN VATER: »Die Geschichte droht aber lang zu werden.«

DER GERICHTSPRÄSIDENT: »Wir werden uns die nötige Zeit nehmen.«

Die erbärmliche Aussage (Fortsetzung):

»Ich werde Ihnen von meinem Vater erzählen«, fährt mein Vater fort, »denn auch ich hatte einen Vater. Es ist aber schon lange her. Heute bin ich alt, und je älter man wird, desto mehr entfernt man sich von der Zeit, als man noch einen Papa hatte, und desto mehr fehlt er einem. Ich spreche selten von ihm, denn nie fragt mich jemand etwas über ihn. Nur einige unserer älteren Arbeiter können sich noch an ihn erinnern. Sie sprechen mit Achtung von ihm. Im Nebenraum des Bistros, das mein Vater genauso wie die zweihundertfünfzig Einfamilienhäuschen eigens für sie hatte bauen lassen, setze ich mich gern zu ihnen. Meine Arbeiter müssen ein Café haben, hatte er gesagt, dann kann ich auch einen mit ihnen draufmachen. Er war ein bemerkenswerter Mann. Sein ganzes Leben bestand aus Arbeit. Die Fabrik lief unter ihm auf Hochtouren. Er ging früh am Morgen weg und kam spät am Abend heim. Ich wuchs unterdessen zu einem langaufgeschossenen jungen Mann heran, der gut Tennis spielen konnte. Ich trug gern weiße Hosen. Ich ruderte auch und übte mich im Boxen, und zwar in einer Boxart, bei der Fußtritte und Schläge unterhalb der Gürtellinie zulässig sind. Im Winter lief ich ab und zu Ski. Im Sommer fuhren wir nach Touquet, dort spielte ich wieder Tennis. Ich ging zu Abendgesellschaften und hatte viele gleichaltrige Freunde. Ich konnte Tango, Walzer und Paso Doble tanzen. Dabei nahm ich meine Tanzpartnerinnen immer fest in den Arm. ›Nicht zu fest‹, sagten sie, ›Sie haben feuchte Hände!‹ Ich hatte keinen Erfolg bei den Frauen. Selbst die Dicken, die Kurzsichtigen und die Mauerblümchen wollten nichts von mir wissen. ›Ich gehe doch nicht mit Treuttel‹, sagten sie. ›Wenn das einer rauskriegt, stehe ich wie eine Idiotin da!‹ Abends trafen sich Jungen und Mädchen hinter den Dünen oder besser gesagt, sie suchten einander, einige schoben sich auch ineinander, und von weitem konnte man schon das freudige Händereiben der Engelmacherinnen hören. Ich dagegen blieb allein am Steuer meines Citroën sitzen, es gab keine, der ich einen Kuß hätte rauben können. So fuhr ich eben die ganze Nacht hindurch, bis nach Holland hinein, und erst im Morgengrauen kam ich zurück, trunken vor Einsamkeit. Nur ein einziges Mal war ich ausgestiegen: um zu tanken. Und an einer Tankstelle habe ich eines Nachts zum ersten Mal gespürt, daß ich erregt war. Die Tankwartin füllte meinen Tank auf, und ich war hinter ihr stehengeblieben. Ich betrachtete ihre Hüften. Es war kalt, und es war neblig. Sie steckte in einer viel zu engen Kittelschürze, die entweder beim Waschen eingelaufen war, oder vielleicht hatte sie einfach auch ein wenig zugenommen. Darüber trug sie eine dicke, mit Schafsfell gefütterte Strickjacke. An den Füßen hatte sie Stiefel, an den Händen fingerlose Handschuhe. Sie war eine Frau in den besten Jahren, rundum üppig, und besonders ihre Hüften hatten es mir angetan. Plötzlich fing sie an, mit mir zu reden. Ohne sich umzudrehen, fragte sie: ›Na, gefällt es dir, meinen Hintern zu betrachten?‹

›Wie haben Sie das erraten?‹ antwortete ich.

›Eine Frau hat auch im Rücken Augen‹, sagte sie. Dann drehte sie sich um. Sie hatte den Tank vollgemacht. Jetzt lächelte sie mich an, ein Lächeln im Nebel. ›Möchtest du ein wenig Wärme kriegen?‹ fragte sie.

Ich war etwas begriffsstutzig: ›Welche Wärme meinen Sie?‹

›Die Wärme des Körpers. Die Wärme, die eine Frau einem Mann geben kann. Ich habe den Eindruck, daß du in diesem Bereich ein Problem hat.‹

›Ja, in der Tat, da habe ich ein Problem.‹

›Dann werden wir es uns mal ansehen.‹

Sie schloß die Zapfsäulen ab, löschte das Neonlicht, und ehe ich mich versah, war ich schon im mit Reifen und Batterien vollgestopften Hinterzimmer des Tankstellenladens. Ich zog mich ganz schnell aus, und die Frau zog sich ebenfalls aus, auch sehr schnell, denn sie hatte genauso Lust auf mich wie ich auf sie. Im Bett zog sie mich auf sich, und in diesem Moment merkte ich, daß schon ein anderer darin lag.«

DER GERICHTSPRÄSIDENT: »Und wer?«

MEIN VATER: »Ein dicker Typ mit vielen Tätowierungen. ›Keine Sorge‹, sagte sie, ›der schläft wie ein Stein. Er kommt aus Istanbul, war acht Tage unterwegs, der wird uns nicht stören. Na komm, mein Schatz, laß uns ein bißchen glücklich sein, du erinnerst mich an die Zeit, als ich zwanzig war!‹ Währenddessen schnarchte der andere vor sich hin. Und hatte auch noch eine Knoblauchfahne!«

DER GERICHTSPRÄSIDENT: »Ich habe einmal eine ganz

ähnliche Erfahrung in einer Hochzeitsnacht gemacht. Der Bräutigam war total blau, er hatte gekotzt, lag in seiner Kotze und schnarchte, und die Braut verlangte von mir, sie im Brautbett zu vögeln: ›Das soll ihm eine Lehre sein!‹ meinte sie. ›Ha, ein gehörnter Ehemann gleich am ersten Tag der Ehe! Los, komm, du darfst mich vögeln! Laß dir das Vergnügen doch nicht entgehen!‹ Tja, aber leider habe ich nicht gekonnt.«

MEIN VATER: »Mir ging es genauso! Der Schreck sitzt mir immer noch in den Gliedern!«

DER GERICHTSPRÄSIDENT: »Wir sind schließlich keine Maschinen, mit denen man machen kann, was man will, verdammt!«

MEIN VATER: »Ein anderes Mal – ich erzähle es Ihnen, denn wir sind ja unter uns – ging ich auf eine Riesenfete. Eine ziemlich heiße Fete, so eine, wo in jeder Ecke die ungeheuerlichsten Sachen ausgeheckt wurden. Dort traf ich die ganze Touquet-Bande. Sie drängten mich in einen kleinen Raum und sagten: ›Den Anblick solltest du dir nicht entgehen lassen …‹ Auf einem Bett lag ein Mädchen, ein großes Mädchen mit hochgerafftem Rock. ›Das ist die Tochter des Direktors‹, sagten sie. ›Ihr Alter wartet unten auf sie. Er schläft in seiner Karre. Damit er um Mitternacht wach wird, hat er einen Wekker mitgebracht, denn um punkt Mitternacht muß sie unten sein. Sonst kommt er selbst hoch und holt sie. Inzwischen steigt jeder hier mal auf sie drauf. Du kannst ruhig zu ihr gehen, sie mag lange Ständer. Nicht wahr, du magst sie, die langen Ständer, Yolande?‹ Das Mädchen hieß Yolande … Und war schön wie eine Wiese im Sommer …«

DER GERICHTSPRÄSIDENT: »Was haben Sie mit ihr gemacht?«

MEIN VATER: »Gar nichts. Ich bin zu ihrem Vater gegangen, der unten wartete. Er schlief am Steuer seines Peugeot. Ich mußte ihn schütteln, damit er wach wurde: ›Da oben vergewaltigen sie gerade Ihre Tochter‹, sagte ich. ›Sie sind zu viert. Wenn der eine fertig ist, kommt schon der nächste. Sie hat zu weinen begonnen und gesagt, daß sie genug hat.‹ Wir fuhren zur Polizei. Das Mädchen war noch minderjährig. Das Ganze wurde ein Höllenspektakel. Unter den Typen war einer, dessen Vater Abgeordneter war, den hätte man beinahe aus seinem Amt gejagt. Ich habe all meine Freunde verloren. Aber das Mädchen habe ich nicht gevögelt. Noch Jahre später mußte ich an sie denken. Das Bild ihres weißen Bauchs ließ mich nicht mehr los. Irgendwann später habe ich sie wiedergesehen, sie hatte zwei Kinder dabei. Als ich sie ansprach, konnte sie sich nicht an mich erinnern. Ihr Mann stellte sich mir drohend in den Weg. ›Ich habe mich wohl geirrt‹, sagte ich und ging weiter, mit meiner Erinnerung unter dem Arm …«

DER GERICHTSPRÄSIDENT: »Haben diese fehlgeschlagenen Abenteuer Sie nicht bitter gemacht?«

MEIN VATER: »Ich begann einfach, mich für etwas anderes zu begeistern, für Jazz. Den ganzen Tag hörte ich Jazz-Musik. Dazu rauchte ich eine Camel nach der anderen. Und irgendwann bekam ich Probleme mit der Atmung und ging zur Kur nach La Bourboule. Dort habe ich zwei Frauen, Mutter und Tochter, kennengelernt. Eine Hotelbekanntschaft aus dem Speisesaal, wo wir Tischnachbarn waren. Wir empfanden sehr schnell Sympathie füreinander. Nur hat es eine gewisse Zeit gedauert, bis wir miteinander sprachen, denn ich war zu schüchtern. Obwohl sie mir mit ihrem permanenten Zulächeln den roten Teppich auslegten. Die Mutter eröffnete schließlich die Konversation. Wir folgten ihr in den Salon und tranken Eisenkrauttee. Die Tochter war ein wunderbares Mädchen. In ihren Augen glänzte ein ganz verrücktes Versprechen. In denen der Mutter ebenfalls. Im nachhinein erfuhr ich, daß sie darum gebeten hatten, ihren Tisch wechseln zu dürfen, um neben mir zu sitzen. Wahrscheinlich eine Idee der Mutter, die ihrer heiratsfähigen Tochter eine Freude machen wollte. Vielleicht aber auch eine Idee der Tochter, die ihrer Mutter wiederum einen Gefallen tun wollte, denn die war noch nicht in dem Alter, in dem man die Waffen gänzlich streckt. Aber ganz gleich, aus welcher Sicht man es betrachtet, am selben Abend machte ich mich auf zu meinem ersten großen Abenteuer: Ich klopfte an Sylvianes Tür.«

DER GERICHTSPRÄSIDENT: »Sylviane, war das die Tochter oder die Mutter?«

MEIN VATER: »Das war die Tochter ... Sie machte mir im Nachthemd, mit gelösten Haaren, auf. ›Ich warne Sie, ich werde nicht mit Ihnen schlafen!‹ sagte sie. Und stürzte sich förmlich auf meinen Mund. ›Sie dürfen mich anfassen, aber ich will Jungfrau bleiben. Ich bewahre mich auf für den Mann, der mich heiraten wird.‹

›Aber genau der bin ich doch!‹ rufe ich.

›Sprechen Sie mit meiner Mutter.‹

›Gleich morgen werde ich mit ihr reden!‹

›Mir wäre es lieber, wenn Sie es sofort tun würden. Warum sollen wir auf unser Glück so lange warten? Laufen Sie schnell zu Zimmer 12. Wenn sie einverstanden ist, gehöre ich heute Nacht Ihnen.‹

Ich fliege durch die Flure auf der Suche nach Nummer 12. Noch bevor ich anklopfe, öffnet mir die Mutter die Tür. Im erdbeerfarbenen Ensemble. Die Leidenschaft lodert schon lichterloh. Sie zieht mich ins Zimmer und drückt mich gegen die Wand. ›Ich war sicher, daß du kommen würdest! Wie eine Verrückte habe ich auf dich gewartet!‹ Einige Sekunden später, der Mann ist wirklich ein Tier, hatte sie mich mit ihrer Möse schon ganz wahnsinnig gemacht! ... Es war meine erste Möse, und das mit fünfundzwanzig Jahren. Ich weiß noch, daß es ganz unglaublich war. Jedesmal passiert das gleiche. Wenn ich in einer Möse bin, kann ich für nichts mehr garantieren, mein Verstand setzt aus, ich weiß nicht einmal mehr, wie ich heiße. Sie hieß Mireille, und sie kannte eine Menge Tricks, um sich zur Geltung zu bringen. Vor allem nachts, bei Kerzenschein. Wenn sie mir beim Aufwachen morgens zulächelte und dazu noch die Sonne schien, spürte ich von soviel Glück Migräne in mir aufsteigen, ich fühlte mich, als hätte ich mir am Abend zuvor die Rübe zugeknallt. In einem solchen Fall hilft nur eines: genau das gleiche zu trinken wie am letzten Abend. Nach diesem Prinzip habe ich es zwei lange Jahre mit ihr ausgehalten. Jahre, in denen wir von Kurort zu Kurort, von Nobelhotel zu Nobelhotel zogen. Mireille erregte überall großes Aufsehen. Andere klopften an unsere Tür, wollten an unseren Liebesspielen teilhaben. Es amüsierte sie, daß die Kurgäste vor Sehnsucht nach ihr nicht schlafen konnten. Sie öffnete ihnen und bot ihnen Champagner an. Kleine alte Männer im Schlafrock gruppierten sich um ihr Bett. Endlich hatten sie erreicht, was sie wollten. Mireille verjüngten diese Begegnungen, sie fachten ihre Leidenschaft noch mehr an. Es war wie eine Konzertprobe. Wir mußten einzelne Szenen wiederholen, wurden von ihnen gebeten, bestimmte Positionen noch mal zu zeigen. Und sie klatschten in die Hände, um den Rhythmus vorzugeben …«

DER GERICHTSPRÄSIDENT: »Und die Kleine, wie hat sie denn das Ganze verkraftet?«

MEIN VATER: »Sie war unglücklich. Morgens beim gemeinsamen Frühstück auf einem sonnigen Balkon, irgendwo in Europa, bevorzugt am Ufer eines Sees, mit Blick auf schneebedeckte Berggipfel, hatte sie verweinte Augen. Sie war doch so schön … Mir brach es das Herz, vor allem, wenn sie noch die Kraft fand, ihren Kummer mit einem Lächeln zu verbergen, ihrer Mutter zuzulächeln, die sie so gerne glücklich sehen wollte, selbst mit einem Dreckskerl wie mir. ›Sie haben mich auf schändliche Weise verraten!‹ hielt sie mir am Morgen nach unserem Kuß entgegen, als ich sie wieder in den Arm zu nehmen versuchte. ›Das werde ich Ihnen nie verzeihen!‹ Ich lief ihr durchs ganze Kurhaus nach und brüllte meine ganze Verzweiflung heraus: ›Ich bin aber verrückt nach Ihnen!‹ Ohne mich auch nur eines Blickes zu würdigen, ging sie schnurstracks weiter, vorbei an den Kurgästen, die zur Seite wichen, um sie durchzulassen. In ihrem Bademantel kochte sie vor Wut. Sie kam gerade aus dem Dampfbad. Ihre Haare waren noch feucht. Ich stellte mir ihren feuchten Körper vor. Beim Laufen rief sie mir zu: ›Niemals werden Sie die Farbe meiner Brüste sehen! Und noch weniger meine Pobacken! Ich werde alles, was ich so sorgfältig aufbewahrt habe, einem anderen geben! Und zwar dem erstbesten dahergelaufenen Kretin!‹ Was sie dann tatsächlich getan hat: Sechs Monate später brachte sie einen ziemlichen Dummkopf an, einen Typen, der immer nur lächelte, einer, der immerzu eine beknackte Fröhlichkeit zur Schau stellte, aber sie präsentierte ihn uns als den witzigsten Kerl, der ihr jemals über den Weg gelaufen war. Ich selbst habe ihn nie als witzig empfunden. Vor allem nicht, als er ankam und mich um Sylvianes Hand bat, weil er glaubte, ich sei ihr Vater. Ich habe immer älter ausgesehen, als ich bin, aber das ist kein Grund, um mich auf die Schippe zu nehmen. ›Ich kann mit Ihrer Art von Humor nichts anfangen‹, sagte ich. Er war klein und rundlich, hatte einen sehr tiefen Haaransatz, und er hörte auf den lächerlichen Vornamen Roger. Sein Mund sah aus, als wäre er zum Austernschlürfen gemacht. Sylviane dagegen hatte hervorstehende Augen. Ich nehme zwar nichts von meinem ersten Eindruck zurück, denn sie war wirklich schön, aber sie hatte hervorstehende Augen. Und über ihre Waden will ich lieber ganz schweigen. Wenn man das, was sie hatte, überhaupt Waden nennen kann. Auf jeden Fall waren sie nicht anmutig gerundet. Deshalb blieb ich ziemlich gelassen, als die vor Lüsternheit gurrende Mireille dem Verehrer ihrer Tochter, der sie um die Hand derselben bat, antwortete: ›Aber warum denn so eilig? Lernt euch doch erst ein wenig kennen, bevor ihr den Hafen der Ehe ansteuert! Sie sind mir sympathisch, Roger. Morgen reisen wir ab nach Stresa am Lago Maggiore. Kommen Sie doch mit uns …‹ Ungefähr um diese Zeit machten sich bei mir erste Schwierigkeiten bemerkbar, wenn ich Mireille befriedigen wollte. Der Anblick ihrer Möse, der mich kurz zuvor noch in Entzücken versetzt hatte, löste in meinem Genitalbereich jetzt vielmehr ein Bremsmanöver aus, so, als hätte ich beim Fahren erst im letzten Moment ein Hindernis entdeckt, und dieses Bremsmanöver führte dazu, daß sich mir der Magen umdrehte. Meine Partnerin aber, die vom Überspringen von Mahlzeiten gar nichts hielt, vor allem nicht von der am Abend, und die in ihrer Jugend einmal für kurze Zeit Medizin studiert hatte, mit dem Schwerpunkt Proktologie, kannte einen einfachen und zugleich hochwirksamen Trick, um einen lahmen Reiter wieder auf Touren zu bringen. Beim ersten Mal hat sie mich blamiert. Beim zweiten Mal ebenfalls. Beim siebzehnten Mal allerdings ist sie wütend geworden: ›Ein Mann, der aufhört, geil nach einer Frau zu sein, der hat auch keine Lust mehr auf diese Frau! Ich möchte wissen, warum du noch bei mir bist!‹

›Ich habe Lust, ein Buch zu lesen‹, sagte ich.

›Was für ein Buch?‹

›Ich weiß nicht, irgendeins, irgend etwas Entspannendes ...‹

›Ist der Körper einer Frau denn kein Buch?‹

›Ehrlich?‹

›Fang doch mal an zu blättern!‹

›Ich mag Roger nicht.‹

›Was hat das mit dem Lesen zu tun?‹

›Ich mag Roger nicht. Ich kann ihn nicht ausstehen. Er ist uns die ganze Zeit im Weg.‹

›Möchtest du, daß wir zwei alleine irgendwo hinfahren?‹

›Nein!‹

Wir waren immer in einem dicken Buick unterwegs, den ich meistens selbst steuerte, und wir fuhren keine sehr langen Strecken, immer nur von einem Drei-Sterne-Hotel zum nächsten, wir überquerten Grenzen und Pässe, dabei saß Mireille neben mir, zog an ihrer Zigarette, und dieserReckskerl Roger auf der Rückbank bekam von Sylviane alles, was man sich nur wünschen kann, einmal haben sie sogar gevögelt! Wirklich! Ich konnte sie im Rückspiegel sehen. Die haben vielleicht gevögelt, Mann!

›Die beiden da hinten vögeln gerade!‹ schrie ich Mireille ins Ohr.

›Aber nein!‹ antwortete sie.

›Doch!‹ sagte ich. ›Ganz bestimmt, er vögelt sie!‹

Sie sah völlig verdutzt aus. ›Aber wie ist das möglich?‹

›Nun, ganz einfach, er hat seinen Schwanz in die Möse deiner Tochter gesteckt und rammelt sie jetzt, kein Witz!‹

Sie drehte sich sehr zornig zu dem Keuchkonzert herum, das von hinten zu uns drang, seit wir Luzern verlassen hatten, und sagte: ›Roger!‹

›Ja, Madame.‹

›Vögeln Sie vielleicht gerade meine Tochter?‹

›Absolut nicht, Madame.‹

›Sie haben mir aber angst gemacht. Sylviane, setz dich bitte neben Roger. Es gibt überhaupt keinen Grund, weshalb du auf seinem Schoß sitzt.‹

›Oh, Mama, ich war kurz davor, zu kommen!‹

›Madame, wir waren kurz davor, zu kommen.‹

›Gut, dann kommt eben, aber seid gefälligst ruhig dabei! Sonst wird unser Fahrer noch ganz nervös. Wir werden noch einen Unfall bauen, wenn ihr ihn nicht in Ruhe laßt!‹

Es war höchste Zeit, daß ich etwas unternahm. Also rief ich meinen Vater an, mit dem ich schon lange nicht mehr gesprochen hatte. Er war froh, meine Stimme zu hören. Ich umgekehrt auch. Die Stimme eines Vaters wirkt wie ein Schutz, vor allem, wenn man weit weg ist und zudem in der Scheiße sitzt. Ich fragte ihn, ob er immer noch mit seinem Freund Le Vennec befreundet sei, der im Verteidigungsministerium arbeitet. Er hatte mich für dienstuntauglich befunden, damit ich an einem Tennisturnier teilnehmen konnte. ›Ich esse heute mit ihm zu Abend‹, sagte mein Vater.

›Gut‹, sage ich. ›Dann bitte Le Vennec doch mal, zu überprüfen, ob ein gewisser Vigneulot, Roger, vom Wehrdienst zurückgestellt worden ist. Der gibt sich als Student der Kunstgeschichte aus, aber wenn er das ist, dann bin ich Bischof. Zudem ergeht er sich in defätistischen Parolen über die französische Armee und die Zukunft unserer Kolonien …‹

Vierzehn Tage später wurde Roger von zwei Gendarmen abgeführt, die wenig empfänglich waren für die gediegene Ruhe in den Fluren des Palasthotels, in dem wir residierten. Roger verließ uns, um zu seiner Einheit zurückzukehren und dann nach Algerien geschickt zu werden, wo es allmählich wirklich riskant wurde, eine französische Uniform zu tragen. Sylvianes Kummer hielt sich in Grenzen. Meiner ebenfalls. Sie zuckte nur einfach die Schultern, mit dem Effekt, daß sie die eine entblößte, das Besondere an einem Nachthemd und vor allem an der Naivität ist, daß sie bei der geringsten Einwirkung von außen alles offenbaren. Schweigen trat ein, ein Schweigen, das mich vor Glück fast aufschreien ließ. Ich fühlte mich wie ein Soldat, der sein Maschinengewehr zwischendurch absetzen darf, um da oben auf seinem Posten, irgendwo zwischen Bouira und Dellys, endlich den kleinen lavendelfarbenen Umschlag aufzubrechen, mit dem Brief von der Geliebten, die ihn zu Hause erwartet, seine Hände zittern vor Aufregung, sein Herz steht fast still, so bin ich ganz in die Betrachtung von Sylvianes linker Brust versunken, von der das lavendelfarbene Nachthemd herabhängt, vom gleichen Lavendelton wie die Briefe, die sie dem Soldaten Roger niemals schicken wird, denn ihre schräge Schrift war so schräg, daß der bloße Gedanke ans Schreiben sie schläfrig machte. Nun waren wir endlich allein, Sylviane, Mireille und ich. Der Kaffee des armen Roger dampfte noch in seiner Tasse. Ein Croissant-Krümel fiel auf Sylvianes Brust. Wer würde ihn wegschnippen? Niemand. Der Krümel blieb auf der nackten Haut haften. Sylviane wußte, daß ich den Krümel anstarrte. Mireille sah Sylviane an und wußte, daß Sylviane wußte, daß ich den Krümel betrachte. Und ich wußte, daß sie es wissen. Eine Gleichung mit drei Unbekannten. Am selben Tag noch fuhren wir nach Dax mit seinen berühmten Schlammbädern. Dann ging es weiter nach Vichy, Baden-Baden, Montecatini. Wir wohnten in Suiten, mit ineinander übergehenden Zimmern, und der im Schatten kauernde Wahnsinn wartete nur auf den richtigen Zeitpunkt, um hervorzubrechen. Bald war es soweit. Ich sah dem Ganzen ziemlich gelassen entgegen. Trotzdem hat es mir einen Schock versetzt, als es endlich passierte. Es geschah an einem Abend, als ich einige Mühe hatte, Mireille zufriedenzustellen. Sylviane kam ganz ruhig zu uns und streckte sich auf dem Bett neben ihrer Mama aus. Sie fühlte eine innere Unruhe, die sie am Schlafen hinderte. Wahrscheinlich wegen des Gewitters draußen. Sie war geradezu verboten nackt, ihre Brüste wirkten wie aufgepumpt. Ich habe die Mutter wie wild gevögelt und die Tochter dabei angesehen. Dann wollte ich auch die Tochter besteigen. Aber beide bedeuteten mir mit einem Zeichen: ›Nein.‹ Also bestieg ich die Mutter wieder, aber es funktionierte nicht mehr. Ich war gezwungen, die Kleine zu bitten, mit Hand anzulegen: ›Bring ihn wieder hoch, sonst schläft er ein.‹ Bald fühlte ich mich wie ihr Galeerensklave. Jeden Abend bereiteten sie mir die Hölle auf Erden. Wo sollte da die Liebe noch Platz finden? Ich hatte nur noch eines im Sinn: meine Sylviane dem mütterlichen Sumpf zu entreißen. Und ich habe es geschafft. Es war alles ganz einfach. Eines Tages, während ihre Mutter gerade am Pinkeln war, traf Sylviane mit mir eine heimliche Verabredung. Und zwar in Châtelguyon, einem Kurort, der für die Heilung von Darmkrankheiten berühmt ist. Wir trafen uns im Thermalpark. Ich erinnere mich noch, daß es regnete. Am alten Musikpavillon kam sie mir entgegengerannt und warf sich in meine Arme: ›Ich kann nicht mehr‹, sagte sie, ›ich will dich für mich alleine haben!‹

›Dann laß uns abhauen!‹

›Aber sie wird uns überall finden. Sie müßte ganz einfach sterben.‹

›Aber wie?‹

›Irgendwas Schnelles! Ein Unfall!‹

Wir blickten einander an, schaudernd. Wahrscheinlich das feuchte Wetter. Am Abend gab mir Sylviane hinter dem Rücken ihrer röhrenden Mutter ein Zeichen. Ein Zeichen, das ich nicht verstand. Oder das ich nur zu gut verstand. Erst als Mireille ihren Orgasmus hatte, begann ich zu kapieren. Sylviane gab mir erneut ein Zeichen. Sie bedeutete mir, ihre Mutter zu erwürgen. Also erwürgte ich sie.«

DER ANGEKLAGTE: »Ich liebe dich, Papa! Ich fühle mit dir!«

MEIN VATER: »Halt die Klappe, jetzt rede ich! Wenn dein Vater spricht, dann schneide ihm gefälligst nicht das Wort ab! Ich habe also die Mutter erwürgt, und endlich war die Tochter mein. Sie gab sich mir hin wie eine Wahnsinnige. Sie hatte es nicht erwarten können. Zwei Stunden lang haben wir es neben der Leiche wie wild getrieben, dann erst haben wir sie weggebracht. Eine hübsche Region, diese Auvergne, wie geschaffen, um einen Körper verschwinden zu lassen. Wir warfen die Leiche einfach in einen Kratersee. Und im gleichen Moment stieß mich Sylviane von sich. ›Du bist doch auch nur ein Schweinekerl‹, sagte sie. ›Du hast feuchte Hände, und du riechst nach Schwanz. Ich erbe ein großes Vermögen. Ab jetzt werde ich mir ganz andere Größen leisten. Schluß mit all den Kurorten und Arzneien! Du kannst die Fliege machen. Dir eine andere suchen, der deine Fresse nichts ausmacht.‹ Ich stieß sie in den Kratersee. Aber sie war eine sehr gute Schwimmerin. Ich nahm einen großen Stein und warf ihn nach ihr, und sofort war Ruhe, ihr hämisches Lachen war einfach unerträglich gewesen. Ich glaube, dann wurde ich ohnmächtig. Ich weiß jedenfalls nicht mehr, wie ich es geschafft habe, zu meinem Vater zurückzukehren. Sicher ist, daß ich zu ihm zurückgekehrt bin. ›Was ist das für ein Buick?‹ fragte er. Ich war in Tränen aufgelöst und zitterte am ganzen Leib, ich war unfähig zu sprechen. ›Hast du jemanden umgebracht?‹ fragte er.

›Ja‹, antwortete ich.

›Wie viele?‹

›Zwei.‹

Er kümmerte sich um alles. Sorgte dafür, daß der Buick verschwand. Verschaffte mir ein Alibi. Ich begann unter Depressionen zu leiden und heulte den ganzen Tag. Ich konnte noch nicht einmal den Bullen gegenübertreten, so schwach fühlte ich mich. Nachts wachte ich schreiend auf, trotz der hohen Dosis Beruhigungsmittel, die man mir verabreichte. Ich sah blutrote Seen vor mir. Skelette in großen Schlammpfützen. Die Borromäischen Inseln in Flammen. Oberleutnant Roger war mir auf den Fersen, er führte seine Männer in eine ziemlich unsichere Region, wo man von Frauen empfangen wurde, die nur gastfreundlich taten und einen heimlich denunzierten, in die Folterkammer schickten. Zwei von meinem Vater bestellte Krankenschwestern lösten einander an meinem Bett ab, damit ich bald wieder auf die Beine käme. Es heißt, sie seien schön gewesen. Ich habe sie nicht einmal angerührt. Ein Winter ging ins Land. Dann kam der Frühling, und der Arzt entschied, ich sei geheilt. Also stand ich auf. Mein Vater sagte: ›Ich bin froh‹, und nahm mich in seine Arme. Er war damals schon ein alter Mann, steif wie ein Baum, der den Wind fürchtet. Er gab mir alles, was an Kraft noch in ihm vorhanden war. Ich dagegen war schlaff wie ein Sack. Er nahm mich beim Arm und führte mich spazieren. Eigentlich hätte ich ihn bei seinem täglichen Rundgang stützen sollen. Eines Tages führte uns unser Spaziergang ins Dorf. Ins Arbeiterdorf. Es war der 14. Juli. Vor dem Dorfcafé tanzten die Leute. Papa und ich setzten uns und bestellten zwei Bier. Die Männer lüfteten ihre Schirmmützen. Frauen kamen an unseren Tisch und zeigten uns ihre Neugeborenen. Mein Vater streichelte Kinderköpfe. Dann tranken wir unser Bier und sahen den Paaren zu, die stolz darauf waren, so gut Walzer tanzen zu können. Wir fühlten uns wohl unter ihnen. Und wir hatten keinen Grund, nicht so weiterzuleben. Wenn mein Vater nicht plötzlich gesagt hätte: ›Schau mal, wer dir gegenübersitzt. Auf der anderen Seite der Tanzfläche. Siehst du, was ich sehe? …‹ Ja, in der Tat, ich sah es. Meine Augen sahen es. Aber mein Verstand weigerte sich hinzublicken, mein Verstand, mein Herz, und alles, was einen Mann ausmacht, hatte ganz unvermittelt, ohne zu wissen, warum, Lust bekommen, eine Familie zu gründen, und genauso warnte mich das alles davor hinzusehen. Aber ich guckte trotzdem. Sie war blond und saß auf einem Stuhl zwischen ihrem Vater und ihrer Mutter. Sie trug ein ausgeschnittenes Kleid, und ihre Schultern waren so robust wie die Arbeit, die ihr Vater sein ganzes Leben geleistet hatte, damit wir noch reicher würden. Sie wirkte ängstlich. Und es wagte auch keiner, sie zum Tanzen aufzufordern. Als unsere Blicke einander begegneten, hatte ich den Eindruck, als habe ich sie verletzt. Ihre Eltern nahmen ihren Arm, um sie zu beruhigen. Sie sah mich erneut an, sie bot mir ihr Gesicht an wie eine offene Wunde. In diesem Moment verstand ich, daß ich nie Glück bei den Frauen haben würde. Was nicht verhindert hat, daß ich verliebt war ... ›Worauf wartest du?‹ fragte mein Vater. ›Fordere sie zum Tanzen auf. Siehst du denn nicht, daß sie dir schöne Augen macht?‹ Als ich näher kam, erhoben sich ihre Eltern von ihren Stühlen. Der Vater nahm seine Mütze ab und reichte mir die Hand. Zum ersten Mal in meinem Leben schüttelte ich eine Arbeiterhand. Seine Augen waren voller Rauch, wie die eines Lokomotivführers. In den Augen der Mutter lag die Erinnerung an verschlafene Städtchen und an die Zeit der Flitterwochen. Die Frucht ihrer Liebe hatte sich nicht von ihrem Stuhl bewegt, sie hielt den Blick gesenkt und hatte die Hände verkrampft im Schoß liegen. Sie schluchzte. Ich wollte wieder gehen, aber die Mutter hielt mich zurück. ›Sie ist ganz bewegt‹, erklärte sie. ›Ganz bewegt, von Ihnen ausgewählt worden zu sein. Lassen Sie ihr Zeit, sich zu fassen. Sie muß sich erst an den Gedanken gewöhnen.‹ Dann neigte sie sich über ihre Tochter: ›Bist du bereit, mein Schatz? Dein Kavalier wartet auf dich.‹ Ich wartete eine gute Viertelstunde. Wir standen alle um sie herum und warteten darauf, daß sie aufstehen würde. Endlich erhob sie sich von ihrem Platz. ›Es tut mir leid‹, sagte sie. Und dann tanzten wir Walzer, die ganze Nacht, vielleicht auch mehrere Nächte, und selbst heute, trotz meines Rheumas und meines schäbigen Aufzugs, tanze ich noch jede Nacht Walzer mit ihr. Sie hieß Valentine, ein Name im Dreivierteltakt. Sie schwebte über den Boden, und meine Finger schwebten um ihre Taille. Wir waren ein schönes Paar. Das Orchester spielte nur für uns allein, ein bescheidenes Orchester, bestehend aus netten Kerlen, die mit viel Herzblut bei der Sache waren. Valentine tanzte mit geschlossenen Augen, sie verließ sich ganz auf mich, auf Gott, auf den Fluch, der auf den Frauen lastet. Als die Musik aufhörte, weil die Musiker Durst bekommen hatten, blieben wir wie angewurzelt mitten auf der Tanzfläche stehen, ich mit meiner Schüchternheit, sie mit ihrer Rührung, ihrer schweren Taille, ihrer edlen Ausstrahlung. Weder sie noch ich wagten es zu sprechen, was nicht gerade praktisch ist, um in einer Beziehung voranzukommen, die allem Anschein nach unser Leben total verändern sollte. Schießlich war Valentine die mutigere, nichts Ungewöhnliches bei den Frauen, denn sie verfügen über Hüften, auf denen sie ihre Fäuste abstützen können. Sie sagte: ›Wenn ich den Gerüchten glauben soll, so haben Sie vor, um meine Hand anzuhalten …‹

›Ja, das stimmt‹, antwortete ich. ›Das habe ich vor. Sie sind diejenige von allen hier, die am meisten Respekt und Liebe verdient.‹

Sie ließ zu, daß ich sie betrachtete. Tränen rannen ihr übers Gesicht. Wir tanzten wieder, wir drehten uns im Walzertakt, unaufhörlich. Irgendwann merkte ich, daß mein Vater verschwunden war, alle waren verschwunden, nur wir beide waren noch da und das Orchester, das immer noch spielte. Ich begleitete sie nach Hause. Sie wohnte zwei Blocks entfernt, in einem schmucken Einfamilienhäuschen mit kleinem Garten. Der Morgen dämmerte schon, die Nacht begann zu erbleichen. Und ich wurde nicht weniger bleich bei dem Gedanken, meine Tänzerin jetzt verlassen zu müssen. Valentine meinte, vielleicht sei es angebracht, daß wir uns küßten. Ich beruhigte sie: ›Aber dafür haben wir noch unser ganzes Leben Zeit.‹ Sie rannte ins Haus. Achtundvierzig Stunden später hielt ich um ihre Hand an. Champagner floß. Alle waren stolz. Nur Valentine war nicht nach Frohlocken zumute. Sie willigte in alles ein, ihre Hand lag in der meinen, alle Nachbarn kamen, um uns zu beglückwünschen, aber Valentine zeigte keinerlei Freude. Der Hochzeitstermin wurde vereinbart, die Vorbereitungen in ausgelassener Stimmung in Angriff genommen. Mein Vater kaufte uns ein Haus, um unserem Glück ein Dach zu schaffen. Ich füllte es mit Möbeln und charmanten Aufmerksamkeiten. Eines sonnigen Morgens, die Vögel zwitscherten fröhlich, kam Valentine, um sich das Haus anzusehen. Sie fing an zu schluchzen. ›Ich liebe einen anderen‹, gestand sie mir. ›Er ist nichts Besonderes. Er heißt Marcel und arbeitet in der Fabrik. Er ist für das Beladen der Lastwagen zuständig. Wenn er mich kommen sieht, steht sein Blick in Flammen. Er fühlt, wie sich seine Kraft verdoppelt. Damit er von mir abläßt, hat ihm dein Vater unverhofft einen Posten in Aussicht gestellt: Verkaufsleiter. Das heißt, so etwas wie Botschafter des Ganzen. Immer unterwegs irgendwo auf der Welt. Marcel hat abgelehnt, gesagt, er würde nicht gern reisen und nicht Englisch sprechen. Ich habe so getan, als sei ich enttäuscht. Habe geschmollt. Mich geschämt. Mich von ihm ferngehalten. Sofort hat er Angst bekommen und mich mit seinem Hundeblick gefragt, ob ich ihn nicht mehr liebe. Dabei war ich immer noch verrückt nach ihm. Marcel. Meine erste Liebe. Wie hatte ich zweifeln können? ... und doch zweifelte ich ... Wenn ich dich ansah, zweifelte ich ... Du hast dich bemüht, mir zu gefallen. Ich habe mich an dich gewöhnt. Gute Eigenschaften an dir entdeckt. Du achtest die Frauen, nie geht deine Hand irgendwo spazieren. Dein einziger Fehler ist, daß du einen Vater hast, dem man nichts abschlagen kann, vor allem dann nicht, wenn man bei ihm angestellt ist. Weißt du, was er meinem Vater angeboten hat? Die Leitung der Produktionsabteilung zu übernehmen. In einem Monat würde er soviel verdienen wie sonst in einem Jahr. Mein Vater hat abgelehnt. Meine Mutter hat es mir eines Abends erzählt, als ihr das Leben schwer war. Sie fragte sich mit Tränen in den Augen, wie er das hatte tun können, ablehnen ... Er hatte es doch so verdient, weiterzukommen. Ich ging zu meinem Vater, er saß allein hinten im Bistro. Ich sagte ihm, ich würde glauben, zwischen dir und mir entstehe so etwas wie Liebe. Unter seinen weißen Augenbrauen musterte er mich skeptisch. In der Arbeiterklasse spüren die Männer sofort, wenn man sie hinters Licht führen will. Er meinte, das sei ja zu schön, das müsse ein Irrtum sein. Das würden wir teuer bezahlen müssen. Ich aber hing fest an meinem Traum. Ich wollte, daß das Glück sich über die Menschen ergießt, die ich liebe, dich eingeschlossen, mein alter Walzertänzer. Ich hatte beschlossen, dich zu lieben. Hatte mir fest vorgenommen, dir das Leben schön zu machen, mit Kindern und allem Drum und Dran, deinen Launen nachzugeben, dich zu verwöhnen. Ich sah mich schon als gutbürgerliche Frau, träumte von feiner Wäsche, von Seidenkleidern, meine Gedanken kamen nicht mehr zur Ruhe, von Geld zu träumen macht uns Frauen krank, selbst eine Frau, die nicht käuflich ist, bringt sich damit um den Schlaf, denn sie möchte sich respektiert, begehrt fühlen ... Aber der Mann, der in meinen Träumen verrückt vor Verlangen nach mir war, das warst leider nicht du. Ich sage leider, Marcel möge es mir verzeihen ... denn es wäre ja soviel einfacher gewesen, den jungen Treuttel zu heiraten... Ich hätte dich geheiratet, hätte mich an dich gewöhnt. Meine Eltern hätten endlich erfahren, was Wohlstand ist. Marcel wäre mit seinem Samsonite-Köfferchen in der Weltgeschichte herumgefahren, und jedesmal, wenn er zurückgekommen wäre, hätte er sich auf mich gestürzt. Du hättest davon gar nichts gemerkt. Ich hätte dir Kinder geschenkt und häusliches Glück. Das Leben wäre für dich wie Champagner gewesen. Du hättest deinen Freunden sagen können, du hättest eine bombige Frau! Und wie hätten sie dich beneidet ... Das einzige kleine Problem ist, daß ich keine Lust habe, so zu leben ... Und vor allem habe ich keine Lust, daß *du* so lebst ...

›Aber warum?‹ fragte ich.

›Dein Gesicht verrät zuviel‹, sagte sie. ›Ich kann es nicht ertragen, wenn das Schicksal eines Menschen im voraus festgelegt ist. Ich möchte dir deine Chance lassen. Und mich Marcel.‹ Und dann schwieg sie. Als sei sie erschöpft von so vielen Geständnissen. Sie konnte nicht mehr sprechen, atmete sehr laut. Ich hörte ihr Herz schlagen. Irgend etwas

Seltsames spielte sich da gerade ab. Ihr Blick war eigenartig. ›Und jetzt solltest du mich ficken‹, sagte sie.

›Warum sollte ich?‹ fragte ich.

›Darum‹, antwortete sie. ›Ich habe eine schlechte Seite, die zum Vorschein kommen will. Ich habe Lust, dir weh zu tun. Ich habe Lust, dich zu markieren. Ich will, daß mein Geruch an dir haftet. Daß du mich nie wieder vergißt. Daß sich dir bis hin zu deiner letzten Nacht ein Seufzer entringt, wenn du an mich denkst. Hier, schau, es fängt an ...‹ Und sie hob ihren Rock hoch ... Ich verpaßte ihr zwei Ohrfeigen, und sie dankte mir dafür. ›Die beiden Ohrfeigen, die du mir gerade gegeben hast‹, sagte sie, ›sind die schönste Liebeserklärung, die ein Mann einer Frau nur machen kann. Etwas in mir hat sich geöffnet. Ich liebe dich. Ich liebe dieses Haus. Mein größter Wunsch ist, darin mit dir zu leben, hier mit dir alt zu werden, und daß du mich auch noch begehrst, wenn meine Haare weiß geworden sind. Du bist ein guter Mann, trägst den Kopf hoch. Gib mir einen Kuß, einen keuschen. Einen Kuß voller Versprechungen.‹

Sie ließ sich küssen wie ein anständiges, nettes Mädel – gerade nur die Zungenspitze war zu spüren, wie die Erinnerung an einen Walzer. Dann habe ich mich aufgemacht, um Marcel zu suchen. Er war im Lagerraum und belud einen Fünzehn-Tonner. ›Du mußt mir wohl oder übel folgen‹, sagte ich. ›Valentine verlangt nach dir.‹ Er war ein kräftiger Kerl mit dicken Muskeln und einem Schnurrbart, mit dem er die Mädchen am Hals kitzelte. Er roch nach Arbeit wie ich nach medizinischer Salbe. Er stellte keine einzige Frage, stieg in den Citroën, und wir fuhren los. Hinter seinem Ohr steckte eine alte Maîs-Zigarette, er nahm sie ab und zündete sie an.

Zum Glück dauerte die Fahrt nicht lange. Als wir ankamen, saß Valentine auf der mit Glyzinien bewachsenen Treppe vorm Haus und wartete auf uns. Ein schönes Bild für einen Mann, der nach Hause kommt. Ich wäre zu gern dieser Mann gewesen. Aber als wir aus dem Auto stiegen, lief sie zu Marcel und warf sich in seine Arme. Sie hielt ihm ihre Lippen hin, und das war richtig so. Es war ein schöner Kuß. Marcel hielt sie mit einer Hand fest, in der anderen hielt er seine alte Maîs-Zigarette. Sie knutschten sich ab, und sie verlangte immer mehr, forderte ihn auf weiterzumachen. Ein Gefühl unmäßiger Güte überwältigte mich plötzlich, Güte gegenüber den Frauen, die ich umwerfend fand und die dazu geschaffen waren, um von Typen wie Marcel geliebt zu werden, von Typen, die wissen, was die Lenkstange eines Fahrrads ist, eine Siesta am Ufer eines Sees, wie man es fertigbringt, sein Land zusammenzuhalten und dem Leben Schwung zu verleihen. Sie waren ein wunderbarer Anblick, wie sie da aneinander klebten, sie schien allein von der Umarmung schwanger zu werden. Wahrscheinlich war sie es ohnehin schon. Ich überließ ihnen das schöne Haus, das ich für Valentine möbliert hatte und in dem sie ja sowieso bereits wohnte, da sie es als das Ihre besucht hatte und da, wo auch immer sie ihren Fuß hinsetzte, alles ihr gehörte. Marcel nahm das Angebot an. Er war einer von denen, die einem immer gern einen Gefallen tun. ›Sie werden immer Ihren Teller bei uns haben‹, sagte er.

›Nett von dir‹, antwortete ich.

Um dieselbe Zeit lag mein Vater im Sterben. Ich bat Marcel, die Leitung der Fabrik zu übernehmen. ›Ich bin nicht kompetent genug dafür‹, sagte ich. ›Zahl mir einfach nur die mir zustehende Dividende.‹ Wir stießen darauf an, und schon war die Sache perfekt. Marcel bestellte sich einen Anzug und eine Krawatte. Valentine war schier verrückt vor Glück. Bei ihrer Hochzeit gewährte sie mir einen Walzer und ließ mich dabei ihre Brüste fühlen. Wie prall sie waren! Sechs Monate später kam das Kind zur Welt: ein Junge. Er war Marcels Ebenbild. Fehlte nur noch die Maîs-Zigarette hinter dem Ohr. Wiederum einige Monate später verschwand Valentine mit einem Unbekannten. Dem armen Marcel hinterließ sie einen Zettel, auf dem stand: ›Tut mir leid. Aber ich habe eben keinen Mutterinstinkt.‹ Wir konnten nie eine Spur von ihr finden, trotz intensiver Bemühungen und obwohl wir einen Detektiv eingeschaltet hatten, der sich an dem Fall die Zähne ausgebissen hat. Der untröstliche Marcel fing an zu trinken. Eines Tages beschimpfte er einen Arbeiter vor der ganzen Belegschaft: Valentines Vater. ›Ihre Tochter ist eine Nutte!‹ schrie er. Der Alte versetzte ihm einen Schlag mit der Faust. Marcel pißte Blut. Eine Schande für einen Arbeiter! Man bat mich um Hilfe, ich sollte irgend etwas unternehmen. Aber was? Ich konnte das Unglück doch nicht ungeschehen machen!

Ich saß am Bett meines Vaters und harrte der dumpfen Schritte des Todes, der um uns herumschlich. Wir fühlten uns von ihm umzingelt. Ich hielt die Hand meines Vaters, die so weich war wie die eines Kindes, dabei war er als ein so rauher Geschäftsmann bekannt. Er machte sich Vorwürfe und ärgerte sich, wirkte wie jemand, der glaubt, sein Leben verfehlt zu haben. ›Leopold‹, sagte er, ›es wird Zeit, daß ich mit dir rede.‹

›Ja, Papa,‹ antwortete ich, ›du hast selten mit mir geredet.‹

›Ich habe zweimal mit dir geredet. Das erste Mal, um dir

zu sagen, daß deine Mutter tot ist, und das zweite Mal, um dir mitzuteilen, daß die Deutschen, leider, den Krieg verloren haben. Heute ist es das dritte Mal. Ich will es kurz machen. Ich liege im Sterben. Und ich würde gern in Frieden sterben, aber statt dessen muß ich mich ärgern.‹

›Weswegen denn?‹

›Deinetwegen. Ich frage mich, was aus dir dummem Jungen wohl werden wird.‹

›Meinst du wegen der Frauen? …‹

Die Frauen. Allein dieses Wort machte ihn wütend. ›Hast du die Absicht, weiterhin von ihnen immer nur eins auf die Fresse zu kriegen, und wie lange soll das noch so weitergehen?‹

›Reg dich nicht auf, Papa …‹

›Weißt du, wie du einmal enden wirst?‹

›Nein …‹

›Die werden dich zu Mus machen. Zu einer Ruine. Einer Flasche. Weil du sie zu sehr liebst. Die nutzen das aus. Sie genießen es. Such dir gefälligst eine, die stillhält. Eine, über die du die Macht hast.‹

›Kennst du so eine?‹

Er bekam einen Schluckauf und wartete erst ab, bis er vorbei war, dann sagte er: ›Ich bin von jemandem angesprochen worden …‹

›Von wem?‹

›Einem Händler…‹

›Womit handelt er denn?‹ Ich hing an seinen Lippen.

›Ein Händler eben …‹

›Handelt er mit Frauen?‹

›Er hat einige seltene Exemplare …‹

›Das muß ja ein Vermögen kosten!‹

›Eine Investition ist es schon …‹

›Ja, aber ich habe keine Knete!‹

›Sobald ich tot bin, wirst sich das ändern …‹

›Schon, aber du stirbst ja nicht!‹

›Das ist nur noch eine Frage von Sekunden, meine Seele bereitet sich schon vor, sich emporzuschwingen …‹

›Bevor du den großen Sprung machst, gib mir schnell den Namen des Händlers!‹ Ich hielt ihn am Kragen seines Pyjamas fest, um ihn daran zu hindern, einfach hinwegzugleiten. ›Den Namen des Händlers, sag ich!‹

Zu spät, er war tot. Er hatte mich auf dem trockenen sitzenlassen. In seinen Papieren fand ich keinerlei Hinweis, und auch der Notar wußte von nichts. Keinerlei Spur von diesem Händler. Ich hatte nicht schlecht Lust, mir jetzt einfach irgendwo eine Frau zu kaufen. Ich nahm den Citroën und fuhr Richtung Paris. Dort erkundigte ich mich. Ich wurde in eine Straße geschickt, in der ein Hotel dicht neben dem anderen stand. Dort konnte man Frauen käuflich erwerben. Ich suchte eine aus, die nicht allzu schlecht aussah. Ich ging mit ihr hoch. Sie war schön wie noch was. Und sie hieß Rosita. Ich sagte ihr, daß ich sie liebe, daß ich sie heiraten wolle, daß ich ein guter Typ sei, bereit, den hohen Preis für sie zu zahlen. Sie war sehr geschmeichelt, reckte sich wie eine Rose auf ihrem Stiel. Es war Winter, und draußen schneite es.

›Das kann ich nicht selbst entscheiden‹, sagte sie. ›Du mußt Gérald fragen.‹

Sie schickte mich ins Hinterzimmer eines Bistros, wo Typen herumsaßen, die Karten klopften. Sie würdigten mich keines Blickes. ›Ich habe Knete‹, sagte ich.

›Wir auch‹, antworteten sie.

›Viel Knete‹, fügte ich hinzu.

›Wir auch‹, gaben sie zurück.

›Ich habe mehrere Milliarden zur Verfügung.‹

›Was willst du trinken?‹ fragten sie daraufhin.

Ich nahm einige Gläser Whisky, um die Atmosphäre aufzulockern. ›Habe ich gerade mit Gérald geredet?‹ fragte ich.

›Wir heißen alle Gérald‹, sagten sie.

Und es stimmte, sie sahen einander verblüffend ähnlich, ein richtiges kleines Gérald-Orchester.

›Was willst du von Gérald?‹

›Mit ihm über Rosita sprechen.‹

Jetzt sahen alle zu mir: ›Hast du eine besondere Erlaubnis, um mit uns über Rosita zu sprechen?‹

›Nein. Ich nehme mir einfach die Freiheit.‹

›Nimmst du dir oft Freiheiten heraus?‹

›Nein. Ich führe ein eher monotones Leben. Ich habe zum Beispiel kürzlich erst meinen Vater verloren.‹

›Was hat das in dir ausgelöst?‹

›Ich stand plötzlich da mit einem leeren Pyjama.‹

›Mehr nicht?‹

›Ich habe den Pyjama zusammengefaltet und ihn in den Schrank zurückgelegt.‹

›Du hältst wohl nicht viel von Gefühlen, was?‹

›Zum Weinen habe ich noch mein ganzes Leben.‹

Sie sahen mich an, als wären wir alte Kumpels: ›Nun, wie alt bist du denn?‹

›Dreißig.‹

›Man könnte glatt meinen, du wärest doppelt so alt ...‹

Sie führten mich zum Abendessen aus, Arm in Arm verließen wir das Bistro. ›Magst du Austern?‹ fragten sie. Wir gingen Austern futtern. Und was für welche! Der Sylvaner floß in rauhen Mengen. Irgendwann an dem Abend habe ich den Überblick verloren, es war wohl nach den flambierten Crèpes. Als ich wach wurde, war es Tag, und ich lag in einem Bett. Draußen fuhr die Übertage-Metro vorbei, und jedesmal, wenn sie vorüberfuhr, hatte ich Lust zu weinen, so sehr quälte mich meine Migräne. Und auch das Leben. Neben mir fühlte ich etwas Warmes, das atmete. Wahrscheinlich Rosita, auf jeden Fall aber eine Frau, ich spürte es an den runden Hüften. Ein Mann, der wegen seines Brechreizes den Kopf nicht heben mag, kann jedenfalls immer noch die Finger bewegen, und meine Finger da unter der Seide spürten genau, daß es sich um etwas Zartes handelte. Wenn eine Frau sich an einen schmiegt, heißt das, daß noch nicht alles verloren ist. In diesem Moment hätte ich eigentlich abhauen sollen ...«

DER GERICHTSPRÄSIDENT: »Ihre Sylvanergeschichte hat mich durstig gemacht. Die Sitzung ist beendet. Für heute haben wir alle die Schnauze voll. Wir werden morgen weitermachen.«

MEIN VATER: »Aber wo werde ich morgen sein? Ich weiß nicht einmal, wo ich schlafen soll! Und ich weiß auch nicht, ob ich überhaupt aufwache! Und wenn, in welchem Zustand?«

Einstweilen liegt er neben der Nutte im Bett. In seinen Augen ist sie jedoch keine Nutte. Der Kopf meines Vaters hat für Nutten keinen Platz, denn er ist voller Migräne und dröhnt von einem ständig hämmernden Geräusch. Ich sehe die Szene vor mir, als wäre ich dabeigewesen. Ich höre, wie die Metro vorbeifährt. Ich stelle mir vor, daß ein Typ in ihr sitzt, der nicht zur Arbeit fährt. Er guckt mit wachen Augen in die Welt, dabei hat er seit drei Tagen nicht geschlafen. Als das Hotel mit seinen geschlossenen Fensterläden vor ihm auftaucht, sagt er sich, sieh mal an, ein Hotel, wenn ich genug Knete hätte und eine Gefährtin, die mich warm hält, würde ich bis in die Puppen schlafen und mich dann von ihren Zärtlichkeiten verwöhnen lassen. Aber der Typ hat keine Knete und dazu noch die Polizei auf dem Hals. Er ist ein Mörder. Nun, es gibt welche, die schlechter dran sind als er. Mein Vater berührt die Hüfte der Nutte unter ihrem Nachthemd. Ein Gefühl von Glück durchströmt ihn. Eine Frau, die voller Vertrauen neben einem schläft, das will immerhin etwas heißen. Er hat eine Erektion. Wieder fährt eine Metro vorbei. Rosita, sie ist es tatsächlich, kümmert sich um die Erektion. Mit ganzem Herzen ist sie bei der Sache. »Das Mädchen hat verdammt gut geblasen«, wird mein Vater vor Gericht sagen. »Sie lutschte wahrhaft königlich. In der ersten Zeit lebte ich wie auf Wolken. Rosita bezauberte mich. Sie war freundlich und verführerisch, sehnte sich aber, und nichts wäre normaler als das, nach guten Manieren und gesellschaftlicher Anerkennung. Schnell besorgten wir uns Personal: ein Zimmermädchen, eine Köchin, später einen Gärtner, den ich aber nicht behalten konnte. Ich habe übrigens nur ganz wenig behalten. Wie Sie feststellen konnten, bin ich ein armer Teufel, und wenn ich mein Erinnerungsalbum ansehe, sofern ich es überhaupt öffne, muß ich immer stöhnen. Mit Rosita hatte ich jedoch eine gute Wahl getroffen. Wenn man mit einer Nutte lebt, kann man ihr nur dann in die Augen sehen, wenn man weiß, daß sie eine ist, und sie ihrerseits weiß, daß man es weiß. Die Augen einer Frau bleiben selbst dann unbefangen, wenn sie das schlimmste Grauen gesehen haben. Und mit diesem Wissen wird einem schon viel wohler, vor allem, wenn man ein schüchterner Typ ist wie ich. Sie sagen sich: ›Auf jeden Fall wird sie schon sehr viel miesere Typen als mich gehabt haben‹, und dann erlauben Sie sich mit ihr Dinge, die man sich nur bei Nutten herausnehmen kann. Und sie weiß genau, was sie zu tun hat. Natürlich kennt sie alle Handgriffe, denn sie gehören ja zu ihrem Gewerbe, und ich weiß darüber Bescheid, denn ich habe sie ja bei ihrer Arbeit kennengelernt. Was kostet es sie denn, den Wünschen ihres Kerls nachzukommen und ihn ein bißchen zu verwöhnen? Die übrige Zeit macht sie sich ein schönes Leben. Sie braucht keine Treppen mehr zu steigen, nur noch die in ihrem eigenen Haus, ja, wirklich, sie hat ein eigenes Haus, ist die Hausherrin, sie hat Klingeln einbauen lassen, um nach den Bediensteten zu rufen, sie wird von Lieferanten beliefert, verteilt Trinkgelder, unglaublich, wie großzügig sie sein kann, und das alles mit meiner Knete. Ich liebe es, sie Geld ausgeben zu sehen. ›Na, hast du schön Geld ausgegeben?‹ frage ich sie jeden Abend, wenn ich nach einem harten Tag heimkomme, und ich betrachte sie in ihrem Etuikleid, sehe zu, wie sie mir einen Drink macht, den ich mir so sehr verdient habe … Sie liebt Etuikleider, vor allem die, die ihre nackten Schultern zeigen. Auf ihrem Dekolleté zwei Reihen dicker Perlen. Rosita ist jetzt eine Dame. Eine Dame, die Gesellschaften gibt. Abend für Abend. Und jeden Abend, stellen Sie sich vor, bin ich ihr einziger Gast … ›Lauf mir nicht ständig zwischen den Füßen rum‹, wies sie mich anfangs zurecht, weil ich zu sehr an ihr klebte … ›Geh ein bißchen in die Stadt … Sieh dir die Welt an … Die Welt besteht nicht nur aus der Taille einer Frau, auch wenn diese nichts zu wünschen übrigläßt … Los! Raus! Spiel ein bißchen draußen! Hier, hol den Ball!‹ Sie warf mir einen Ball zu. Ich ging ihn holen, brachte ihn ihr zurück. ›Sehr schön‹, sagte sie und streichelte mich. Sie gab mir ein Stück Zucker. Ich sabberte ziemlich herum. Da klingelte sie nach dem Zimmermädchen und sagte: ›Seien Sie so lieb und gehen Sie ein bißchen mit Monsieur raus. Ich habe den Eindruck, er muß mal.‹ Das Zimmermädchen hieß Martha und war eine Frau von sechzig Jahren, die nur auf ihre Chefin hörte und ansonsten alle Welt tyrannisierte. Es war angebracht, ihr gegenüber nicht den Schlaumeier zu spielen. Ich setzte mich ans Steuer des Citroën und brauste los. Es tat gut, etwas herumzufahren, die Mechanik wieder zu bewegen, ein bißchen von den Röcken und von den betäubenden Düften der Frauen wegzukommen. Jeden Morgen Punkt zehn Uhr reichte Rosita mir meine Handschuhe, und ich fuhr zur Arbeit, denn jeder von uns hatte seine Arbeit, die meine bestand darin, ihr das

Feld zu räumen. Ich fuhr ganz ruhig, drückte erst nicht sehr auf die Tube, aber dann legte ich an Geschwindigkeit zu und fuhr volle Pulle. Der Tag zog nur so an mir vorüber. Zu Mittag aß ich Schmorbraten. Ich wußte genau, in welchen Lokalen die Lkw-Fahrer abstiegen, diese Restaurants sind für ihre gute Hausmannskost berühmt. Ich kam mit den Burschen ins Gespräch. Gab ihnen einen Schnaps aus. Dann fuhren wir alle wieder weiter. Ich mußte aufpassen, daß ich am Steuer nicht einschlief. Der Gedanke an Rosita, an ihre Mieder, die Stellungen, die sie draufhatte, wirkte wie ein Peitschenhieb. Jeden Abend legte sich unweigerlich, wie aus Versehen, eine Hand auf meine Eier und beförderte mich sehr rasch ins Land der Schnarcher. ›Entschuldige‹, sagte ich, »ich bin gerade dabei einzuschlafen ...‹

›Dann laß uns morgen weitermachen‹, antwortete sie, ›du hast einen schweren Tag hinter dir ...‹

Und tatsächlich, ich hatte unglaublich viele Kilometer heruntergerissen! Verdammt! Wie sehr muß man eine Frau lieben, um so zu fahren!«

DER GERICHTSPRÄSIDENT: »Sie sind immer gerne Auto gefahren.«

MEIN VATER: »Stimmt.«

DER GERICHTSPRÄSIDENT: »Schon als junger Mann haben Sie nach dem Abendessen so mir nichts, dir nichts fünfhundert Kilometer abgefahren.«

MEIN VATER: »Mit dem Auto hatte ich immer mehr Spaß als mit den Frauen.«

DER GERICHTSPRÄSIDENT: »Und der Jazz, hören Sie immer noch Jazz?«

MEIN VATER: »Der Jazz war mir sehr schnell über.«

DER GERICHTSPRÄSIDENT: »Jazz ist auch etwas für junge Leute.«

MEIN VATER: »Was wollen Sie damit sagen?«

DER GERICHTSPRÄSIDENT: »Gar nichts. Aber vielleicht doch. Um mit einer Nutte zu leben, muß man schon ein wenig gesetzt sein ...«

MEIN VATER: »Sie reden von Rosita, als wäre sie ein Stück Scheiße! Im übrigen klingt alles, was aus Ihrem Mund kommt, wie herausgeschissen!«

DER GERICHTSPRÄSIDENT: »Das stimmt, manchmal habe ich tatsächlich so einen Geschmack auf der Zunge. Das muß wohl an der Justiz liegen. Mit der Nase auf menschliches Leid und Elend gestoßen zu werden macht zwar die Nasenlöcher frei, verdirbt aber die Moral. Außerdem, meine Tochter nimmt Drogen. Ich bin eigentlich auch so einer wie Sie. Auch mein Leben ist eine Eiterbeule.«

MEIN VATER: »Ich habe nicht immer so ein Leben gehabt!«

DER GERICHTSPRÄSIDENT: »Ah, ja?«

MEIN VATER: »Nein.«

DER GERICHTSPRÄSIDENT: »Nun, da bin ich aber neugierig auf die schönen Seiten Ihrer Erinnerungen!«

MEIN VATER: »Ich bin sicher, daß ich welche habe!«

DER GERICHTSPRÄSIDENT: »Wir hören.«

An dieser Stelle hat mein Vater einen Filmriß. Er sucht, aber er kann nichts finden. Nur verdorbenes, vermodertes Zeug. Er sitzt ganz schön in der Patsche. Und die Zuhörer warten ... »Jeder hat irgendeine schöne Erinnerung!« ruft er, plötzlich von Panik erfaßt ... »Wenigstens eine!«

»Nicht unbedingt«, antwortet der Gerichtspräsident, »nicht unbedingt ...«

Erinnerungen an Rosita

Sie war eine gütige Frau.

Sie hat mein Haus geführt.

Sie hat bestens für mich gesorgt.

Sie war immer bereit, sich für mich hinzulegen.

Sie war niemals mürrisch.

Sie hatte im Gegenteil immer ein freundliches Wort.

Sie hat sich immer Mühe gegeben.

Zum Beispiel sagte sie mir einmal: »Weißt du, du mußt dir nichts draus machen, aber ich kann keinen Mann lieben, das einzige, was ich zu bieten habe, ist meine Muschi, ich hoffe, daß sie dir gefällt, meine Muschi, du bist wirklich ein guter Junge, und du verwöhnst mich so sehr.«

»Du verwöhnst mich auch«, antwortete ich. »Man merkt, daß du weißt, wie man es anstellt.«

Sie weinte.

Jedesmal, wenn ich etwas zu ihr sagte, weinte sie. Vor allem, wenn ich ihr sagte, daß ich sie liebe. Und wenn ich sie weinen sah, kamen auch mir die Tränen. Dann weinten wir alle beide. Vor Glück, oder vor Kummer. Darüber, daß wir uns so alleine, so verlassen in dieser unermeßlich großen Welt fühlten. Das Glück rührt einen zu Tränen, vor allem, wenn man mit aller Macht daran festhält, weil man weiß, man hat kein anderes. Und wenn man dafür sorgt, daß er nicht erlischt, ist der Kummer ein Stern, der allen Widrigkeiten zum Trotz uns mit seinem Licht erhellt.

Wir fühlten uns wohl miteinander und tauschten viele Zärtlichkeiten aus. Nachts genehmigten wir uns ein Glas Portwein. Sie mochte Portwein, aber sie wurde leicht beschwipst davon. Dann lachte und weinte sie zugleich. Ihre Tränen funkelten wie Diamanten.

»Und meine Manieren?« fragte sie. »Hast du keine Probleme mit meinen Manieren?«

Ich lachte.

Als würde ich mich in meiner Situation noch für die Manieren einer Frau interessieren! Ich wünschte mir doch nur eines: einen Kopf an meiner Schulter.

Es bestand kein Zweifel, daß sie sich wie eine Nutte benahm. Und das hatte seinen Grund! Je mehr sie sich anstrengte, wie eine Bürgerliche zu wirken, desto mehr ließ sie einen spüren, woher sie ursprünglich kam. »Bemüh dich nicht«, sagte ich, »ich sage dir doch, du gefällst mir gerade so, wie du bist ...«

»Ja, aber du sollst stolz auf mich sein.«

»Aber ich bin doch stolz auf dich.«

Sie trug durchsichtige Nachthemden. Für die Nacht legte sie Lippenstift auf. Sie schminkte sich nie ab. Eines Tages habe ich sie unter der Dusche überrascht, sie sah überhaupt nicht aus wie sonst, denn da glich sie einem Renetteapfel. Es behagte ihr gar nicht, sie fing an zu schreien, ich will nicht, daß du mich so siehst, geh raus hier, dreckiger Vollidiot. Ihre Stimme wurde schrill und ihr Gesicht potthäßlich, ich hätte ihr sofort eine kleben sollen, und dann gleich noch eine dazu und sie zum Traualtar schleppen, statt dessen aber rannte ich weg, natürlich, was sonst?, sprang in meinen Citroën und fuhr los.

An jenem Tag hielt sich meine Begeisterung fürs Fahren jedoch in Grenzen. Ich stoppte den Wagen sogar einfach auf freiem Feld, blieb ganz still mit ausgeschaltetem Motor am Steuer sitzen, hörte dem Wind zu, der heftig blies, und betrachtete ein Pferd, das auf der Weide noch ein wenig fraß, es hatte wohl seinen Heimweg noch nicht ganz zurückgelegt, obwohl es doch nicht weit vom Stall entfernt war. In der Ferne, unter einem niedrigen Himmel, sah ich ein Dorf. Ich aber saß in meinem Citroën, im Warmen, und dachte an diese Frau. Diese Frau in meinem Haus. Verrückt, wie schnell man sich an jemanden gewöhnt.

Eines Tages gab sie mir einen Kuß. Einfach so. Ohne besonderen Grund. Es geschah morgens, im Flur, kurz bevor ich wieder losfuhr. Ich wollte gerade nach meiner gefütterten Lederjacke und meinen Handschuhen greifen. Meine Tasse Kaffee stand noch dampfend neben dem Tablett, auf dem die Autoschlüssel lagen. Rosita blickte mich an, von unten herauf. Ihren Morgenmantel hatte sie nicht zugemacht, und sie hatte vergessen, frischen Puder aufzulegen. Ihre Augen sonderten etwas Schleim ab. Die Asche ihrer Zigarette konnte jeden Moment zu Boden fallen. Plötzlich kam sie auf mich zu und gab mir einen Kuß. Im ersten Augenblick war ich überrascht. Erst hinterher, als sie mir die Tür aufhielt und der Winter ins Haus schlüpfte, merkte ich, wie durcheinander ich war. Und ich glaube, ihr ging es ebenso. Übrigens begleitete sie mich an jenem Morgen bis zum Auto, trotz der Kälte und obwohl sie noch nicht richtig angezogen war. Als wollte sie diesen Moment einer spontanen Zärtlichkeitsgeste, den sie gerade mit mir geteilt hatte, verlängern. Dennoch, äußerlich ließ sie sich nichts anmerken. Nur ihr hartnäckig gesenkter Blick hätte darauf hindeuten können. »Ich kann auch bleiben«, sagte ich, »wenn du das gerne möchtest.«

»Es ist besser, du fährst«, antwortete sie. »Es ist vernünftiger, wenn du wegfährst. Sobald ich mich dazu bereit fühle, komme ich mit dir, und dann fahren wir gemeinsam ...«

An jenem Morgen blickte sie mir nach bis zum Gartentor. In meinem Rückspiegel sah ich, daß sie mir zuwinkte. Manche ihrer Gesten hatte sie allmählich nicht mehr unter Kontrolle. Sie ähnelte immer mehr einer gefühlsbetonten Frau. Einer Frau, die zittert, auch wenn gerade keine Metro vorüberfährt. An diesem Abend schminkte ich sie ab, und sie ließ es geschehen. Ich brauchte mehrere Wattebäusche. Besonders um die Augenpartie zu reinigen. Zum Vorschein kam ihre echte Jugend, die verschiedenen Lebensphasen hatten ihr nichts anhaben können. Es war nicht das, was man gemeinhin unter Jugend versteht, die kann man pflücken wie Blumen auf einer Frühlingswiese. Es war eine Art ewige Jugend, vergleichbar mit dem ewigen Schnee, der unzerstörbar ist und der schmelzenden Kraft der Sonne in großer Höhe widersteht. Der fern ist und einem doch gleichzeitig so nah vorkommt. So fragil. Von einem See sagt man, er sei glatt wie ein Spiegel. Von einer Frau sagt man, sie schenke einem ihre Jugend wie einen Strauß Blumen. Manchmal aber sind die Blumen schon ein wenig welk. Und Blutstropfen befinden sich darin. Nehmen Sie den Strauß trotzdem. Denn die Frau, die ihn Ihnen anbietet, ist immer ein junges Mädchen. Rosita war fünfzig. Wie alle Nutten. Die erste schnelle Nummer kostet Jahre. Die ersten Hände, die sich auf sie legen. Danach wird alles Routine, und die wirkt wie eine Erstarrung. Als ich an diesem Abend nach Hause kam, legte Rosita einmal keine künstliche Freude an den Tag. Sie begrüßte mich ganz einfach. Wenn man verletzt ist, sollte man so wenig wie möglich von sich selbst preisgeben. Und Rosita verriet nichts, sie blieb regungslos. Auch ich bewegte mich in ihr fast nicht. Ich fühlte mich eingeschüchtert, und sie fühlte sich mutterseelenallein. Sie war gerade noch eine Frau, die atmete. Und ich spürte ihren schweren regelmäßigen Atem an meinem Hals, ihre Hände um meinen Nacken, wie zwei Freundinnen. Das war genug, um weiterleben zu können. Ich wurde geil. Sie war feucht. Nicht mehr als andere Frauen auch. Aber sie war die Frau, die mit mir lebte. Ich kam wie ein Fluß, der über die Ufer tritt. Mit Wucht. Sie wartete ab, bis ich mich beruhigt hatte, dann dankte sie mir. »Wofür?« fragte ich sie ... Aber sie schlief schon ... Diese Frau, sagte ich mir, während ich in die Küche ging, um mir ein übriggebliebenes Stück Rinderbraten zu genehmigen, die wird mein Meisterwerk ... Ein Gefühl von Güte überwältigte mich ... Und in den folgenden sechs Monaten hatte ich, ausgelöst durch dieses Gefühl, das Vergnügen – denn ein Leben zu retten kann auch ein Vergnügen sein –, der Verwandlung Rositas beizuwohnen. Sie schminkte sich nicht mehr. Ihre roten Haare waren wieder braun geworden. Ein Kamm hielt sie hoch. Ihre Etuikleider hatte sie auf den Speicher verbannt. Sie trug jetzt ganz brave Klamotten. Sie half in der Küche mit, backte sogar Torten. Eines Abends, als ich mich darüber wunderte, daß sie mich bei Tisch selbst bediente, erklärte sie mir in sehr zufriedenem Ton, sie habe alle Bediensteten entlassen. Wir waren allein im Haus. »Morgen früh mache ich den Kaffee«, sagte sie …

»Und meine Schuhe?« fragte ich. »Wer wird jetzt meine Schuhe putzen?« Ich war sehr aufgebracht. Ich befand mich in den Händen einer Frau, die mir ihre Gesetze diktierte. Sie trug, ich erinnere mich noch, eine in der Taille zu enge Schürze. Das war ihre einzige Koketterie. Sie hatte einige Kilo zugenommen und ließ sich zu allem hinreißen, was keine Anstrengung kostete, einschließlich eines Bäuchleins. Sobald das Geschirr gespült war und ihre feuchte Schürze über dem Heizkörper hing, damit sie die Nacht über trocknete, löschten Rosita und ich alle Lichter hinter uns und gingen hinauf in die Etage, wo sich unsere Zimmer befanden, vor allem unser Schlafzimmer, in dem wir schon ein gutes Jahr in dem von einer anderen ausgewählten Bett jene langsam schwelende Glut am Leben erhielten, die man als unwahrscheinliche Liebe bezeichnet. Wir befinden uns auf der Treppe. Rosita geht vor mir her. Wenn ich so hinter ihr die Treppe hochsteige, kommen mir unweigerlich Gedanken an gewisse Dinge in den Sinn. An ihre Möse zum Beispiel. Vor allem an ihre Möse. Warum stecke ich nicht einfach eine Hand hinein? Sie ist die Frau, mit der ich lebe, eine ehemalige Nutte, und ich wage es nicht einmal, ihre Muschi anzufassen, wenn ich gerade Lust dazu habe!

»Na, woran denkst du?« fragte sie.

»Ich denke nur an eines«, sagte ich.

»Ich auch«, gestand sie mir. Und ging weiter nach oben. Ich hatte bis dahin gar nicht gewußt, daß ich so weit oben wohnte. Auf der letzten Treppenstufe drehte sie sich um. Lehnte sich gegen das Geländer. Sie war leicht außer Atem. Ihre Augen glänzten. War es die Feststimmung oder der Kummer? Bei einer Frau weiß man nie, woran man ist.

»Entschuldige«, sagte sie, »ich bin wohl ein bißchen durcheinander …«

»Wir sind jetzt ganz unter uns«, antwortete ich.

»Es ist das erste Mal, daß ich glücklich dabei bin, mit einem Mann hinter mir eine Treppe hinaufzugehen …«

»Ich hatte Lust, in deine Möse zu fassen …«

»Das habe ich gespürt. Es gefiel mir. Jetzt schaust du meine Brüste an.«

»Ja.«

»Ich fühle mich begehrt. Das erschrickt mich. Ich muß idiotisch dabei aussehen. Du weißt, ich tue alles, um dir zu gefallen. Gestern, im Dames de France, habe ich ein Dessousensemble gekauft, wie es sich für eine anständige Frau gehört. Ich sagte zu der Verkäuferin, sollte mir jemals auf der Straße schlecht werden und man wäre gezwungen, mir mein Kleid aufzuknöpfen, dann möchte ich nicht, daß die Leute sagen, ich sei eine mit schlechtem Lebenswandel, die Gaffer sind mit solchen Einschätzungen schnell bei der Hand, was man drunter trägt, verrät, wer man ist, und ich möchte, daß man von mir als von einer wohlanständigen Frau spricht, so wie von einer Madame Treuttel, auch wenn du mir bislang keinen Antrag gemacht hast, wahrscheinlich hast du es vergessen, los, komm, ich zeige dir mein neues Ensemble, du wirst sehen, es sieht anständig aus …«

Das Ensemble war schwarz, mit Spitzenbesatz und zwei Trägern, die auf den Schultern die Zeit festhielten. Ich fühlte mich von Liebe überwältigt. Bald hing ich, ja klebte ich an ihr. Aber sie stieß mich zurück: »Ich bin noch nicht ganz soweit«, sagte sie, »du mußt noch ein wenig in der Gegend herumfahren.«

»Ich habe genug davon herumzufahren. Ich möchte mich gerne ausruhen. Dich und das Leben genießen.«

»Der Tag rückt näher, an dem wir uns endlich kennenlernen. Wir sollten pünktlich zum Rendezvous kommen.«

»Welches Rendezvous?«

»Morgen früh wirst du zeitig aufstehen. Du hast eine hübsche Strecke vor dir. Ich habe dir einen Koffer gepackt und eine detaillierte Wegbeschreibung mitgegeben. Du wirst ein paar Tage wegbleiben. Die Wegbeschreibung liegt im Koffer. Du solltest meine Instruktionen ganz genau befolgen. Die Reise wird dir lang vorkommen. Denk dabei mit aller Kraft an mich. Von deiner Ausdauer hängt unser Glück ab ...«

An jenem Abend wollte sie nicht mit mir schlafen. Sie stellte mir einen Wecker ans Bett, der morgens um sechs klingelte. Ich purzelte mehr oder weniger die Treppe hinunter. Sie erwartete mich mit heißem Kaffee in der Küche. Ihr Kaffee war gut. »Ich habe keine Lust wegzufahren«, sagte ich.

»Dein Koffer ist schon im Auto«, sagte sie. »Wir gehören nicht zu denen, die einen einmal gefaßten Plan rückgängig machen. Unser Schicksal liegt in unseren Händen.«

Schweren Herzens fuhr ich los. Am ersten Abend schlief ich in Angoulême, im Hôtel des Remparts, dort war auf meinen Namen ein Zimmer reserviert. Das Zimmer war ziemlich simpel, außerdem war es zu spät, um noch zu Abend zu essen, im Speisesaal saß nur noch ein Typ herum, und er war auch schon beim Kaffee angelangt. Ich bat ihn, mir zu verraten, was er gefuttert hatte. Er mußte wie ein Scheunendrescher gefuttert haben. Ich ging mir in der Nähe des Bahnhofs eine Pizza holen. Als ich in meine Bude zurückkkam, war das Bett aufgedeckt. Auf dem Deckbett lagen mein Schlafanzug und ihr Nachthemd. Aber sie war gar nicht da. Weder im Schlafzimmer noch im Bad. Sie hatte einfach nur ihr Nachthemd in meinen Koffer gesteckt. Ich sah mir meinen Plan für den nächsten Tag an. Ich mußte nach Gap fahren. Ich bat an der Rezeption darum, daß man mich um fünf Uhr wecke. Dann beeilte ich mich, das Licht zu löschen. Unmöglich, Schlaf zu finden. Die Pizza lag mir schwer im Magen. Im Zimmer nebenan waren zwei beim Vögeln. Ich klopfte gegen die Wand. Sie hörten auf, kurz darauf machten sie aber weiter. Ich ging in den Flur hinaus und klopfte an ihre Tür. Der Typ öffnete. Er sah sehr verärgert aus. Unter den Laken versteckte sich eine Frau. Ich dachte, vielleicht ist es Rosita. Der Typ ahnte meine Besorgnis. Er hob das Laken hoch, um mir den Hintern des Mädchens zu zeigen. Es war nicht Rosita. Sie war sehr viel besser. »Hier, Sie können sie haben«, sagte der Typ, »ich habe genug von diesen Schreckschrauben.« Ich schlug ihm meine Faust in die Fresse, und er fiel wie ein Sack zu Boden. Wahrscheinlich war er betrunken, vielleicht auch müde oder krank. Ich zog die Laken beiseite, um mir das Mädchen genauer anzusehen. Sie weinte. Ihre Hände waren hinter dem Rücken gefesselt, wodurch ihre Brüste gut zur Geltung kamen. Ich befreite sie von ihren Fesseln. Sie zeigte darüber keinerlei Freude. Sie wollte nicht, daß ich ihr beim Anziehen zusehe, und gab mir eine Ohrfeige. Ich bat sie, mir noch eine zu geben. Ich fragte sie auch, ob sie sich nicht zufällig mit mir verheiraten wolle. »Nein«, antwortete sie. Aber ich ließ nicht locker. Ich folgte ihr in den Flur und auf die Treppe. Ich erklärte ihr, daß sie mein Angebot wohl oder übel prüfen müsse, einen Heiratsantrag lehne man nicht einfach so ab, ich hätte ihr immerhin gerade mein Leben angeboten. »Denk daran, das wird dir Glück bringen!« sagte ich. Wir standen im Foyer. Der Nachtwächter schlief. Draußen heulte der Wind. Wir fuhren mit dem Aufzug wieder hinauf. Sie folgte mir bis zu meinem Zimmer. Setzte sich auf mein Bett. Hörte zu, wie ich in eigener Sache sprach. Sie war fast noch ein Kind. Ich lag auf Knien vor ihr und erzählte ihr mein Leben. Was für ein armer Kerl ich sei. Daß ich bei den Nutten aus und ein ginge. Daß ich Vermögen hätte, das ich gerne mit ihr ausgeben würde. Daß ich sie auch nicht belästigen würde. Daß ich sie nur selten anrühren würde. Was wäre denn die Alternative? Einer dieser Rotgesichtigen, der sie wie einen Pflug besteigen würde? Der niemals Mozart mit ihr hören würde? Der immer nach Kohl röche? Ihr einen Stall voller Blagen anhängen würde? Und irgendwann würde sie sich immer brennendere Vorwürfe machen: Warum bin ich damals nicht mit diesem Unbekannten weggegangen? ... Ich spürte, wie sie schwankte, ihr Interesse begann zu erwachen, und auch ich schwankte. Als ich ihre Hände nahm, zog sie sie nicht weg, in ihrem Auschnitt drängelten sich die Brüste aneinander, niemand ist gefeit vor solchen plötzlichen Überfällen, es wurde Zeit, daß ich mich wieder faßte, übrigens, sie war wirklich süß, fragte sich nur, wie lange sie es bleiben würde. Und schon kamen mir Zweifel, ob sie tatsächlich so süß war ...

»Und du«, fragte ich sie, »was hast du zu bieten?«

»Nichts Besonderes«, sagte sie. »Meine Jugend, mein Lächeln, und ich kann ein bißchen singen ...«

Ich fragte sie nicht, ob sie mir etwas vorsinge. Ich habe sie gehen lassen. Sie verstand nicht so recht. Auf der Türschwelle drehte sie sich schmollend um. »Sie haben mich nicht einmal angerührt«, sagte sie.

»Genau«, antwortete ich.

Sie wirkte vollkommen hilflos: »Kann ich bei Ihnen schlafen?« fragte sie. »Ich weiß nicht, wohin. Ich bin schwanger, und mein Vater hat mich gerade vom Hof gejagt ...«

Ich ließ sie in mein Bett. Sie hieß Magali. Sie weigerte sich, das Nachthemd anzuziehen. »Ich schlafe ganz nackt«, sagte sie. »Das ist übrigens auch der Grund, weshalb ich soviel Ärger habe. Wenn ich wach wurde, stand mein Vater neben mir und sah mich an. ›Warum schläfst du ganz nackt?‹ fragte er. ›Weil mir heiß ist‹, sagte ich. Er war betrunken, und immer wenn er Wein getrunken hatte, wurde er traurig. ›Ein Papa weint doch nicht‹, sagte ich, ›und schon gar nicht vor seinem Kind.‹ Aber er weinte nur noch mehr: ›Es ist ja nur, weil du so eine Hübsche bist‹, sagte er ... ›Schau sich nur einer diese Brüste an ...‹ Ich zeigte ihm auch alles andere, und er machte mir ein Kind. Jetzt sitze ich in der Scheiße. Der Dreckskerl will sich nicht einmal mehr daran erinnern, daß er mit mir geschlafen hat. Er sagte: ›Mit einer Tochter, die nicht weiß, was Tugend ist, will ich nichts zu schaffen haben!‹ Und ich landete auf der Straße. War gezwungen, mit unbekannten Männern zu schlafen. Die wollen alle meine Möse, aber mein Kind will keiner. Wollen Sie nicht vielleicht ein schönes kleines Baby? Ich werde es auch stillen! Leg deine Hand auf meinen Bauch, ich bin sicher, es wird ein Junge, er strampelt schon ganz schön!« Und tatsächlich, das Baby zappelte, der kleine verrückte Bengel. Magali lachte. Sie bettelte förmlich um etwas Glück.

»Wie wollen wir es nennen?« fragte ich.

»Wir nennen es so, wie du willst«, sagte sie. Ihr Mund war frisch wie eine Quelle, ihre Brüste wie zwei Ponys, und da unten hatte sie einfach alles, um einen rasend zu machen. Ich fackelte nicht lange rum. Außerdem war sie blond. Etwas, das mir bisher in meiner Sammlung fehlte. Um fünf Uhr morgens, als der Wecker klingelte, war sie verschwunden. Ich zertrümmerte einen Stuhl, sprang in den Citroën und raste Richtung Gap. Diese blöde Magali. Sie hatte mir einen Vorgeschmack auf das Paradies gegeben. Ich hielt den Wagen an, um mich auszuheulen. Über der Landschaft brach gerade der Tag an. Das Land hat doch auch seine hübschen Seiten! Ich sagte mir, nun gut, dann fahren wir eben ganz langsam nach Gap, denn Rosita hat mir aufgeschrieben, daß ich hinfahren soll. Unterwegs werde ich schon sehen, ob mir etwas Interessantes über den Weg läuft. Warum aber sollte ich mich so sklavisch an ihre Wegbeschreibung halten? Plötzlich kehrte meine gute Laune wieder. Abenteuer! Der Nebel löste sich auf. Ich fuhr wie ein Gentleman, nahm jede Kurve, drosselte in jedem Dorf die Geschwindigkeit, taxierte jedes Bistro, jeden Krankenhauseingang, um den Blick nicht zu verpassen, der, wer weiß, dem meinen heute begegnen würde. Ich kam nie in Gap an. Ich hatte mich in Lyon verfahren und fand mich irgendwann irgendwo vor einem Teller mit Kutteln und einem Morgon-Wein wieder. Bei dieser Gelegenheit wurde ich zum ersten Mal von jenem Mann mit dem undefinierbar eleganten Äußeren angesprochen. Man hätte ihn glatt übersehen können, so unauffällig und nüchtern sah er aus. Aber seit meiner Ankunft in dem Restaurant saß er neben mir auf der Bank. Wir hatten uns gerade mal zugenickt. Allerdings war er es, der mir die Kutteln empfohlen hatte. Um sich dann gleich wieder in seine *New York Herald Tribune* zu vertiefen und mich zu ignorieren. Das war auch besser so. Ich rede nicht gern, während ich esse. Der Mann neben mir wartete, bis ich fertig war. Bis der Wein seine Wirkung spüren ließ. Dann nahm er seine Hornbrille ab und lehnte sich zu mir herüber: »Man erzählte mir, Sie seien Verkäufer«, flüsterte er mir zu.

»Und was soll ich angeblich verkaufen?« antwortete ich.

»Ein seltenes Exemplar …«

Der Mann war schon in vorgerücktem Alter, seine Haare silbergrau, die Augen stahlblau, sein Äußeres wie gesagt von einer undefinierbaren Eleganz.

»Was meinen Sie damit?« fragte ich.

»Ich werde Ihnen die Dokumente zeigen«, antwortete er. Und dann holte er aus einem kleinen Koffer mit Zahlenschloß ein paar Fotos heraus. Erschütternde Fotos. Mein Herz machte einen gewaltigen Sprung. Es war Rosita. Meine Rosita, so, wie sie wäre, wenn ich mich nicht wie ein Dreckskerl benommen hätte. Sie sah glücklich aus, hingebungsvoll. Vermittelte den Eindruck vollkommener Nacktheit, sie war eine Frau, die einem alle Geheimnisse verrät, sogar die, von denen sie selbst noch nichts gewußt hatte und die sie gerade entdeckt hat, sie ist noch ganz durcheinander, wie man auf den Fotos sehen kann, ihr Blick ist wie die aufgehende Sonne.

»Jetzt ist der Zeitpunkt gekommen, um zu verkaufen«, sagte der Mann. »Jetzt steigen die Kurse für sie. Ich habe Interessenten, die nicht mehr länger warten wollen. Sie können einen schönen Gewinn machen. Die Summe befindet sich in diesem Koffer: fünf Millionen Schweizer Franken.«

»Ich kenne diese Frau nicht.«

»Seien Sie nicht dumm, ich sehe doch, wie Sie zittern.«

»Ich zittere schon seit jeher.«

»Möchten Sie einen Kaffee?«

»Nein, danke, ich muß gehen, die Straße wartet auf mich.«

»Nehmen Sie trotzdem meine Karte, ich habe eine Galerie in Genf.«

»Ich werde jetzt nach Gap fahren.«

»Sie Glückspilz!«

Als ich aus Grenoble herausfuhr, merkte ich, daß ich verfolgt wurde. Von einem Packard, in dem vier Typen saßen. Schnell hängte ich sie ab, indem ich den Vorderradantrieb einschaltete. Aber eigentlich mag ich das nicht. Am Col Boyard lag Schnee. Ein Lastwagen stand quer auf der Straße. Als ich im Hotel Hannibal ankam, roch es schon nach Kaffee. Ich hielt ein Zimmermädchen an, das mit einem Tablett unterwegs zu den Zimmern war. Auf dem Tablett lag eine Rose. Das Zimmermädchen klopfte an die Tür der Nummer 12. Und als niemand antwortete, nahm sie ihren Hauptschlüssel und schloß auf. Ich folgte ihr ins Zimmer. Drinnen war es stockdunkel. Das Mädchen trug ein schwarzes Kleid mit einer weißen Schürze. »Frühstück«, rief sie und stellte das Tablett auf dem Tisch ab. Dann drehte sie sich zu mir um, und ich konnte ihre Brüste und alles Übrige erahnen. Sie kicherte. Als sie das Licht anschaltete, sah die gute Frau in den Federn nicht einmal auf, schien sich nicht dafür zu interessieren, wer in ihrem Zimer war, noch woher der Eindringling kam, ob aus einem Traum oder aus einem Alptraum. Vielleicht war es ja Rosita, die die ganze Nacht zitternd auf mich gewartet hatte, aber was wollen Sie, das Leben ist nun einmal so, hart für die einen, ein Spiel für die anderen. Ich klebte dem Zimmermädchen an den Fersen, als es wieder in die Küche hinunterging, wo man ihr ein anderes Tablett in die Hand drückte. Wieder gingen wir nach oben. Ich drückte sie an die Wand des Gangs. Wenn einem Mädchen die Hände gebunden sind, bekommt man Lust, ihr eine zu scheuern. Normalerweise heult sie dann. Aber Maîté lachte nur. Sie mochte es, wenn ich sie kitzelte und sie wie eine Dahergelaufene behandelte. Sie war immer gut gelaunt und betrachtete ihre Möse nicht wie eine Reliquie. Weder ihre Möse noch ihre Brüste, die richtig putzig waren. Eine Zeitlang blieb ich bei ihr, im Hotel Hannibal. Ungefähr bis zur Schneeschmelze. Mein Zimmer lag zum Parkplatz hin. Ich bewegte mich nicht viel. Ich wartete vor allem auf Maîté. Sobald sie konnte, kam sie zu mir. Sobald ihre Dienstzeit es erlaubte. Mit ihr war alles ganz einfach und natürlich. Sie kam schnell und ohne lange Geschichten. Sie nannte mich ihr Zicklein. Nicht immer roch sie nach Maiglöckchen. Vor allem ihre Füße nicht, wenn ein langer Tag hinter ihr lag. Aber ich war gern mit ihr zusammen. Schlief gern mit ihr. Sah ihr sonntags gerne zu, wenn sie herumlungerte, Schokolade aß und in Illustrierten blätterte. Das hätte ein Leben lang so gehen können ... Wenn sie nicht eines Tages gesagt hätte: »Hast du keine Lust auszugehen? Ich würde gern einmal ausgehen ...«

»Das müssen wir doch gar nicht«, antwortete ich. »Wo willst du denn hin?«

»Ins Restaurant ... ins Kino ...«

»Warum nicht auf einen Ball?«

»Ja, gut, warum nicht?«

Und damit begann der dämliche Ärger. »Ich bin ein seßhafter Typ«, sagte ich. »Wenn es einem irgendwo gut geht, weshalb sollte man dann woanders hingehen?«

»Um seinem Mädchen einen Gefallen zu tun ..«

Weil sie keine Ruhe gab, nahm ich sie eines Tages mit auf eine Spritztour, wir überquerten irgendwelche Alpenpässe. Sie mußte sich andauernd übergeben. »Siehst du«, sagte ich, »es ist besser, man bleibt da, wo man ist ...«

Da sah ich sie zum ersten Mal weinen, die Tränen wollten gar nicht mehr aufhören, und ich fand kein Mittel, sie zu trösten. »Warum weinst du?« fragte ich. »Du bist doch sonst immer so fröhlich.«

»Ich bin müde«, sagte sie. »Müde davon, Tabletts zu tragen und mich selbst herumzuschleppen, mit meinen Brüsten, die ihr Gewicht haben. Von Zeit zu Zeit will eine Frau getröstet werden, daß sie eine Frau ist.«

»Ja«, sagte ich, »natürlich.« Aber wie? Das wußte ich nicht. Ich versuchte, mir etwas auszudenken, irgend etwas Beruhigendes. Einen Zaubertrick. Aber das Problem mit Maîté bestand darin, daß sie so nett war, daß man einfach nicht den Mut hatte, sie anzulügen. Doch es war auch nicht einfach, ihr die Wahrheit zu sagen. Die Wahrheit war, daß ich jedesmal, wenn ich mit ihr zusammen war, Lust hatte, die Tür zu ihrem Gärtchen aufzustoßen. Dieses Gärtchen war nun allerdings manchmal etwas traurig, wenn es regnete zum Beispiel oder wenn die Früchte keinen Bock mehr hatten, daß man sie pflückte. Ich hielt ihr ein sauberes Taschentuch hin. Sie schneuzte sich bis auf den Grund ihrer Seele, es war zum Steinerweichen. Bald lächelte sie wieder. Im Büstenhalter sperrten die Tiere ihr Mäulchen auf. »Entschuldige«, sagte sie, »ich hatte gerade einen Durchhänger, den Eindruck, mein Leben zu vergeuden, aber ich möchte eben nicht enden wie die Frau von Nummer 18.«

»Welche Frau von Nummer 18?«

»Sie ist schon so lange hier, daß wir gar nicht mehr wissen, wann sie gekommen ist. Sie scheint auf jemanden zu warten, wahrscheinlich auf einen Mann, in den sie verliebt ist, sonst wäre sie nicht dageblieben, sie ist immer vorbildlich zurechtgemacht, sitzt gegenüber der Tür, wartet auf diesen Mann, der gewiß von weit her kommt und dessen Leben an einem seidenen Faden zu hängen scheint, so wie ihr eigenes Leben auch, dabei verbirgt sich in der Tiefe ihrer großen, ruhigen Augen eine unglaubliche Gewalt oder besser gesagt eine Leidenschaft, ein Feuer, das sie bereit macht, aufzuspringen, wenn dieser Mann jeden Moment zur Tür hereinkommt … Wenn ich ihr morgens ihren Kaffee bringe, habe ich immer Angst, daß sie sich nicht mehr bewegt, daß ihre Augen starr geworden sind, daß ihre Dessous zerbrechen wie Kristall. Ich gehe auf Zehenspitzen zu ihr hinein, und jeden Morgen, bis heute, sagt sie mir ›guten Tag Maîté, wie geht es Ihnen, Maîté, Sie sind so hübsch, Maîté‹ … ›Sie auch‹, sage ich dann, ›Sie sind auch eine sehr schöne Frau, wie stellen Sie es nur an, so schön zu sein?‹«

Haben Sie schon einmal miterlebt, wie ein vor Liebe Verrückter durch die Flure eines drittklassigen Hotels rast, und das an einem Sonntagnachmittag, wenn alle Siesta halten und selbst die sonst so gefräßigen Fliegen zu faul sind, auch nur aufzufliegen? Dieser Mann war kein anderer als ich selbst. Mit vor Aufregung glänzendem Gesicht und plötzlich schwer gewordenen Armen rannte ich nach oben. Mein ganzes Leben war doch nur eine beklagenswerte Abfolge von Irrtümern gewesen. Aber jetzt wußte ich, wohin ich zu gehen hatte. Ich stürzte meiner Gewißheit entgegen. Zimmer 18. Dort erwartete mich eine Frau, die mir bestimmt war wie der Blitz einem auf weiter Flur allein stehenden Baum. Eine gewisse Rosita, die ich bald heiraten, mit Geschenken überhäufen würde. Pech! Als ich oben ankam, war es zu spät, sie hatte das Zimmer schon geräumt und war mit einem Taxi weggefahren, nein, wohin hatte sie nicht gesagt. Dieser Blödmann an der Rezeption! Ich nahm seinen Kopf und drückte ihn auf den Tresen. »Warum hast du auch mit Maîté herumgevögelt?« schrie er mich an, mit allem Haß, dessen er fähig war. Ich lief hinaus auf die Straße. Sie war meine Heimat geworden, die Straße. Ich war halt einer, der ständig durch die

Gegend fuhr. In welche Richtung? Das war wieder eine andere Frage. Irgendwohin werden mich die Räder meines Wagens schon immer führen. Einstweilen fahre ich auf einer schönen Route Nationale, die durch einen Wald verläuft. Ich gelange zu einer endlos scheinenden Kurve. Sie mündet in ein kleines Tal. Unten, am Ende der Kurve, ist ein Parkplatz voll mit Brummis. Irgendwo muß es dann also eines dieser Fernfahrer-Restaurants geben. Dort will ich hin. Nicht, weil ich Hunger habe, sondern weil ich menschliche Wärme brauche. Und eine Atmosphäre, die mich ein bißchen aufbaut. Die Männer im Lokal rücken zusammen und machen mir Platz. Da sehe ich das Porträt. Ja, Herr Gerichtspräsident, ich sage ganz bewußt *Porträt*. Mir stockt der Atem. Noch nie war Rosita so schön gewesen. Sie hängt im hinteren Teil des Restaurants in einem alten verstaubten Rahmen. »Ist das nicht eine Schande?« fragt der Mann mit dem undefinierbar eleganten Äußeren, der sich jetzt zu mir an den Tisch setzt. Auch er fühlt sich von dieser Schönheit angezogen. »Wie kann man ein so wertvolles Stück einfach in einem solchen Frittengestank verkommen lassen ...«

»Nun halten Sie schon Ihre Klappe«, antworte ich. »Sie mögen sehr elegant sein, aber Ihre Zähne stinken faulig.«

Im gleichen Moment halte ich die Chefin fest, die sich mit einem Stapel Teller auf dem Arm im Zickzackkurs an mir vorbeidrückt. »Ich will alles wissen über dieses Bild!« sage ich. »Wann es gemalt wurde! Seit wann es hier hängt!«

»Es war schon immer da«, sagt sie und wischt sich den Schweiß von der Stirn. »Das ist ein alter Schinken. Er ist keinen Heller mehr wert. Seit Jahren schon suchen wir einen, der blöd genug ist, es zu kaufen.«

Ich fülle einen Scheck aus, reiche ihn ihr und packe das Bild ein. Hunderttausend Francs habe ich dafür gezahlt, eigentlich nicht mehr als ein Trinkgeld. Es paßt gerade so auf die Rückbank meines Citroën. Im Rückspiegel kann ich gar nichts mehr erkennen. Das einzige, was ich sehe, ist Rositas Haut. Ihre Poren hat der Maler hervorragend getroffen. Wir fahren los. Der Mann mit dem undefinierbar eleganten Äußeren sitzt neben mir. »Jede Liebesgeschichte ist ein Kunstwerk«, sagt er. »Sie sind ein großer Künstler. Bitte setzen Sie mich am Bahnhof in Grenoble ab.« Als er weg ist, bin ich ganz allein mit meinem Bild. Ich fahre nach Hause zurück, in mein eiskaltes Haus, und lehne das Gemälde an einen Sessel, der genau gegenüber von meinem Bett steht. Ich sehe es mir genau an. Es zeigt eine Frau, die auf dem Rand eines Bettes sitzt, meines Bettes, in einem scharlachrot gestrichenen Zimmer, das ebenfalls meines ist. Die Frau ist Rosita, die Frau, die ich liebe, sie trägt schwarze Dessous, und sie wartet voller Sehnsucht auf mich. Ich spüre die Einsamkeit des Künstlers vor einem nicht vollendeten Kunstwerk. Wie stelle ich es an, mit ihr zusammenzukommen? In dieses Zimmer zu gehen, das auch das meine ist, die ganze Einrichtung ist identisch, der Schrank, davor der niedrige Tisch, auf dem in einem Wasserglas drei Rosen stehen, die vermutlich aus dem Garten kommen und erst am Morgen gepflückt wurden. Wer mag diese Rosen gepflückt haben? Das Haus war verschlossen, dem Staub überlassen, und wir beide, Rosita und ich, waren auf Reisen, wir waren auf der Suche nacheinander, wir sind gerade erst angekommen, noch müde von der Fahrt, von den vielen Kilometern durch die vielen vielen Dörfer ... Rosita dreht sich um. Ich komme aus dem Badezimmer, dessen Tür monatelang nur angelehnt war, und gehe auf sie zu. Glück. Apotheose. Verherrlichung der geliebten Frau. Wie lange dieses große Wiedersehen gedauert hat? Das wird niemand je sagen können. Mir kommt es vor wie ein ganzes Jahrhundert. Ein Jahrhundert erfüllt von Seufzern und vergossenen Tränen. Ich erinnere mich an eine Frau, die lachte, die zum Himmel blickte und lachte, und die schluchzend, erschöpft vor Lust zu Boden sank. Ich weiß, daß ich stolz war, mich geehrt fühlte, ein Mann zu sein. Ich erinnere mich, meinen Schwanz vergöttert zu haben. Blumen und Diamanten ejakuliert zu haben. Und dann weiß ich noch, daß ich eines Abends, wie an so vielen anderen Abenden auch, die ich mit der Vereinigung unserer beider Flüssigkeiten verbracht hatte, Hunger bekam, in die Küche hinunterging und dort auf jemanden traf, raten Sie mal, auf wen, auf einen Mann, der dabei war, eine Dose Entenleberpastete zu verputzen, auf die ich auch gerade Appetit hatte: Es war der Mann mit dem undefinierbar eleganten Äußeren, er hatte es sich mit meinem Bordeaux, einer Erzeugerabfüllung, bequem gemacht und sein Samsonite-Köfferchen gut sichtbar auf den Tisch gelegt.

»Ich dachte, Sie seien in Genf«, sage ich.

»Ich war in Genf«, antwortet er. »Ich war auch in Zürich und in Bern. Meine Interessenten werden langsam ungeduldig.«

»Ich habe die Arbeit fertiggestellt.«

»Kann man das Stück sehen?«

Ich führe ihn in den ersten Stock. Das Bild löst einen Schock in ihm aus. Zugegeben, es wirkt tatsächlich erschütternd. Ganz besonders gut wiedergegeben sind die Schenkel, das klebrige Aussehen der Schenkel mit den darauf verteilten Schamhaaren.

»Ich habe Tag und Nacht, ohne Pause, jedes einzelne Detail bearbeitet«, sage ich.

»Erschütternd«, antwortet er.

»Haben Sie ihr Lächeln bemerkt? Diesen Ausdruck unauslöschlichen Glücks? Diese endgültige Erfüllung?«

Wir hängen das Bild ab. Tragen es durchs Treppenhaus. Der Lüster schwankt der Decke entgegen. Rosita stöhnt und wechselt auf ihrem Lager die Stellung. Sie verlangt nach Liebe. Immer mehr und immer nur Liebe. In der Küche machen wir halt. Genehmigen uns ein Glas Bordeaux. Rosita streckt die Hand aus, wir füllen ihr ein Glas. Sie trinkt mit derselben Gier, mit der sie alles tut. Der Wein läuft ihr übers Kinn und auf die letzten Reste ihrer Dessous. Ihre Lippen sind blutig von den vielen Bissen, denen sie ausgeliefert waren. »Ich möchte Sie bitten, diesen Vertrag hier unten zu unterschreiben«, sagt der Mann mit dem undefinierbar eleganten Äußeren. »Meinen Samsonite-Koffer lasse ich Ihnen da. Verstecken Sie ihn gut. Es wäre wirklich dumm, vierhunderttausend Schweizer Franken Dieben zu überlassen. Ich bin bereits jetzt gespannt auf Ihr nächstes Meisterwerk.« Und schon bugsiert er meine Rosita in ein Auto mit getönten Scheiben, das draußen vor dem Treppenaufgang stand und wartete. Rosita schlägt wie wild um sich. Hängt sich an meinen Hals. »Du bist verkauft«, sage ich. »Du gehörst mir nicht mehr.« Ganz allein stehe ich jetzt in der Küche mit meinem armen Bild, auf dem nur noch ein leeres Zimmer und eine verlorengegangene Liebe zu sehen sind. Ich lege mich ins Bett und schlafe ein wie ein Dieb. Jeder kreative Mensch ist ein Dieb. Er stiehlt die Schönheit. Ist ein Zuhälter des Traumes. Ein bereitwilliger Korinthenkacker.

Es folgt ein lebhafter Wortwechsel zwischen dem Oberstaatsanwalt und dem Gerichtspräsidenten bezüglich der späten Stunde, der allgemeinen Ermüdung und daß man doch mittlerweile vierzehn Stunden dieser Groteske zugehört habe!

»Ich habe aber Lust, sie weiter anzuhören!« ruft der Gerichtspräsident. »Es war immer mein Traum, Bilder berühmter Meister zu kaufen! Bei mir zu Hause hängt aber kein einziges Gemälde! Doch, eines: das Porträt meiner Frau! Das heißt, einer alten Schachtel!«

MEIN VATER: »Ihre Frau ist verstorben?«

DER GERICHTSPRÄSIDENT: »Es gibt Augenblicke, da stelle ich mir diese Frage tatsächlich.«

»Wie soll ich das verstehen?«

»Ich frage mich, wie es sein kann, daß sie so völlig kalt ist ...« (Das Publikum erschauert ... Ansammlung von Mördern ...)

MEIN VATER: »Wo hängt denn das Porträt?«

DER GERICHTSPRÄSIDENT: »In meinem Eßzimmer.«

»Hängt es über dem Kamin?«

»Sie hat es immer geliebt, über etwas zu thronen.«

»Ist es ein Jugend- oder ein Altersporträt?«

»Ich erinnere mich nicht, sie als junges Mädchen gekannt zu haben.«

»Erinnern Sie sich daran, sie geliebt zu haben?«

»Ich habe sie erst in vorgerücktem Alter geliebt, als ich merkte, daß sie weggehen wollte, daß sie zuviel litt, um weiterleben zu können ... Sie hing an mir mit jeder Faser ihres Herzens, und ich trat sie die ganze Zeit mit Füßen ...«

»Und jetzt sitzen Sie jeden Abend allein an Ihrem Eßzimmertisch und nehmen Ihr dürftiges Abendessen ihrem Porträt gegenüber ein, und Sie sind froh darüber, daß sie tot ist?«

»Ich bin darüber immer weniger froh.«

»Spüren Sie eine Art Unruhe in sich?«

»Ich habe den Eindruck, daß sie mir zulächelt ... ja, daß sie sich manchmal über mich schieflacht ...«

»Hat sie denn einen Grund dazu?«

»Absolut nicht!«

»Hat sie sich zu ihren Lebzeiten auch manchmal schiefgelacht?«

»Nein, niemals!«

»Ich möchte mir das Porträt gerne einmal ansehen ...«

Die Sitzung wird unterbrochen. Alle sind erleichtert. Der Gerichtspräsident lädt meinen Vater ein, zum Abendessen zu ihm nach Hause zu kommen. Mein Vater betritt eine sehr alte Wohnung, die Decke ist so niedrig, daß man sie beim Gehen fast berührt, überall auf dem Boden liegen Lüster herum. Der Gerichtspräsident führt ihn ohne Umschweife durch Zimmer voll mit gebundenen Buchausgaben und Stapeln von Akten, bis sie schließlich vor dem Porträt stehen. Mado hieß seine Frau.

»Nun«, fragt der Richter, »was halten Sie davon?«

»Das ist eine Fälschung«, sagt mein Vater, der, wie Sie später sehen werden, nicht einmal den Unterschied zwischen einem Dienstboteneingang und einem Haupteingang kennt. »Diese Frau ist nicht Ihre Frau. Ich kann im übrigen auch gar keine Frau erkennen.«

»Sehen Sie denn nicht die Augen? Die Nase? Den Mund?«

»Ja, schon, aber einfach so hingeschludert. Das alles steckt im Fleisch wie Granatsplitter. Das kann ich wirklich nicht als Frau bezeichnen. Das ist ein Ragout. Aber Sie haben sicher viel dafür bezahlt?«

»Ich habe es einem Hehler abgenommen. Er hat mir das Bild gegeben, weil ich dafür gesorgt habe, daß ein Strafverfahren gegen ihn eingestellt wurde.«

»Der hat Sie aber ganz schön reingelegt!«

»Damals war ich noch ein junger Beamter. Der Typ sagte mir, das Bild sei moderne Kunst, es würde einmal Gold wert sein. Und außerdem gefiel mir der Titel: *Die Verkündigung Mados* ...«

»Und, wurde dieser Mado irgend etwas verkündigt?«

»Nein, soviel ich weiß, nicht.«

»Wahrscheinlich guckt sie deswegen so unleidlich.«

»Meinen Sie wirklich?«

»Nehmen Sie sie herunter, ich kümmere mich schon um sie. Denn ich habe ihr einiges zu verkündigen.«

Gesagt, getan: Mein Vater kniet sich betend vor das Porträt, mit Andacht und allem, was dazugehört, und mit einer Erzengel-Gabriel-Stimme beginnt er zu Mado zu sprechen: »Mado,« sagt er. »Meine kleine Mado. Ich bin gekommen, um dir zu sagen, daß du hübsch bist. Die hübscheste aller Mados. Für den, der dich zu sehen weiß. Und ich sehe dich mit den Augen der Liebe, denn ich bin die Liebe selbst. Ich bin die Anbetung. Ich bin der Mann, der nur atmen kann, wenn eine Frau lächelt.« Und siehe da, Mado lächelt. Und das Bild weint. Der Richter weint ebenfalls. Mit tränenerstickter Stimme sagt er zu meinem Vater: »Sie sind ein großer Künstler, ich werde Ihren Sohn retten!« Und Mado kommt zu ihm herunter, kauert sich an ihn und wird endlich zu der wunderbaren jungen Frau, die sie niemals gewesen ist. Ja, wirklich, mein Vater war ein großer Künstler. Doch trotz seines Talents war er nicht in der Lage, mich zu retten.

Alles, was ich erzähle, ist wahr. Aber ganz besonders das, was ich erfinde. Denn auch ich bin ein Künstler. Sie werden noch sehen, wie bewundernswert mein Können ist! Ich fahre jetzt in meinem Bericht an der Stelle fort, an der ich aufgehört habe. Mein Vater hat sein erstes Meisterwerk gerade in einer viertürigen Limousine mit getönten Scheiben abreisen lassen. Und schon fühlt er die Qualen aller kreativ Schaffenden in sich aufsteigen. Was werde ich nun in Angriff nehmen? fragt er sich. Die Einsamkeit des Künstlers ist nur mit der eines Mörders vergleichbar. Ich sitze in einer Ecke und versuche mich ganz klein zu machen. Unbemerkt zu bleiben. Denn meine Stunde ist noch nicht gekommen. Man hat mich noch nicht ausgespuckt. Doch allmählich wird es Zeit, daran zu denken, denn wie soll ich es sonst schaffen, all diese Frauen zu erwürgen? Mein Vater spürt die Dringlichkeit dieses Problems im übrigen sehr wohl. Ziellos läuft er in seinem verlassenen Haus herum, in dem keine Frau mehr vor sich hin singt, kein Kind vor sich hin plappert. Er geht die Treppe hinauf und wieder hinunter. Wie ein Besessener. Ich folge ihm, ohne das leiseste Geräusch zu machen. »Dieses Haus wird *dein* Haus sein!« verkündet er. »Hier wirst du aufwachsen!«

»Gut, Papa«, antworte ich.

»Ich hoffe, du wirst mir nicht allzusehr auf die Nerven gehen!«

»Keine Sorge«, antworte ich, »ich werde die Diskretion selber sein.«

»Und daß du dem Namen deines Vaters bloß Ehre machst!«

»Wie werde ich denn heißen?«

»Treuttel! Baudouin Treuttel!«

»Und wenn ich ein Mädchen bin?«

»Ein Treuttel macht keine Mädchen! Ein Treuttel macht nur richtige Kerle! In deren Eiern wieder weitere Kerle schlummern! Immer und immer wieder, nichts als Treuttels! Und um diese Treuttels herum schwirrt ein ganzer Schwarm von Miezen! Sie straffen ihren Körper! Nehmen Posen ein! Ziehen weitausgeschnittene Sachen an! Lächeln! Werfen uns unanständige Blicke zu! Überall Betten, die aufgeschlagen, und Brüste, die dargeboten werden! Verschwenderische Fülle! Du hast die Qual der Wahl! Uns Männern dreht sich der Kopf! Von der erstbesten dahergelaufenen Mieze lassen wir uns einwickeln ... Aber ich spreche hier nicht von den Treuttels, ich meine damit den Durchschnittsmann, der noch niemals seinem Pferd die Sporen gegeben hat ... Ein Treuttel nimmt sich Zeit. Der läßt sich inspirieren. Der schaut genau hin, hört zu, atmet die Düfte ein, läßt die Wellen des Weiblichen in sich hineinströmen, der wartet auf den großen Zusammenprall, auf das Halleluja, das ihm abrupt Einhalt gebietet, ihn erschüttert, ihn dazu zwingt, sich hinzusetzen, weil er sich plötzlich schwach fühlt ... Manchmal bedarf es dazu nur einer Hand, die Schutz sucht, der Hand einer Frau, die strauchelt und die in dir eine Stütze findet, dich um Verzeihung bittet, entschuldigen Sie, Monsieur, und die dir im gleichen Augenblick inmitten der Menschenmenge zuflüstert: ›Nehmen Sie mich mit! Nehmen Sie mich! Ich bin eine Symphonie! ...‹ Manchmal bedarf es auch nur des Blickes einer Frau, die an ihrem Fenster steht und zusieht, wie du vorübergehst, und dabei mit Haarnadeln ihren aufgelösten Knoten hochsteckt ... In diesen Momenten überkommt dich die Lust, zu malen ... diese Frau immer und immer wieder zu malen ... sie zu bearbeiten, so lange, bis du zur absoluten Schönheit vorgedrungen bist ... und dann machst du diese Schönheit zum Geschenk!«

»Und wem?«

»Der Welt! All den unglücklichen Menschen, die nur auf eine Gelegenheit warten, ihren Tränen freien Lauf zu lassen!«

Ich befand mich vor einem Riesen, und dieser Riese war niemand anderes als mein Vater ...

»Ich bin dein Sohn!« sagte ich. »Ich bin dein Sohn Baudouin, den du eines Abends im Zorn zeugen wirst!«

»In welchem Zorn?«

»Im Zorn eines Künstlers, der sein Werk vernichten will!«

Mein Vater nahm sein planloses Hin-und-her-Laufen wieder auf. »Dieses Scheißleben!« rief er. »Nichts anderes als eine Ansammlung von Entwürfen! Papierkörbe voller Erinnerungen und verpaßter Gelegenheiten!«

Er war bemitleidenswert und zugleich doch so stark ...

»Du mußt ein Motiv finden«, sagte ich zu ihm.

»Wieso ein Motiv?« fragte er.

Er war tatsächlich etwas gaga ...

»Ein Künstler«, sagte ich, »der braucht ein Motiv, an dem er arbeiten kann!«

»Ach, wirklich? Gut!«

»Und da du behauptest, ein Künstler zu sein, frage ich dich also: An welchem Motiv arbeitest du zur Zeit?«

»Mein Motiv, das sind der Kummer, das Unglück und der Mangel an Chancen. Und dazu, den Frauen gegenüber, Zärtlichkeit und Faszination.«

»Was fasziniert dich denn so an den Frauen?«

»Ohlala!«

Zumindest war die Situation jetzt klar. Er lief Gefahr, jeder x-beliebigen Frau, und vor allem der gefährlichsten von allen, in die Falle gehen. Und genau das ist dann auch passiert. Wir nahmen das alte Bild herunter, aus dem Rosita verschwunden war, rissen die noch von der Wand baumelnden Leinwandfetzen ab, packten den leeren Rahmen hinten in den Citroën und machten uns auf die Jagd nach einem Motiv. Wie muß man sich so eine Jagd vorstellen? Nun, es ist die leichteste Sache der Welt, vorausgesetzt, man ist zu zweit: Der eine hält den Rahmen senkrecht hin, und der andere beobachtet aus angemessener Entfernung, was sich in dem Rahmen abspielt. Sie können Ihren Rahmen gerade da aufstellen, wo es Ihnen gefällt. Natürlich war es bei uns mein Vater, der den geeigneten Platz auswählte. Ich war nur der Rahmenträger.

»Dort!« sagte er. »Da! Stell den Rahmen da hin!«

Es überkam ihn jeweils einfach so, ohne Vorwarnung, wie der Drang zu pinkeln, nun, so sind sie eben, die wirklich großen Künstler, die sehen Dinge, die wir normal Sterblichen nicht wahrnehmen, und das nennt man Inspiration. Das ist so etwas wie ein Ruf, der vom Himmel erschallt. Mein Vater erhielt viele solcher Rufe. Es kam vor, daß er sich mitten auf einem Sonnenblumenfeld, inmitten eines ganzen Meers von

Sonnenblumen hinkniete und mir zurief: »Hier! In die Sonnenblumen! Geh ein Stück zurück! Geh zurück!«

Wir warteten, aber es passierte nichts. Ein Rabe setzte sich höchstens auf den Rahmen, ein Bauer schob sein quietschendes Fahrrad vorbei, und wir zogen wieder von dannen, mein Vater und ich, ich trug den Rahmen, einen großen vergoldeten Rahmen, wie man sie in Museen zu sehen bekommt. Wir sahen zu, daß wir ins nächste Dorf kamen. Dort setzten wir uns auf eine schattige Terrasse, mein Vater trank ein Suze, und ich hielt den auf dem Trottoir abgestellten Rahmen fest. Um uns herum versammelte sich bald eine Gruppe von Neugierigen. Besonders an Markttagen. Sie stellten sich in den Rahmen und betrachteten meinen Vater, der sie seinerseits über sein Glas Suze hinweg ansah, und zwar mit einer solchen Konzentration, einer solchen Genauigkeit im Blick, daß keiner sich zu rühren wagte. Nur wenn ich den Rahmen anderswo hinstellte, dann wechselten auch diese Gaffer die Stellung, um wieder im Rahmen zu sein, so, als seien sie süchtig danach, von diesem faszinierenden Mann mit seinem Glas Suze betrachtet zu werden. Ich dagegen existierte für sie nicht. Keiner sah mich, keiner sprach mich an. Auch meinen Vater sprach keiner an, er kam ihnen wohl zu geheimnisvoll vor. Keiner bewegte sich, alle waren zwar innerlich angespannt, aber keiner bewegte sich ... Manchmal gab es einen kleinen Tumult, jemand fing an zu schreien, Frauen liefen ins Haus, um ein Jugend- oder ein Frühlingsmotiv zu suchen, das sie uns im Hemd mitbrachten, ohne Kopfschmuck, sie hatten das Motiv nämlich bei seiner Toilette gestört, und sie hinterließen uns diesen vor Scham und Glück rotgewordenen Frühling im schönsten Teil, nämlich in der Mitte des

Rahmens … Mein Vater stellte sein Glas ab und richtete sich gerade auf … Das alles andere als schüchterne Mädchen lächelte ihm schon zu, ihr Herz hüpfte vor Freude bei dem Gedanken, die Auserwählte zu sein … Ich fiel auf die Knie und flehte zum Herrn: Gib ihr Leben, oh Herr! Leidenschaft! … Und mein Vater, der sich auf Motive versteht, kam wohlwollend näher, untersuchte die Beschaffenheit der Haut, die Falte in der Armbeuge, die feuchte Wärme des Nackens … aber er war nie zufrieden, ging schmollend zum Tisch zurück und bedeutete ihr ein Nein, das würde nichts werden. Das Mädchen brach in Tränen aus, und ich drehte den Kopf weg, um nicht auch zu weinen. Letztendlich fragte ich mich, ob das Leben alles in allem wirklich wert war, gelebt zu werden …

Und dann, eines seltsamen Tages, ging alles ganz schnell. Der Tag hatte beschissen begonnen, so beschissen, daß wir uns wünschten, niemals geboren worden zu sein. Der Citroën hatte seinen Geist aufgegeben, und wir waren in einem Graben voller Scheiße gelandet. Wir mußten unseren Weg zu Fuß fortsetzen. Meine Schuhe drückten, und zudem ging es nur bergauf. Von der Kälte ganz zu schweigen. Der Himmel war weiß vor Schnee. Der Asphalt war schwarzes Eis. Noch nie hatte ich den Rahmen als so schwer empfunden, vor allem wenn ich stürzte und er mir auf die Fresse fiel. »Mach mir nur nicht meinen Rahmen kaputt!« fuhr mich mein Vater an, der wie ein Eisbrecher vor mir her marschierte. Nie zuvor hatte ich dieses verdammte Leben so sehr verflucht, ich sehnte es mir immer weniger herbei und sagte mir sogar, ›wenn ich jemals geboren werde, werde ich es ihnen aber zeigen, sie sollen meinen kurzen Aufenthalt hier unter ihnen niemals vergessen‹. Und was diesen Leonardo da Vinci-Verschnitt anging, eines meiner beiden Elternteile, das da wie ein Prophet fünfzig Meter vor mir herlief auf der Suche nach seinem Motiv, das heißt einer Möse, in die er seinen Mördersamen verströmen könnte, dem hätte ich gerne beide Beine gebrochen, damit er endlich ein wenig heulte, aber ich war noch zu jung dafür, und vor allem fehlten mir die Mittel dazu ... In jedem Dorf, durch das wir kamen – sagen wir aber ehrlicher, in jedem Bistro, denn keiner war so verrückt, bei diesem Wetter vor die Tür zu gehen, nur wir beide, mein Vater und ich – in jedem Bistro also, in dem wir einkehrten – genauer gesagt, kehrte *er* ein, denn ich mußte draußen bleiben, um den verdammten Rahmen vor Dieben zu schützen (aber durchs Fenster konnte ich alles beobachten, trotz der beschlagenen Scheiben) – in jedem Bistro, in dem er also einkehrte, dieses blöde Arschloch, um seinen Glühwein zu saufen, sein fades Bier, seinen Genever, waren wie durch ein Wunder immer einige Frauen, die sich ihm präsentierten, aber er lehnte alle ab. Wahre Wunder der Natur, mit immer röter werdenden Gesichtern und immer kräftigeren Staturen, je weiter wir nach Norden kamen. Er wollte keine von ihnen. »Vielleicht bist du ein bißchen zu pingelig«, sagte ich ihm, als wir unseren Weg in Richtung weiße Hölle fortsetzten. »Du brauchst schon eine mit etwas stärkeren Hüften. Ich muß mich ja irgendwo einnisten können.«

Er antwortete: »Klappe. Bei denen sind die Konturen zu ungenau. Ich arbeite nicht mit weichen Konturen. Ich arbeite mit der Graviernadel. Ich habe keine Lust, aus meinem Leben ein Frühstück im Grünen zu machen.«

Ich verstand nicht, was er damit meinte. Ich folgte ihm einfach, auch wenn ich fast zu Eis gefror ... Irgendwann kamen wir zu einem beschrankten Bahnübergang. Endlich. Zu jenem berühmten Bahnübergang, der über unser aller Schicksal entscheiden sollte. Vor der heruntergelassenen Schranke hielt eine Limousine mit getönten Scheiben. Der Motor lief nicht. Im Innern saß kein Mensch. Fußstapfen im Schnee ließen sich bis zum Haus des Schrankenwärters verfolgen, aus dessen Schornstein sich ein dünner weißer Rauchfaden zum Himmel schlängelte. Wir gingen hin und klopften an die Tür. »Herein«, rief der Mann mit dem undefinierbar eleganten Äußeren, der mit seinem Samsonite-Köfferchen und seinen Banknoten-Bündeln schon neben dem Ofen saß. »Wir werden den Zug Paris-Amsterdam auf freier Strecke anhalten.«

»Warum auf freier Strecke?« fragte ich.

»Darf man wissen, wer dieser Vollidiot ist?« fragte der Unbekannte mit seinem nichtssagenden Blick.

»Welcher Vollidiot?« fragte mein Vater zurück, der, ganz mit seinem Motiv beschäftigt, mich schon gar nicht mehr sah. Der Schrankenwärter weinte. Geldscheine wechselten den Besitzer. Mit meinem Rahmen ging ich in die anbrechende Nacht hinaus. Ich sah, daß ein Zug anhielt. Ich sah zwei Männer rennen und sich in den Zug schwingen. Der Größere der beiden hinkte. Dieser Idiot hatte sich wohl den Knöchel verstaucht.

Auf Seite 42 seines Manuskriptes berichtet Treuttel von einer gewissen Sandrine, deren Brüste er in einer Brüsseler Kneipe in ihren Körbchen tanzen sieht.

Dieses besagte Mädchen bin ich, ich bin Sandrine.

Und ich trage den Gossard.

Ihn zu tragen ist Teil meines Auftrags, er gibt meinen Brüsten Bewegungsfreiheit und stützt sie zugleich.

Ich heiße jedoch nicht wirklich Sandrine.

Ich will versuchen, es Ihnen zu erklären.

Man hat mich wegen meiner Brüste ausgewählt, ich mußte eine ganze Reihe von Prüfungen bestehen, darunter auch einige wirklich schwierige.

Dies ist mein erster Auftrag.

Ich tanze.

Treuttel sieht mir beim Tanzen zu.

Er ist völlig gefesselt.

Zwei Stunden hatte er unten vor meinem Haus in seinem schwarzen Mercedes gewartet, immer dieser schwarze Mercedes, das Kennzeichen ist doch allgemein bekannt, warum nimmt man ihn also nicht einfach fest? Warum schlüpft er der Polizei immer wieder durch die Maschen ihres Netzes?

Ich soll den Fall jetzt aufklären. Selbst wenn dabei meine Ehre draufgeht. Wer mag diesen Dreckskerl schützen? Einen Typen, der sich nicht einmal die Mühe macht, Handschuhe überzustreifen, wenn er tötet! Der überall seine Spuren hinterläßt! Seine Abdrücke und sein Sperma!

»Ich kann es nicht mehr ertragen, daß die Polizei unseres Landes lächerlich gemacht wird!« erklärte mir mein Chef mit Tränen in den Augen.

Auf mich wird niemand Druck ausüben können. Ich existiere nämlich nicht, bin nirgendwo erfaßt. Bezahlt werde ich aus einem geheimen Fonds. Ich bin das, was man einen Joker nennt. Eine Geheimagentin. Ich habe Sicherheiten verlangt. Ihnen gesagt, daß ich nicht sterben will. Man hat mir geantwortet, ich solle zusehen, wie ich klarkomme. Ein Geheimagent ist etwas Ähnliches wie ein Hund, er ist dazu da, zertreten zu werden. Eine Messe wird keiner für ihn lesen.

Thibaut holte mich mit seinem GTI ab. Thibaut ist mein Trainer. Er hat mir beigebracht, dem Tod ins Auge zu sehen, ohne dabei selbst draufzugehen. (Er hat mir auch beigebracht, wie man den Typen an die Luft setzt. Wie man ihn unschädlich macht. Wie man der Lust widersteht. Wie man die Spritze unter dem Kopfkissen deponiert.)

Ich bin bereit.

Treuttels Blick ist wie ein Scheinwerfer. Ich tanze in seinem Licht. Es ist schwarz, sein Licht. Noch nie habe ich mich so blond gefühlt. Noch nie so mit Blicken ausgezogen. Seltsam, ich habe keine Angst. Ich fühle mich komischerweise sogar gut. Seltsam für ein Mädchen, das mit seinem Mörder schlafen wird.

Ich finde, er hat einen sanften Blick. Düster, aber sanft. Einen gedämpften Blick. Vielleicht auch schon etwas verschleiert.

Jetzt sitze ich in seinem Auto, damit er mich dahin bringt, wohin er will. Die Bude selbst ist unwichtig, unwichtig auch die Einzelheiten, das heißt wer wen angesprochen hat usw. Wir haben einander erkannt, das ist alles. Sein Blick und meine Brüste trafen aufeinander. Es mußte zwangsläufig dahin kommen.

»Bist du von der Polizei?« fragte er mich.

»Wie kommst du denn auf die Idee?« fragte ich zurück.

»Etwas an dir riecht nach diesem Stall …«

Dieser Typ ist müde, das sieht und hört man sofort.

»Ich trage den Gossard«, sage ich.

»Welches Modell?«

»Glossie Python.«

Ich höre, wie der Schiedsrichter die Sekunden zählt …

Alles weitere spielt sich in einem Hotel ab.

Im Zimmer eines Hotels.

Ihnen kann es egal sein, wie dieses Zimmer aussieht, was Sie interessiert, ist der Moment, wenn ich mich ausziehe, meinen Büstenhalter zum Vorschein bringe (immer ein starker Moment). Ich ahne die Verblüffung in Ihren Augen: wie kann ein Mädchen nur, auf einem so zierlichen Oberkörper …

Plötzlich überfällt Sie dieses Gefühl …

Zum einen bin ich überrascht, wie schüchtern dieser Treuttel ist. Wie taktvoll. Wie zärtlich seine Hände sind.

Zum andern überrascht mich die Schnelligkeit meines ersten Orgasmus, dann die Macht des zweiten, dem bald darauf ein drit-

ter folgt, sie folgen aufeinander wie Schüsse aus einem Maschinengewehr, so wie man es mir beim Training beigebracht hat.

Ich lasse ihm keine Zeit, mich umzubringen. Ich bin sehr schnell beim Ziehen meiner Waffe. Sie jammern, ohne zu wissen, warum. Ich bin eine Therapie. Ich lösche Traumata aus und verjage Phantasmen, selbst die hartnäckigsten. Ich bin ein Überfluß an Güte, eine mit Wasser durchtränkte Wiese, ein Tal, das an Ihren Lippen hängt. Trinken Sie. Entspannen Sie sich. Hören Sie auf zu zittern. Ich schließe die Arme um den Mörder und warte, bis er sich beruhigt, bis er aufhört zu zappeln. Ich sammle sein Gift auf. Wenn sein Kummer gelindert ist und er endlich Vertrauen faßt, werde ich ihn den Behörden seines Landes übergeben. Ich werde ihm nur das Privileg einräumen, daß man ihm die Handschellen anlegt, ohne daß er aufwacht.

Wir blieben bis zum frühen Morgen aneinandergeklammert liegen. Ohne ein Wort zu sagen. Nur unsere Herzen hörten wir schlagen.

Von Zeit zu Zeit griffen seine Hände nach meiner Kehle, aber ich stieß sie weg. Es reicht, einfach »nein« zu sagen. Es war ein alter Tick von ihm, der sich wieder bemerkbar machte. Das ist genau wie bei jemandem, der Fingernägel kaut. Den braucht man nur zur Maniküre zu schicken. Und schon wagt er seine Hände nicht mehr anzufassen. Lassen Sie meine Halsschlagader in Ruhe. Ich brauche sie, denn sie durchblutet mein Gehirn. Und dort, im Gehirn, dort spielt sich alles ab. Bedingungslose Übergabe, Verrat, Mut und Angst, all das liegt dort verstreut herum, man muß nur aussondern, was man braucht und was nicht.

So was! Da stehe ich doch tatsächlich auf. Warum, weiß ich nicht mehr.

Warum ziehe ich abrupt die Vorhänge zurück und lasse die Sonne ins Zimmer dringen?

Auch das weiß ich nicht.

Befehl.

Ausführung.

Treuttel hält sich die Hände vor die Augen. Er sucht seine Sonnenbrille. Er setzt sie auf. Wie ein Tier kauert er im Bett.

Ich stehe im prallen Sonnenlicht.

Ich bin ganz in seinem Blickfeld.

»Jetzt wird der Büstenhalter ausgezogen«, erkläre ich.

»Nein!« schreit er. »Tu das nicht!«

»Tut mir leid«, antworte ich, »aber der Augenblick ist gekommen.«

Befehl.

Ausführung.

Es gibt jemanden, der befiehlt.

Ich nähere mich dem armen Teufel ganz vorsichtig. Knie mich vor ihn hin.

»Bereite deine Augen darauf vor«, sage ich. »Und bring deinen Wahnsinn zum Schweigen. Du wirst jetzt ein wenig leiden.«

Nun ist er dran, die Rolle des Opfers zu spielen. Er tut es sehr überzeugend. Fast könnte man Mitleid mit ihm bekommen.

Persönlich habe ich gar nichts gegen eine gewisse Grausamkeit.

Der Gossard-Büstenhalter, das wissen Sie wahrscheinlich, wird vorne mittels unsichtbarer Häkchen geöffnet. Die Geste, mit der man ihn aufmacht, hat etwas Mütterliches, sie löst Bewunde-

rung aus, normalerweise strecken sich einem gleich Hände entgegen, er bringt die Männer ganz durcheinander.

Meine Brüste sind wunderbar. Ich bin achtundzwanzig Jahre alt, und mein Aussehen wird gemeinhin als »zum Sterben schön« bezeichnet.

»Mir tun die Augen weh«, sagt Treuttel.

»Wein nur, es wird dir guttun.«

»Ich habe vergessen, wie das geht ...«

»Denk an dein verpfuschtes Leben ...«

»Mein Leben ist nicht mehr und nicht weniger wert als jedes andere! Es ist meines! Ich werde doch nicht rumheulen, nur weil jetzt alles im Arsch ist!«

Und schon bricht er in Tränen aus.

»Aua!« schreit er. »Ich habe das Gefühl, als würde ich Nägel weinen!«

Ich drücke ihn an mich. Er schluchzt nur noch mehr, verzieht schmerzhaft das Gesicht. Etwas Rotes fließt auf meine Brüste. Es sind Tränen von Blut.

Über dem Waschbecken bespritze ich ihn mit eiskaltem Wasser. Er zittert. Unternimmt noch einen Versuch, mich zu erwürgen. Ich haue ihm auf die Finger. Führe ihn zum Bett zurück. Lege ihn hin. Decke ihn zu. Noch immer zittert er ein bißchen.

»Was ist denn mit deinen Augen?« frage ich.

»Nichts«, antwortet er. »Es ist nicht schlimm. Nur ein dumpfer Schmerz. Es sticht.«

»Wann hat das angefangen?«

»Schon vor einiger Zeit ... Anfangs dachte ich, es käme von der Umweltverschmutzung. Von irgend etwas in der Luft, das sich unter meinen Augenlidern festsetzt. Staubpartikel. Mikrofasern.«

»Warst du beim Augenarzt?«

»Nicht nur bei einem ... Das erste Mal war ich bei einer Frau. Sie trug einen Dim Chantilly. Ich habe sie getötet. Dann bin ich ins Krankenhaus, habe diese Typen in Weiß konsultiert. Sie haben das Augeninnere abgesucht. Sie wirkten fast verlegen ... ›Wenn Sie im Dunkeln sind‹, fragten sie, ›kommt es Ihnen dann vor, als würde es blitzen? Sehen Sie etwas blendend Helles? Lichter, die an Ihnen vorüberziehen? Haben Sie dann den Eindruck, als kämen Autoscheinwerfer auf Sie zu?‹

›Ich halte mich nie im Dunkeln auf.‹

›Und warum?‹

›Weil ich Angst habe.‹

›Wovor haben Sie Angst?‹

›Ich mache niemals meine Nachttischlampe aus.‹

›Ja, aber wovor haben Sie Angst?‹

›Ich schlafe in einem regelrechten Lichtbad. Immer bereit, aufzuspringen.‹

›Auf wen zu springen?‹

›Was geht Sie das überhaupt an?‹

›Blödmann!‹

›Bleiben Sie höflich, ich bitte Sie!‹

›Warum antwortest du nie auf unsere Fragen?‹

›Ich bin hier, um behandelt zu werden, und nicht, um Fragen zu beantworten! Ich leide!‹

›Alle Welt leidet! Und nicht selten deinetwegen!‹

›Warum duzen Sie mich überhaupt?‹

›Weißt du, was man auf dem Grund deiner Augen zu sehen bekommt, wenn man das Pech hat, sie untersuchen zu müssen?‹

›Ich wüßte es zu gern!‹

›Massen von trauernden Menschen, die in einer Grabesstille

vor sich hin marschieren! Eine Unmenge Kerzen! Für wen brennen all diese Kerzen?‹

Alle standen sie um mich herum, der große Chef und seine Assistenzärzte, die Krankenschwestern, die auf mich aufpassen sollten. Uns gegenüber war ein Hörsaal, eine ganze Wand von Studenten mit dünnen Lippen und feindseligen Brillen …

›Ich bin ein Künstler!‹ schrie ich. ›Mein Vater war ein Künstler, und ich bin ebenfalls einer, und auch mein Sohn wird ein Künstler sein!‹

›Sie werden niemals einen Sohn haben!‹ rief mir eine dicke schnurrbärtige Studentin zu.

›Wie willst du das wissen?‹ fragte ich.

›Niemals!‹ wiederholte sie drohend. ›Niemals!‹

Das hat mir doch einen Schlag versetzt … ›Niemals einen Sohn haben?‹ murmelte ich vor mich hin … niemals einen Sohn?‹«

Treuttel dreht sich nach mir um. »Willst du mir einen Sohn machen?« fragt er.

Wenn man mit Verrückten zusammen ist, verliert man selbst den Verstand. Er hatte mich ganz durcheinandergebracht.

Ich antworte ihm, einverstanden. Okay, ich mache dir einen Sohn.

Wenigstens war ich auf diese Weise sicher, daß er mich nicht kaltmachen würde.

Sie war eine von den Bullen.

Ich bin doch nicht auf den Kopf gefallen.

Ich habe gleich gesehen, daß sie eine von denen ist. Die Falle war einfach zu gut gestellt. Zu perfekt. Zu unwiderstehlich. Computermaßarbeit. Fast ein geschlossenes Ganzes: ein

Mädchen, das mit seinem nach Maß gearbeiteten Büstenhalter perfekt den Treuttelschen Idealen entspricht. So, als hätte ich es gezeichnet, angezogen, in Bewegung gesetzt. Es ist *mein* Geschöpf, genauer, das Geschöpf meiner Träume. Das Wesen, das mich über alles hinwegtröstet. Darüber, keine Mutter gehabt zu haben, keinen, der einen mit Zärtlichkeit und Sanftheit verwöhnt hat. Sie ist die Frau, auf die ich immer gewartet hatte, aber sie kam zu spät. Meine Augen halten das nicht mehr aus.

Und dennoch wußte ich, sie würde meine letzte Beute sein, sie würde mich in den Knast bringen. Mit der Schönheit verhält es sich wie mit der Sonne: Wenn sie untergeht, ist es dunkle Nacht.

Einstweilen steht sie aber noch am Horizont meines Lebens. Mein Leben war zu heiß gewesen. Ein bißchen Frische wird ihm guttun. Ich werde sie später töten. Wenn ich wieder bei Kräften bin.

Was meine Sehkraft angeht, so geht es noch. Nicht toll, aber es geht. Ich sehe noch genug, um das Zimmer durchwühlen und den Sender finden zu können. Und ihn ihr dann unter die Nase zu halten.

»Ich habe deine Blackbox gefunden«, sage ich dann. »Los, sprich deine letzte Nachricht drauf.«

Um Treuttels Vertrauen zu erwecken, habe ich Thibaut geopfert. Ich habe einen Appell in den kleinen Sender gesprochen, einen Hilferuf, und sofort ist Thibaut aufgekreuzt. Baudouin stand hinter der Tür. Er erwürgte ihn mit den Handschellen. Ich ging ihm dabei ein wenig zur Hand. Indem ich den Müllbeutel aus dem Badezimmer holte. Er war zwar nicht groß, aber sein Kopf paßte hinein. Thibaut brach zusammen. Der Tod eines kleinen Mannes.

»Holen wir ihn rein«, sagte Baudouin, »holen wir ihn doch einfach rein.«

In diesem Moment bekam ich es wirklich mit der Angst zu tun. Ich sagte mir, das ist ein Verrückter. Ich habe mich mit einem Verrückten eingelassen. Zum Glück wurde er schnell wieder geil.

»Dir geht es wie mir«, sagte ich ihm. »Jemanden sterben zu sehen macht dich an.«

Mit einem Verrückten darf man nicht aus dem Rhythmus kommen, man muß in die Melodie, die er vorgibt, hineinspringen und sich das Kreuz verrenken.

Wenn er denn tatsächlich ein Verrückter ist …

Und wenn er nur einfach der rührendste Typ gewesen wäre, der mir jemals begegnet ist?

Immerhin habe ich mich niemals zuvor mehr als Frau gefühlt.

Ich habe den Eindruck, diese arme Kleine verliebt sich gerade in mich. Wir werden uns bestimmt gut miteinander amüsieren. Ich werde sie in ein Land mitnehmen, von dessen Existenz sie niemals etwas geahnt hat. Das Land, in dem die Gemeinheit regiert. Mein Land. Wenn es ihr gelingt, daraus zu entkommen, dann soll sie aus mir machen, was sie will. Einen Knastbruder. Ein Stück Dreck. Die Scharfschützen können sich schon einmal in Position stellen. Ich werde Sandrine nicht töten. Ich liebe sie zu sehr, als daß ich ihr weh tun könnte. Ich werde mich ihrer nur ein wenig bedienen, um ein paar alte Rechnungen zu begleichen.

Vorausgesetzt, man hat einiges erlebt, kommt irgendwann

im Leben unweigerlich der Moment, wo man sich sagt, nun ist es eben so, wie es ist, der Spaziergang nähert sich dem Ende, man spürt eine Art Müdigkeit, man hat Lust, diese schwere Last abzulegen, möchte sich nur noch hinsetzen und sich nicht mehr von der Stelle bewegen, und vor allem möchte man, daß nichts mehr passiert. So geht es mir. Vierzig Jahre lang habe ich gelebt. Vierzig Jahre habe ich mit dem Versuch zugebracht, einer Frau ins Gesicht zu sehen. Jeder Versuch war wie eine Blendung. Meine Netzhaut schrie auf. Vor Freude. Oder vor Schmerz. Bis Sandrine auftauchte. Sandrine war wie ein frischer Wind. Ein Ausbund an Lebendigkeit, die alles hinwegfegt. Doch unglücklicherweise habe ich zu lange im Schmutz gelebt. Nun bin ich selbst ein altes Stück Dreck. Und jetzt, wo es in meinem Kopf licht wird, wird es in meinen Augen dunkel.

Ich bin nicht blind, jedenfalls noch nicht, aber es ist nur eine Frage von Monaten, vielleicht auch von Wochen, bis es endgültig soweit ist. Mein Blick vermittelt mir nur noch einen Schimmer. Ich bin wie ein torkelndes Spielzeug, dessen Batterien verbraucht sind. Meine Augen sind den Tränen nahe. Zu oft habe ich dem Tod ins Antlitz geschaut. Dem Tod, der mir zulächelte, so wie er mir immer zugelächelt hat. Schon bei meiner Geburt, als er sich über mein Bettchen beugte. Und meine begehrlichen Blicke auf sein knochiges Dekolleté zuließ.

Der Tod trägt keinen Büstenhalter. Und auch kein Höschen. Höchstens blutige Strapse. Ich kann Ihnen nur raten, die Finger von seiner Möse zu lassen.

Gestern sagte Baudouin zu mir: »Ich werde dich auf die Probe stellen.« Ich habe nichts dagegen, daß Baudouin mich auf die Probe stellt. Es macht mich höchstens geil. Mit ihm zu leben ist aufregend. Gegenüber einem Mann, der einen aufregt, von dem man weiß, daß sein Hirn jeden Moment eine noch wahnsinnigere Idee hervorbringt, als die letzte schon war, muß man, auch wenn man Angst hat, immer Zugeständnisse machen, man muß zu allem, was er will, ja sagen. Ja zu seinem Wahnsinn, ja zu seiner Häßlichkeit, ja zu all seinen Entscheidungen. Neulich zum Beispiel, ich weiß nicht, was in ihn gefahren war, ein trüber Gedanke wahrscheinlich, oder vielleicht hatten wir auch nur zu lange gerammelt, jedenfalls betrachtet er plötzlich seine Hände, als wären sie zwei tote Vögel, und beginnt zu weinen ... »Mein Schatz, was ist denn los«, frage ich. »Habe ich dich irgendwie beleidigt?«

»Wenn ich meine Hände ansehe, sehe ich Leichenhände«, antwortet er. »Noch nicht einmal mehr gut, um eine Kehle zuzudrücken. Selbst mit einem Kissen könnte ich das dumme Geschwätz einer Tussi nicht zum Schweigen bringen.«

»Deine Hände sind eben Streichelhände geworden«, sage ich. »Sie teilen Zärtlichkeiten aus, sie tun nichts Schreckliches mehr.«

Er wurde wütend: »Ich will nur noch einmal eine Frau erwürgen! Eine Frau mit einer Kittelschürze, die gerade ihre Wäsche aufhängt! Sehen, wie der Wind in ihren Kittel bläst und ihren Zauberkreuz-BH offenbart! Nur noch ein allerletztes Mal einen Zauberkreuz! Dann kann ich beruhigt meinen Blindenstock bestellen.«

Ich trieb eine Freundin auf, die sich in der Nähe des Flughafens Orly in einem Einfamilienhäuschen eingenistet hatte, das von den Bewohnern wegen des Fluglärms verlassen worden war. Dank unserer Ohrenstopfen hörten wir nichts, und meine Freundin, die, als wir kamen, tatsächlich ihre Wäsche aufhängte, war schon in der Grundschule damals in der Rue Pons taub gewesen, das heißt lange bevor ich der Polizei in die Hände fiel, lange bevor ich diesen berühmten Typen tötete, unter dem Vorwand, daß er mich vergewaltigen wollte, dabei hatte er mich nicht einmal angerührt, ja nicht einmal angesehen, ich war einfach nur eifersüchtig gewesen, denn er war hinter einem anderen Mädchen aus der Kneipe her, und das hatte ich nicht ertragen. Damals war ich Sekretärin, und danach fing ich an Autos zu knacken, um diesen Chirurgen zu bezahlen, der mir Silikon spritzen sollte, es genügte ihm nicht, mich zu ficken, er wollte auch noch Geld, das ich zudem vorschießen mußte, und die Summe war alles andere als klein, kurzum, ich habe eine wenig rühmliche Vergangenheit, die mich vor die Wahl stellte, im Knast zu enden oder mich der Polizei als Lockvogel zur Verfügung zu stellen. Aber ich will keine Romane über mich erzählen, ich habe schon Baudouin alles gesagt, aber er glaubt mir kein Wort davon, und er hat recht, die Geschichte ist völlig aus der Luft gegriffen, es lohnt also nicht, daß ich sie noch einmal erzähle, ich bin eine von den Bullen, okay, und ich habe einen Auftrag, ich werde die Sache durchziehen und alle in den Knast bringen, die kleinen und die großen Dreckskerle, Baudouin möge mir verzeihen, ich weiß, es ist widerlich, es ist das Widerwärtigste, wozu ich in meinem Leben als Frau je veranlaßt worden bin, besser gesagt, in meinem Scheißleben, denn jedesmal, wenn ich Treuttels Manuskript aufschlage, merke ich, wie mir die Tränen in die Augen steigen.

Die Frau hängte mit der unbefangenen Geste jener Menschen, die niemals von einem Geräusch gestört worden sind, ihre Wäsche auf. Sie war taub. Sie hatte die Schönheit tauber Menschen, großen Steppen vergleichbar, die man mit langsamen, gemessenen Schritten durchläuft. Nie in ihrem Leben war sie gegen eine Tür gerannt, die zu sehr knackte. Für sie klang jede Ohrfeige wie eine Zärtlichkeit, selbst diejenigen, die ihr Vater ihrer Mutter einst verpaßt hatte.

Sie hielt Tränen für die Musik des Glücks, obgleich sie niemals in ihrem Leben Musik gehört hatte, nur in Büchern, die sie unaufhörlich verschlang, hatte sie etwas darüber erfahren, es waren weniger Reisebeschreibungen als Biographien, mit Vorliebe die großer Komponisten und darunter wiederum ganz besonders die Schuberts. Dessen Leben brachte sie tatsächlich zum Weinen, was für ein Gespür für eine Taube. Was das Glück betrifft, so kannte sie nicht mehr davon als das Begehrt-, das Genommen- und Verlassenwerden, ihre Männer waren durchweg eher schüchterne Typen, kleine Glatzköpfe, Scheeläugige, die plötzlich über sie loszogen, sie schmutzige Hure, Schwanzfresserin nannten, ich werde dir die Beine schon auseinanderziehen, dabei hatten sie kurz zuvor noch wie gelähmt hinter ihrem

Busch draußen gestanden, sich nicht einmal gewagt, auch nur einen Schritt auf sie zuzugehen, und als sie ihr den mitgebrachten Strauß hinhielten, hatten sie verschämt auf ihre Schuhe geschaut. Man braucht der Frau jedoch nur den Gehörsinn wegzunehmen, und schon erwacht in solchen Kerlen das Tier. Eine taube Frau zu ficken, welch königliches Vergnügen, ein echter Geheimtip. Zumal die Arme von Natur aus faul war, ihre einzige wirkliche Schwäche, und deshalb nie gelernt hatte, von den Lippen eines Mannes zu lesen. Sie las nur von denen der Kinder. Sie bestand nur aus Schweigen und nicht ausgesprochenen Liebesschwüren. Vergewaltigt wurde sie nie, und Scham kannte sie auch nicht, sie nahm sich ihr Vergnügen, wie es gerade kam. Aber wenn sie von ihren Eskapaden zurückkam, war ihr doch ein wenig bewußt, daß sie schlecht behandelt worden war. Sie nahm ihre Blumen, stellte sie in Wasser und wartete auf den nächsten, in der Hoffnung, er möge zärtlicher sein, ein bißchen länger bleiben, sich wenigstens Zeit für einen Kaffee nehmen, denn er ist gut, mein Kaffee, und mein Bett, das ist mollig weich, aber keiner blieb, heimlich, still und leise verschwanden alle wieder, und mit ihnen schwand ihre Jugend dahin. Mit der Zeit entwickelte sie eine Art träge Gleichgültigkeit, die, vom Damm ausgehend, sich Richtung Mund fortsetzte, einem Aristokratenmund, den die Männer ungeachtet ihrer Proteste wie den eines Dienstmädchens behandelten, was die sanfte Bitterkeit ihres Lächelns erklärte, eines Lächelns, das aussah, als habe sie es mit Wäscheklammern festgezurrt, und auch diesen sehnsüchtigen Ausdruck auf ihrem Gesicht, wie er verlassenen Frauen eigen ist. Sie war so verlassen wie jedes der Einfamilienhäuschen in der Umgebung, mit den herausgerissenen Fensterläden, den zerbrochenen Scheiben, den verrosteten Schaukeln und den nicht mehr vorhandenen Kindern, Häusern, denen das Leben abhanden gekommen war. Nur Martine war dageblieben, so hieß sie nämlich, diese letzte Überlebende der Gegend, eine Frau ohne Alter und ohne Glanz, die gerade Wäsche aufhängte, müde Dessous, ein paar Geschirrtücher, ein Taschentuch. Sie trug eine Kittelschürze, die der Abendwind aufblähte.

Ich hatte überhaupt keine Mühe, ihr mit Zeichen zu bedeuten, daß wir eine schöne Zeit miteinander in der Schule in der Rue Pons verbracht hatten, ihr den Vogelmarkt und unsere ersten Schneeballschlachten zu schildern, bei denen ich sie geschützt hatte, wenn sie angegriffen wurde. Sie erinnerte sich an nichts von alledem, aber sie war zufrieden. Wir alle haben Erinnerungen, von denen wir nicht mehr allzuviel wissen. Es genügt, sie zu erzählen, und jeder x-beliebige glaubt einem. Jede x-beliebige Geschichte. Hauptsache, man war nicht mehr allein. Schnell kochte Martine Kaffee, holte Kekse heraus. Sie hatte so selten Besuch. Ja, jetzt erinnere ich mich, die Rue Pons, der Markt, was für eine Freude, dich wiederzusehen! Insgeheim schämte sie sich so sehr, diese Erinnerungen vergessen zu haben, daß sie, um uns ihr Glück zu demonstrieren, zu tanzen anfing. Zur Belohnung gab ich ihr tausend Francs, und dann nahm ich Maß an ihr. Zumindest an dem, was noch da war. Ihre Brüste brauchten unbedingt Sonne. Am nächsten Tag brachte ich ihr die neue Kittelschürze und den Zauberkreuz-BH, ihr letztes Bühnenkostüm. Eine schmutzige Arbeit, die ich da erledigte. Glauben Sie ja nicht, ich hätte sie mir selbst ausgesucht. Später werde ich Ihnen erzählen, wie ich dazu kam. Einstweilen sind wir, mein Verbrecher und ich, erst einmal mit bestimmten Absichten bei ihr aufgekreuzt.

Flugzeuge in Hülle und Fülle überflogen die Siedlung, auch große, die einen riesigen Schatten warfen – den Schatten des Todes? Einen solchen Schatten nutzten wir jedenfalls aus, um uns unserer Beute zu nähern. Als die Sonne wieder zum Vorschein kam, blieben wir reglos stehen. Es war an einem Abend im Frühling, gegen neunzehn Uhr, als der Verkehr am stärksten war. Die Flugzeuge folgten dicht aufeinander, selbst als die Sonne schon untergegangen war, aber Baudouin und ich hatten unsere Beute im Visier. Baudouin mußte seine Augen schützen, dabei trug er schon eine dunkle Brille. Zwei- oder dreimal mußte ich ihn in die richtige Richtung drehen, denn er hatte die Orientierung verloren. Wie einen Kranken führte ich ihn am Arm. Hinzu kam noch, daß, je mehr man sich ihm näherte, er seinen Schritt desto mehr beschleunigte, so, als sei ihm jemand auf den Fersen.

Irgendwann brachte ich ihn zum Stehen. Wir waren jetzt nur noch zwei Meter von ihr entfernt. Zwei Meter trennten uns von ihrem Rücken. Sie hatte nichts bemerkt. Man muß nur immer gegen den Wind marschieren. Vor allem, wenn er in die Kittelschürze einer Frau bläst. Einer Frau, die ihre Wäsche aufhängt, das heißt ihre Geheimnisse.

Ich ließ Baudouins Arm los. Da er keine Anstalten machte, weiterzulaufen, stieß ich ihn ein wenig. Ganz langsam und leise tastete er sich weiter voran. Wie ein Dieb in der Nacht. Mist, plötzlich konnte er gar nichts mehr erkennen! Besagte Martine allerdings sah um so deutlicher, wie ein Typ neben ihr mit ausgestreckten Händen herlief. Das kam ihr merkwürdig vor. Dann aber wurde sie ganz aufgeregt vor Freude. Glücklich, einen Mann in ihrer Nähe zu haben. Sie knöpfte den oberen Teil ihrer Schürze auf, damit er ihren BH sehen und das Schlagen ihres

Herzens erahnen konnte, dann legte sie sacht ihre Hand auf Baudouins Schulter. Langsam, wie Blinde es zu tun pflegen, drehte er sich um. Seine Hände umfaßten ihren Büstenhalter. Allein mit der Berührung konnte er die Form der Brüste erkennen. Martine schloß die Augen, ließ sich von seinen Händen abtasten. Sie war jetzt beinahe schön. Hingebungsvoll. Angespannt. Vibrierend. Auch Baudouin wurde schöner, er gewann etwas regelrecht Erhabenes. Blutstränen rannen aus seinen Augen.

Martine nahm ihm sanft die Brille ab und leckte das über seine Wangen fließende Blut auf. Dann leckte sie seine Augenlider. Sie wußte, wie wichtig die Augen waren. Und sie gab Baudouins Augen das Licht zurück. Ihm war, als habe man einen Schleier von ihm genommen, der ihm Martines Schönheit und die Schönheit des Lebens an sich verhüllt hatte. Einen Schleier, der ihm die Erkenntnis versagt hatte, was man anders machen würde, wenn man noch einmal die Chance für ein neues Leben hätte. Vielleicht ist Blindheit eine Form der Auslöschung. Verdammt, warum hatte er so viele getötet? Es hätte doch genügt, aufs Geratewohl eine zu nehmen, und schon hätte man alle Liebe bekommen, die diese Welt nur geben kann!

Baudouin ist ganz gerührt. Martine ebenfalls. Auch ich bin den Tränen nahe. Wir hören Schubert. Sie geben sich einen Kuß, der Fra Angelicos Kunst zum bloßen Handwerk degradieren würde. Ich gehe ins Schlafzimmer, um schon einmal das Bett aufzudecken. Es folgt die Möse-Szene. Ich bleibe und gucke zu. Zum ersten Mal sehe ich direkt einem Mordgeschehen zu. Das interessiert mich. Nur, dieses Schwein da tötet sie gar nicht! Was soll das? Nicht nur, daß er sie dreimal hintereinander kommen läßt, er dreht sich auch noch ganz zufrieden (lacht dabei wie ein kleiner Junge) zu mir um und erklärt mir, er sei geheilt.

»Geheilt wovon?« frage ich.

»Ich habe keine Lust mehr, diese Frau umzubringen.«

»Worauf hast du dann Lust?«

»Mit ihr zu leben. Sie zu lieben. Sie glücklich zu machen. Sie hat mir das Augenlicht zurückgegeben.«

MARTINE: *»Ich habe beschlossen, zu hören. Und ich habe beschlossen, zu sprechen. Außerdem werde ich euch mein Leben erzählen. Wie ich taub geworden bin. Die Traumata, die ich erlebt habe …«*

BAUDOUIN: *»Ja, aber erst einmal wirst du deine Klappe halten. Nur weil du reden willst, müssen wir uns nicht langweilen. Ich liebe die Stille, vor allem wenn man sie respektiert.«*

MARTINE: *»Ich habe in Sachen Reden aber einiges nachzuholen!«*

BAUDOUIN: *»Du wirst es eben ganz allmählich nachholen. Einen Satz morgens, einen am Abend. Die übrige Zeit wirst du mir schöne Blicke schenken. Ein geheimnisvolles Lächeln. Du wirst Wäsche aufhängen. Viel Wäsche. Sie bügeln. Ich werde dich wie ein Verrückter lieben. Dein Bauch wird sich runden. In ihm drin wird etwas zappeln. Aussicht auf neue Wäsche!«*

Er dreht sich zu mir um. »Tut mir leid, Sandrine. Zwischen dir und mir hatte sich etwas Schönes abgezeichnet. Das war aber, bevor ich Martine kennengelernt habe. Jetzt kenne ich Martine. Ich bleibe bei ihr.«

MARTINE: *»Ich gefalle ihm. Wir sind füreinander bestimmt. Mein Körper ist dazu geschaffen, den seinen in Empfang zu nehmen.«*

Mir kommen die Tränen. »Ja, aber ich habe ihn geliebt!«

Baudouin nimmt mich in seine Arme. »Du bist von der Polizei. Ich kann nicht mit einer von den Bullen zusammen-

leben. Eines schönen Tages wirst du mich der Polizei ausliefern.«

»Ich pfeife auf die Polizei! Sie hat mir nie etwas gegeben, die Polizei! Nicht mehr als einen Hungerlohn! Aber du gibst mir etwas anderes: den Schauder der Liebe! Ich liebe dich! Ich will mein Leben mit dir teilen! An deiner Angst teilhaben! Mit dir von Versteck zu Versteck ziehen! Täglich tausend Tode sterben!«

MARTINE: »Alles Schmus! Nichts als Märchen! Hör nicht auf diese Nutte! Sie will dich übers Ohr hauen!«

Ich klebe ihr eine, und sie gibt mir sofort eine zurück. Baudouin trennt uns. Ich klammere mich an ihn wie an eine Boje. »Ich bin bereit zu töten«, sage ich, »für dich.«

»Das glaub ich dir nicht«, antwortet er.

»Bitte mich darum, und ich tue es!«

»Ich bitte dich darum.«

Gewaltiges Schweigen. Mein Blick begegnet dem von Martine. Sie fängt langsam an zu kapieren. Ihr Schicksal ist nicht lustig. Schon der Anfang ihres Lebens war alles andere als glücklich.

»Ich werde dir helfen, dein Gepäck zu tragen«, sage ich und nehme die zwei Koffer, die sie immer bereithält, falls sie einmal ins Krankenhaus muß.

Sie folgt mir in den Garten. »Bist du sicher, daß ich nicht leiden muß?« fragt sie.

»Du brauchst nur das zu tun, was ich dir gesagt habe: dich nicht verkrampfen, geschmeidig bleiben.«

Während ich sie erwürge, fliegt ein Airbus vorüber. Hinter dem Fenster steht Baudouin und sieht zu. Er sieht Martine sterben. Sieht, wie sie ganz langsam zu Boden gleitet. Er setzt seine Brille wieder auf. Wahrscheinlich, um seine Rührung zu verber-

gen. Ich laufe ins Haus und werfe mich in seine Arme. Er sagt kein einziges Wort, ist völlig durcheinander. Drückt mich an sich. Ich glaube, nun habe ich es geschafft: Ich habe sein Vertrauen gewonnen. Wir gehen zum Auto zurück. Ich führe ihn am Arm, denn er sieht wieder schlechter. Ich mache ihn auf Stufen aufmerksam. Martine sieht uns beim Wegfahren zu. Sie ist dabei, die Scheine zu zählen, die ich ihr bei ihrem letzten Atemzug in die Tasche gesteckt hatte. Die Rechnung ist aufgegangen. Hinter dem Rücken des blinden Baudouin geben wir einander ein Zeichen. So also sieht eine Prüfung mit Baudouin aus. Hatte ich Ihnen nicht gesagt, daß es aufregend würde?

Meiner Meinung nach ist sie jetzt reif genug, damit ich meinen großen Plan zur Ausführung bringe.

Welchen großen Plan?

Jeder Mensch hat einen großen Plan. Geben Sie mir fünf Minuten, damit ich dem meinen den letzten Schliff geben kann.

Mein großer Plan wird etwas Finsteres sein.

Er wird schwarz sein wie das Böse, das meinen Vater und mich gezeugt hat. Und das ich hundertfach zurückgeben will.

Schwarz.

Sehr schwarz.

Widerlich schwarz sogar.

So widerlich wie der Mann mit dem vielen Geld, der über unser Leben verfügt. Über unsere Liebesgeschichten. Über unsere Kindersorgen. Aus einfacher Lust am Gewinn.

Einen Mann töten: Das wird mich verändern.

Nein. Ihn nicht töten.

Besser als das.

Ihn lange auf kleiner Flamme schmoren lassen.

Einfach einen Deckel auf den Topf legen, um seine Schreie nicht hören zu müssen.

Die Waffe liegt mir gegenüber auf dem Bett. Sie ist noch ganz feucht vom Duschen, ihren Frotteebademantel hat sie leicht geöffnet, damit meine Augen etwas zu tun haben und nicht in Resignation verfallen.

Sie hat einen Scheinwerfer gekauft, den sie von Hotelzimmer zu Hotelzimmer schleppt. Das brutale Licht der Lampen beleuchtet ihren nackten Körper und erlaubt mir, durch meine Gletscherbrille wenigstens einige Bilder von der Welt zu erahnen, einer Welt, die sich immer mehr von mir entfernt, wie bei einem Seemann, der in See sticht, Adieu Madras, Adieu Schönheit, Adieu du Mädchen, du hast mich verrückt gemacht.

Nur daß in meinem Fall besagtes Mädchen – ein Wunder! – mit mir zusammen im Boot sitzt.

Ich muß es nicht eigens erwähnen.

»Das Wort *Baulöwe*, woran erinnert dich das?« frage ich sie.

»An den Geruch von Scheiße«, antwortet sie. »Übel stinkender Scheiße.«

»Ich liebe dich«, sage ich.

»Ich dich auch«, sagt sie. »Ich liebe dich auch. Du bist nicht schön, du schielst, deine Fresse ist zum Weglaufen häßlich, aber egal, ich bin dir mit Haut und Haar verfallen. Du machst mich zittern. Vor allem, wenn du mich anschaust. Ich mag es, wie du mich anschaust. Man spürt, daß du ein Besessener, ein gefährlicher Typ bist. Deine Lust ist etwas Gefährliches. Und ich meinerseits tue alles, um diese Lust zu wecken.

Ich bin eine Dreckschlampe, immer auf der Suche nach Scheißärger. Wenn mir jemals etwas Übles passiert, dann geschieht es mir nur recht. Ich hätte mich ja nicht so bereitwillig hinzulegen brauchen. Aber mit dir wird mir nie etwas Böses geschehen, das weiß ich.«

»Ich kenne einen solchen Baulöwen«, sage ich. »Einen von der Sorte, die Städte dahin bauen, wo gerade noch die Vögel gesungen haben, wo Kinder bei ihrem Gezwitscher eingeschlafen sind und Köchinnen Drosselpastete zubereitet haben …«

Beklemmendes Schweigen. Wie lange es anhielt? Schwer zu sagen. Man kann nicht alles analysieren. Der Begriff von Zeit ist so vage und relativ. Hat es eine Sekunde gedauert? Ein Leben? Ein Jahrhundert?

Das wichtigste ist, denkt das Mädchen, jetzt vor allem keine Fragen zu stellen. Die kleinste Frage, und er zieht sich zurück. Das wäre schade, denn ich habe mein Ziel fast erreicht.

Ich werde mich ihr anvertrauen, denkt der Mann, ein fieberhaft gesuchter Verbrecher. Selbst dran schuld, wenn ich dabei mein Leben aufs Spiel setze. Aber sie ist eben sympathisch, und außerdem habe ich auch niemand anderen, mit dem ich reden könnte. Töten kann ich sie auch später noch.

»Und wenn du den Plan aufgeben würdest, mich zu töten?« fragt das Mädchen … »Wenn du mich bei dir behieltest? … Ich könnte dich führen …«

»Und wohin würdest du mich führen?« fragt er zurück.

Jetzt sitzt sie schön in der Patsche. Sie weiß keine Antwort. Wenn man es mit einem verpfuschten Leben zu tun hat, findet niemand eine Antwort auf diese Frage. Das ginge nur, wenn man alles Schmutzige beseitigen und ganz von vorn anfangen könnte. Aber dazu wird meine Zeit nicht mehr reichen. Meine Tage sind nämlich gezählt. Ich kann in meinem Leben keinen Großputz mehr veranstalten. Vielleicht gerade mal noch eine Laus zerdrücken. Eine Laus weniger wird jedoch nicht viel verändern. Ich werde nur das Knacken unter meinem Fingernagel hören.

»Ich werde dir von meinem Baulöwen erzählen«, sage ich zu dem Mädchen.

»Ich höre«, antwortet sie.

Masbouth war nicht so dämlich wie die anderen. Schon bei den ersten Unruhen, denen von Sétif im Jahre 1945, hatte er gemerkt, woher der Wind wehte, nämlich aus dem Norden, und er hatte den Tod seines Vaters, dessen einziger Erbe er war, dazu genutzt, den Betrieb zum Verkauf anzubieten, einen Betrieb, von dem keiner mehr wußte, wie groß er eigentlich war, man wußte nur, daß er eine Menge Geld einbrachte, ohne daß man sich allzusehr anstrengen mußte. Man brauchte nur aufs Pferd zu steigen und streng zu gucken.

Er hatte schnell einen Käufer gefunden, oder vielmehr einen ziemlichen Deppen, übrigens ein Belgier, ein dicker, kräftiger, schwitzender Bursche, der sich siebzehn Jahre später in Unterhosen auf seinem Koffer sitzend an Deck eines Schiffes mit dem Namen *Ville d'Évian* befinden würde. Er hatte den Kerl durch seinen gesamten Besitz geführt, was acht Tage in Anspruch nahm, acht Tage, deren Zauber den Käufer zutiefst beeindruckte. In jedem Dorf trafen sie auf ein neugebautes Haus, mit Frauen, die am Saubermachen waren. Zuerst begegneten ihnen ältere Frauen, dann immer jüngere, vor allem nach dem Abendessen, wenn man zu den Klängen der Bendirs die Wasserpfeife rauchte. Dann erschienen die heiratsfähigen Mädchen und Jungen, um miteinander zu tanzen und sich gegenseitig anzuschmachten, vielleicht auch um noch mehr miteinander zu treiben, wie der Hausherr gerade Lust hatte. »Aber warum wollen Sie denn verkaufen?« rief der Belgier, ein weitgereister Mann, der gerade aus dem Kongo zurückgekehrt war und sich nun im Paradies wähnte. »Ein Paradies verkauft man doch nicht!«

»Und Sie«, fragte Masbouth, »warum haben Sie den Kongo verlassen?«

»Weil, ich hatte das Gefühl, der Blick meiner Boys, jedesmal, wenn ich aus meinem Schlafzimmer kam, wo ich eine ihrer Frauen, ihrer Schwestern, ihrer Töchter beehrt hatte, bei diesen Leuten weiß man nie, die kriegen ständig Kinder, wunderbare Kinder, die in der Nacht wachsen, am nächsten Abend an der Brust liegen, und am Morgen danach ein Messer wetzen ... Äh, was hatte ich eigentlich sagen wollen?«

»Sie sprachen von ihrem Blick ... dem Blick Ihrer Boys ... daß es Ihnen schien, als fühlten Sie etwas.«

»Ja. Ganz genau. Etwas Beunruhigendes. Etwas Ähnliches wie Zorn. Etwas, das immer stärker wurde ... Haben Sie eine Ahnung von der Bantu-Frau?«

»Nein .. überhaupt nicht ... »

»Die Bantu-Frau, und das ist nicht ihr einziger und kleinster Fehler, bringt ihre Lust besonders laut und klangvoll zum Ausdruck, vor allem wenn sie noch Jungfrau ist. Sie gehört zu den lautesten Frauen Afrikas. Missionare haben es mir bestätigt. Wenn sie loslegt, hören die Männer auf den umliegenden Feldern mit der Erntearbeit auf, und ein drükkendes Schweigen, wie vor einem Gewitter, legt sich über das

Land. Und wenn man dann aus seinem Bungalow herauskommt und sie wieder zur Arbeit anhält, dann wäre es besser, kein Belgier zu sein, das kann ich Ihnen sagen!«

»Die kleine Ecke hier gehört immerhin zu Frankreich«, meinte Masbouth darauf. »Hier ist alles ruhig. Keine Spannungen. Die Männer sind sehr diskret. Man sieht sie fast nicht. Was die Frauen angeht, die sind sehr stolz, man muß sie respektieren, Respekt ist sehr wichtig für sie. Und wenn Sie das tun, mein Freund, dann können Sie, sobald die Männer weggegangen sind, und sie verschwinden oft, vor allem nachts, in mondlosen Nächten, schleichen davon wie Diebe, ohne das leiseste Geräusch ...«

»Und wohin gehen sie?«

»Sie versammeln sich in den Bergen.«

»Und was tun sie da?«

»Keine Ahnung, das ist ihr Bier. Hier kümmert sich keiner um die Angelegenheiten der anderen. Deswegen ist es so ruhig hier. Hauptsache, sie sind nicht da. Ihre Frauen sind unruhig. Können einfach nicht schlafen. Wälzen sich auf ihren verlassenen Betten hin und her. Haben Lust auf einen Besuch ...«

Zwei Monate später ist die Sache unter Dach und Fach. Masbouth ist ein reicher Mann. In einer Super Constellation schwebt er Richtung Paris. Die ahnungslosen Pariser gehen seelenruhig ihren Geschäften nach. Die Pariserinnen tragen Strümpfe. Damals war die Strumpfhose noch nicht erfunden. Eine gutaussehende Jugend genießt den Frieden. Mein Vater spielt Tennis. Wie er dumm genug war, diesem Masbouth auf den Leim zu gehen? Das ist eine einfache und zugleich scheußliche Geschichte. Masbouth war scharf auf Les Anglys. Les

Anglys, so hieß das Anwesen meines Vaters, das er während eines Walzers für eine später mißglückte Hochzeit erhalten hatte. Es war eine Ansammlung von Eichen inmitten von Ackerland, ein völlig isoliertes Grundstück mitten in einer Landschaft, in die bald die Straßenkreuzer einfielen. Man passierte ein großes Tor, und nach ein paar Metern befand man sich vor einem Herrenhaus. Die Fensterläden waren oft geschlossen. Es war zu der Zeit, als mein Vater die Kilometer auf der Suche nach einer Frau, die einmal ein schlechtes Leben geführt hatte und aus der er eine Madonna machen wollte, nur so herunterriß. Manchmal kam der Citroën wieder zurück. Mein Vater stieg aus und schüttelte den Staub ab. Neben ihm lief ein kleiner Junge, den er nicht sehen wollte. »Lauf mir nicht zwischen den Füßen rum«, sagte er. »Deine Stunde hat noch nicht geschlagen.« Der kleine Junge schlief draußen und bewachte den Garten. Er sorgte dafür, daß keiner diesem Mann Ärger machen würde, den er im Haus schluchzen hörte und den er schon jetzt liebte, obwohl er immer so schroff zu ihm war. Und dann eines Abends wurde er vom Geräusch verdächtiger Schritte aus seinem Traum aufgeschreckt. Ein Schatten näherte sich. Das war Masbouth, der seine Runden drehte. Er zog einen kleinen Notizblock aus der Tasche und notierte die Autonummer des Citroën. Dann hielt er ein Ohr gegen den Fensterladen im Erdgeschoß. Ein paar Vögel sangen schon. Gleich würde der Morgen anbrechen. Mit einem breiten Lachen auf den Lippen machte sich Masbouth wieder davon. Der kleine Junge zitterte. Ihm war kalt, er hatte Angst, und er hatte recht. Es ist immer gut, Angst zu haben. Denn immer laufen irgendwelche Arschlöcher rum. Überall kann man ihnen begegnen.

Zum Beispiel in einem Bistro in der Nähe vom Pigalle, Sie verhandeln gerade mit vier versoffenen Typen über den Preis für eine Frau, Sie glauben, Sie sind fein raus, könnten Ihr Glück bald mit Ihrer Liebsten genießen, nun, freuen Sie sich nicht zu früh: Auf der Bank genau hinter ihnen sitzt einer, einer wie Masbouth, und lacht sich ins Fäustchen. Lacht über einen Freier, der sich von vier Zuhältern reinlegen läßt. »Wo kommt denn dieser Kauz her?« fragt er sich. »So einen Arsch habe ich noch nie gesehen. Der ist ja geradezu göttlich!« Masbouth fühlte sehr rasch eine echte Begeisterung für meinen Vater. Er begann ihn zu verfolgen. Konnte ohne ihn nicht mehr leben. Und dann entdeckte er Les Anglys. Er sah, daß mein Vater ständig wegfuhr und irgendwann wieder zurückkam. Der Citroën war oft Tage und Wochen abwesend. In dieser Zeit sah Masbouth die untätige Frau um den Gärtner herumscharwenzeln. Der Gärtner war genervt und vertraute sich eines Tages meinem Vater an: »Ihre Frau läuft mir immer hinterher«, sagte er. »Das ist ein wenig lästig.« Mein Vater gab ihm den Laufpaß. Seiner Frau erklärte er: »Ich habe diesen Typen, der dich belästigt hat, gefeuert.« Sie war eine ehemalige Nutte, und es fehlte ihr an guten Manieren. Masbouth übrigens auch. In dieser Geschichte sind alle ein wenig vulgär. Außer meinem Vater, der hat Stil. Ich hatte meinen Vater gern. Schließlich muß es auch Dummköpfe geben, sonst hätten die fiesen Typen ja keine Existenzberechtigung. So weit, so gut. All das würde während meiner Abwesenheit vor sich gehen. Dabei war ich ja schon damals tot. Einer, der blind ist, ist eigentlich schon tot. Wenn er nicht mehr über die Transparenz einer Bluse sinnieren kann, dann ist es nicht mehr der Mühe wert, daß er sich weiterhin auf der Bühne herumtreibt.

Nicht mehr der Mühe wert, daß er einem zwischen den Beinen herumläuft, wenn er sie doch nicht mehr genießen kann. Mit den Händen ist es etwas anderes. Meine Anwältin läßt zu, daß ich sie berühre, aber ich habe es nie gerne im Dunkeln getrieben. Mir fehlte dann das Vertrauen. Ich hatte immer Angst vor der Dunkelheit. Angst, den Kern der Sache nicht zu finden. Angst, an meinem Grabstein zu kratzen. Und zwar von unten. Und daß niemand mich dabei hört. Vielleicht wäre es besser, mich gleich ganz hineinzustoßen. Dann werde ich zerquetscht und Schluß aus vorbei. Ein kleiner Schlag mit dem Scheuertuch, und wir reden nicht mehr drüber. So verläuft es zumindest in den seriösen Etablissements. Ich glaube, Sie haben verstanden: Man hat mir eine lebenslange Freiheitsstrafe aufgebrummt. Keiner kam, um mir Beistand zu leisten, außer meinem Vater, der heute ein Penner ist. Wenn er mich im Gefängnis besucht hat, brauchte ich nur seine Stimme zu hören, und ich schämte mich schon, ich sagte zu ihm, Papa, ich mochte dich gern, als du noch eine große Klappe hattest, aber ich will keinen Vater im Miniaturformat. Das hat ihn verletzt, diesen Schweinekerl, der ein Arschloch nicht von einem Heiligen unterscheiden konnte. Es ist aber nicht das gleiche. Ich habe nie jemanden getötet, sagte er. Doch, du hast ein Kind getötet, antwortete ich ihm. Nun haben Sie einen kleinen Eindruck von der Atmosphäre bekommen, in der ich aufgewachsen bin. Ich wette, Sie finden das alles deprimierend. Sie wollen lieber hören, wie es mit Masbouth weitergegangen ist. Gut, okay. Aber wirklich nur, weil Sie es sind.

Nun war es nicht etwa so, daß Masbouth, als das Fahrwerk der Super Constellation mit dem Boden der Metropole in Berührung kam, schon der König aller Arschlöcher gewesen wäre. Diesen Titel bekam er erst später. Gewiß, die Berufung zum Arschloch schlummerte in ihm, aber haben wir nicht alle unsere geheimen Neigungen und Berufungen, ohne daß auch nur ein Bruchteil von ihnen verwirklicht würde? Man muß seinem Glück immer ein wenig auf die Sprünge helfen. Seine Chance im Flug ergreifen. Sich für die großen Aufgaben bereit halten.

Bei Masbouth war die Begegnung mit meinem Vater der Auslöser. Mein Vater war für ihn eine echte Fundgrube. In ihm lagerten Schätze, die er noch nicht zu benennen wußte, aber was er wußte, war, daß sie unerschöpflich waren. Man brauchte nur zuzugreifen. Es war schwindelerregend. »Einen Kerl wie den darf man sich nicht entgehen lassen«, sagte er sich. »Der ist einfach zu schön. Ein Diamant.« Und er begann ihm zu folgen, wie man einer Ader im Bergwerk folgt. Überallhin folgte er ihm. Zum Restaurant Marius, wohin ihn die Kuppler mitgeschleppt hatten. Zum Hotel Colibri, wo ihn diese Frau erwartete. Welche Frau? Der war so besoffen, daß er sich nicht einmal mehr an ihren Namen erinnerte. Er hatte einen dicken Scheck für sie ausgestellt, aber er wußte nichts mehr davon, hatte keine Ahnung mehr, wem er damit wieviel gezahlt hatte. Die Kerle hatten ihm die Hand geführt, damit er noch ein paar Nullen hinzufügte. In der Straße wäre er mehrmals beinahe mit dem Kopf aufs Trottoir gefallen, die Zuhälter hatten allmählich genug, »du bist vielleicht schwer«, sagten sie, »du gehst uns auf den Zeiger!«

»Will meine Frau sehen!« schrie mein Vater zurück, und konnte gerade noch das Essen zurückhalten, das ihm aus dem Mund fallen wollte.

Vor dem Hotel blieben sie entmutigt stehen: Der würde es nie bis zur sechsten Etage schaffen. Wäre da nicht der zuvorkommende Masbouth aus dem Dunkel der Nacht aufgetaucht und hätte seine Dienste angeboten: »Ich kümmere mich um ihn, er ist ein Kumpel von mir, ein ehemaliger Schulkamerad!« Und schon stand er da, mit meinem Vater im Arm, einem sehr unsicheren Kavalier. Auf der Treppe lag, zum Glück, ein kotzefarbener Teppichboden. Und Masbouth trug einen langen Regenmantel, der ihn vor Schmutzspritzern schützte. Als sie die Treppe hochzusteigen begannen, war es zehn Minuten nach Mitternacht, aber erst um drei Uhr morgens kamen sie in der sechsten Etage an. Als die Frau die Tür öffnete, ließ Masbouth meinen Vater los, der sofort neben dem Bidet zu Boden glitt. »Darf ich vorstellen, dein Mann«, sagte er.

»Mein Liebling!« antwortete die Frau und beschmierte ihn mit einem Schwall von Lippenstiftküssen.

»Aber doch nicht ich, er ist es!« stotterte Masbouth und

spuckte heftig die überzählige Zunge aus seinem Mund. Er zeigte mit dem Finger auf den am Boden liegenden Mann. »Ah, gut«, sagte die Frau. Das war ihr ganzer Kommentar. Sie hieß Rosita. Damals war sie noch nicht zum Himmel aufgestiegen. Sie verstand nicht ganz, was da vor sich ging, aber man hörte ihr Herz schlagen, vor allem nachts, wenn die Metro nicht fuhr. Ich hörte es jedenfalls, ihr Herz. Das macht Krach, so ein Nuttenherz. Das macht Krach in aller Stille.

Dann zogen die beiden meinen armen, total besoffenen Vater aus und hievten ihn aufs Bett. Er wollte nicht recht. »Die Pflicht ruft«, sagte Masbouth, und Rosita ging ans Werk. Sie hatte einen dicken Arsch. Es gibt Männer, die mögen das. Masbouth machte es aber nicht an. Er ging zum Fenster und betrachtete Paris. Manche Viertel entsprachen überhaupt nicht dem, was er sich darunter vorgestellt hatte. Aber die Stadt gefiel ihm. Er fühlte sich am Pulsschlag der Welt. Hinter sich hörte er, wie Rosita gerade dabei war, abzuheben. Er hatte gar nicht gewußt, daß eine Nutte sich selbst auch beglückt. Er drehte sich um, um dieser Sache zuzusehen, die so viele andere in Frage stellte. Sie war mittendrin. Hatte jenen Moment erreicht, an dem man genau spürt, es kommt, und nichts auf der Welt, nicht einmal der Tod, wird einen daran hindern, davon überwältigt zu werden. Rositas Orgasmus. Sie konnte es selbst gar nicht fassen, zumal mein Vater nicht einmal ein Lid gehoben hatte, er schlief nämlich weiter wie ein Stein. Rosita fühlte sich schwach werden. Sie ging einen Zahnputzbecher holen und schenkte sich zwei Fingerbreit Portwein ein. Ihre Wangen waren feuerrot. Sie warf einen Blick aufs Bett. Mein Vater lag immer noch darauf. Mit gekreuzten Armen. Und schnarchte. Sein Gesichtsausdruck erinnerte an den eines Weisen. »Ich muß ihn fertigmachen«, sagte Rosita, »er trickst uns immer noch aus.« Aber Masbouth hielt sie zurück. »Verdirb ihm seinen Traum nicht«, sagte er.

Schweigen. Die Nutte blickte Masbouth an. »Wovon wird der schon träumen!« sagte sie.

Masbouth wußte auch nicht recht. Er würde aber schon was finden. Genau in diesem Moment fing er an, sich in den fiesen Kerl zu verwandeln, der er später sein würde. »Vielleicht träumt er von einem Kind«, sagte er. »Von dem Kind, das er einmal haben wird ...«

Rosita war ganz durcheinander: »Mit mir?«

»Warum nicht?«

»Bin ich nicht ein bißchen zu alt ...«

»Aber nein, gar nicht! Du solltest nur ein bißchen Gymnastik machen!«

Rosita fing an zu weinen. Ihr altes Gesicht, das sie auf jung geschminkt hatte, sah dadurch noch älter aus. Und doch gab es unter den Tränen, die sie jetzt vergoß, noch einige, die sie vom Tag ihrer Erstkommunion aufbewahrt hatte. Weil ihr Vater sie damals für eine Braut gehalten hatte.

»Mußt nicht traurig sein«, sagte Masbouth. Und um sie zu trösten, steckte er seinen Schwanz in ihre Möse. Dieser Riesenschweinehund.

Ich hätte nichts dagegen gehabt, der Sohn dieser Frau zu sein. Der Sohn einer echten Nutte zu sein. Mir hätte es gefallen, daß die Kerle meine Mutter ficken.

Stimmt schon, so eine Nutte, die hat nicht viel Zeit, sich um ein Kind zu kümmern, aber wenn sie dann an ihrem freien Tag, normalerweise der Sonntag, in ihrem schönen geblümten Kleid kommt, um ihn bei der Amme in der Nähe von Montargis abzuholen, dann versichere ich Ihnen, daß an diesem Tag in den Augen des Jungen die Sonne ihren ganzen Glanz entfaltet. Selbst wenn es regnet. Und es regnet oft sonntags. Vor allem in der Gegend um Montargis. Ich hätte als Beispiel auch Coulommiers nehmen können, denn dort hätte es auch geregnet. Wenn ein Kind traurig ist, hat es nämlich immer die Vorstellung von Regen im Kopf. Wie schön wäre es, wenn es sich seine Familie selbst aussuchen könnte! Das war damals aber noch ganz undenkbar. Heute im übrigen auch, trotz der gewaltigen Fortschritte. Das heißt, es gibt dennoch immer ein paar Glückspilze, die das große Los ziehen. Schauen Sie zum Beispiel dieser Masbouth: Dieser Typ trifft auf den grandiosesten Idioten, den man sich überhaupt vorstellen kann, meinen Vater ... Sagen Sie bloß nicht, das sei kein Glücksfall gewesen! Können Sie sich vorstellen, was mit ihm passiert wäre, wenn er anstelle meines Vaters, diesem unglaublichen, absoluten, geradezu berauschend blöden Idioten einem Blödmann mit Überzeugungen begegnet wäre, einem bescheuerten Fanatiker, der ihn zu Meetings mitgeschleppt, mit ihm Demonstrationszüge angeführt, ihm seine Knete aus der Tasche gezogen hätte, um Flugblätter drucken zu lassen, und ihn dann noch in einen Prozeß hineingezogen hätte? Wer hätte sie dann wohl gebaut, diese wunderbaren Vorstädte, den ganzen Stolz unseres Landes?

Masbouth oder die Berufung zum Erbauer. Die Leidenschaft für Beton. Geweckt wurde sie, als er Les Anglys sah. Ackerland, so weit das Auge reichte, wasserdurchtränktes Ackerland umgab dieses Anwesen Les Anglys. Das sieht düster aus, so ein Ackerland, sagte sich Masbouth und zog den Kragen seiner Joppe höher. Das Gelände ist einfach zu frei. Da kann man sich ja eine verirrte Kugel einfangen. Wenn aber überall Häuser stehen würden, könnte man von Haus zu Haus vorrücken und den Widerstand leicht brechen. Wenn überhaupt einer dann noch Widerstand leisten will, was wenig wahrscheinlich scheint. Wenn man ihnen anständige Wohnungen anbieten würde, mit Grünflächen anstelle des Schlamms, wogegen sollten sich die Leute dann auflehnen? Die Stadt aufs Land bringen, das ist die große Idee. Und Masbouth beobachtete fasziniert, wie der Citroën morgens in Abfahrt- und abends in Ankunftsrichtung vorüberfuhr, mit immer dem gleichen Fahrer am Steuer, meinem Vater, der geradezu mit seiner Maschine zu verschmelzen schien. Was habe ich überhaupt hier verloren? Warum beobachte ich die ganze Zeit dieses schwarze Auto? fragte sich Masbouth, der sich, auch wenn es ihm Spaß machte, die Beute eines Wahns,

Opfer eines Banns zu sein, völlig darüber im klaren war, daß der behandschuhte Mann am Steuer seines Fahrzeugs Macht über ihn hatte. Ich muß mich diesem Teufel entziehen, mich aus seinen Fängen befreien, das Leben aus einem anderen Winkel in Angriff nehmen.

Er versucht alles mögliche, um dem unwiderstehlichen Appell zu entgehen: Frauen, Spielen, Reisen, unkontrolliertes Geldausgeben. Überall geht er den Leuten auf die Nerven. Auf Capri, auf Bali, in Miami. Die Abwesenheit meines Vaters tut weh, ihm ist, als habe man ihm eine Rippe herausgerissen. Er fragt sich, warum er ihn nicht mitgenommen hat. Es wäre einfach zu schön, zusammen hier zu sein …

Dummköpfe findet man überall, die Spezies ist sehr verbreitet. Masbouth versucht zwar, ein paar Beziehungen zu knüpfen, eine Erbin reizt ihn, aber er ist mit dem Herzen nicht dabei, der großartigste aller Idioten ist wie eine Droge, und Masbouth ist auf Entzug. Überstürzt reist er wieder heim, zurück zu den riesigen Ackerflächen mit den das Haus schützend umstehenden Eichen, dieses Haus, in das er, kaum daß der Citroën das Feld geräumt hat, das heißt jeden Tag, hineinschleicht, nur um diese Frau, Rosita irgendwas, zu beobachten und sich genüßlich zu fragen, wie man so blöd sein kann, sich in die zu verlieben, vor allem, nachdem man eine so exorbitante Summe für sie bezahlt hat.

Eines Tages schleppt er einen Maler an, der ihr Porträt malen soll. Als sie das fertige Bild sieht, will sie Selbstmord begehen. Masbouth kann sie gerade noch retten. Auch ein Maler kann einem weh tun. Er sagt: »Ich komme morgen wieder und versuche es dann mit einem Aquarell.«

Der Maler kommt jeden Tag. Masbouth stellt sich hinter ihn und überwacht jedes Detail. Er führt ihm die Hand, korrigiert Rositas Pose, dämpft das Tageslicht, berichtigt mit einem kleinen Spiegel, und zwar von einer Puderdose, die Knitterfalten eines Lakens, schlägt vor, noch einen Sonnenstrahl auf dem Mund zu plazieren und damit, vielleicht, die Illusion von Glück hervorzurufen, in diesem Fall würde man das Bild *Die Frau mit der Puderdose* nennen …

Was ist mit Masbouth auf einmal los? Welche plötzliche Leidenschaft vermag ihn zu jener jungen Frau zu führen, in die er nicht einmal verliebt ist? Ist es die Lust am künstlerischen Schaffen oder die an der Zerstörung? Sind wir Zeugen des infamsten Gelächters, das man sich vorstellen kann, das des fiesen Typen schlechthin, wenn er feststellt, daß er wie eine ansteckende Krankheit ist, daß alles, was er anfaßt, mit Syphilis endet, einschließlich der Träume eines Kindes, das noch nicht geboren ist? Das weder Mutter noch Vater hat, gerade nur ein paar vage Pläne … Und die tausendfach verlorene, tausendmal geopferte Rosita, warum gibt sie ausgerechnet vor diesem Maler und diesem Rüpel von Masbouth ihr Geheimnis preis, das Geheimnis, meinen Vater zu lieben und vor Liebe zu ihm zu zittern? … So viele Fragen, die ohne Antwort bleiben müssen. Manche Museumswärter in Amsterdam erzählen die Geschichte vom Porträt einer Unbekannten, wahrscheinlich von einer Prostituierten, die den ganzen langen Tag den Besuchern zulächelt und abends, wenn das Museum geschlossen wird, ihren ganzen Kummer hervorbrechen läßt. Achtung: Wir sind gerade dabei, auf den gespenstischen Ebenen des künstlerischen Schaffens Fuß zu fassen. Dort, wo die Riesen vor Verzweiflung sterben und die

Zwerge in Saus und Braus leben. Und wo Mittelsmänner und Spekulanten quicklebendig herumlaufen. Als der Mann mit dem undefinierbar eleganten Äußeren zum ersten Mal an der Tür klingelte, kannte ihn keiner, weder Masbouth noch der Maler. »Ich komme, um mir das Porträt anzusehen«, sagte der Unbekannte und stieg direkt in die erste Etage, ins Schlafzimmer, wo Rosita Modell saß. Er hatte ja keine Ahnung von den verzweifelten Versuchen des Malers, Rositas verborgene Schönheit einzufangen (der Boden war mit Skizzen übersät, manche waren zornerfüllt mit Füßen getreten worden). Er kauerte sich vor dem Modell nieder, um mit Hilfe einer Lupe, wie Miniaturenmaler sie benutzen, sein Gesicht zu studieren. »Man muß sie nachts malen«, sagte er.

»Ja, aber nachts ist ihr Mann da!« antwortete Masbouth.

»Dann lassen wir ihn einfach verreisen«, sagte der Mann mit dem undefinierbar eleganten Äußeren. »Währenddessen können wir in Ruhe arbeiten. Seien Sie so lieb und bieten Sie mir ein kleines Glas Bordeaux an. Ich nehme es gerne.«

Und so kam es, daß mein Vater, ohne recht eigentlich zu wissen, warum, und wir im übrigen auch nicht, sich eines Tages im Auto auf der Straße wiederfand, mit einer gepfefferten Wegbeschreibung, um sich, da gab es für ihn keinen Zweifel, zum Rendezvous seines Lebens zu begeben.

Die Einzelheiten, über die wir von jetzt an verfügen, werden uns, fürchte ich, nicht erlauben, Ihre berechtigten Erwartungen zu erfüllen und alle noch offenen Fragen zu der geheimnisvollen Person Baudouin Treuttel zu erhellen. Seine Tagebuchaufzeichnungen werden plötzlich lückenhaft, seine Schrift verliert die Form, wir befinden uns in Gegenwart eines Menschen, der all seine Erinnerungen in die Luft wirft und sich die Ohren zuhält, während er darauf wartet, daß sie wieder runterfallen. Etwas muß im geheimen Innern des Gefängnisses passiert sein, das den Lauf seines Denkens gestört hat. Einige Mithäftlinge berichten davon, daß ein Maler ihm angeblich einen Besuch abgestattet hat … Ein Maler? Sie fragten sich, was der von ihm wollen könnte … Egal. Jetzt ist Treuttel tot, er hat seine gerechte Strafe bekommen, und ich werde mein Leben sicher nicht dem Studium seiner wenig erbaulichen Persönlichkeit widmen. Es ist schon eine Ewigkeit her, seit ich bei mir zu Hause, bei meinem Mann und meinen Kindern war. Ich hoffe, mein nächster Auftrag wird etwas weniger traumatisch sein. Erst seit zwei Tagen wache ich nachts nicht mehr schreiend auf.

Treuttels Tagebuch

Folgendes hat man auf seiner letzten Diskette gefunden:

Ich bin der Fahrer des Trans-Europ-Express Paris-Amsterdam via Brüssel, der am Gare du Nord um einundzwanzig Uhr fünfzehn abfährt. Es ist dreiundzwanzig Uhr und zwei Minuten, und wir nähern uns dem Ort X. Er liegt zwölf Kilometer hinter dem Bois de la Lanière. Ein beschrankter Bahnübergang, der ganz mit Glatteis überzogen ist. Ich beginne die Geschwindigkeit zu drosseln. Heute morgen war eine Frau zu mir gekommen. Sie fragte mich, ob ich irgendein Interesse daran hätte, fünf Millionen Francs zu verdienen. Ich müsse dafür nur einen Zug anhalten, um zwei Männer einsteigen zu lassen. »Und woran erkenne ich die beiden?« fragte ich sie.

»Einer von ihnen ist immer sehr elegant angezogen«, sagte sie.

»Welche Art von Eleganz?« fragte ich.

»Eine undefinierbare Eleganz«, antwortete sie.

Sie war eine Frau von Welt. Meine kleine Bude war bald ganz erfüllt von ihrem Parfum.

»Was verstehen Sie«, fragte ich, »unter undefinierbare Eleganz?«

»Nun, wie das Wort schon sagt«, antwortet sie, »sie ist einfach undefinierbar. Wenn Sie ihn sehen, werden Sie sich ganz verwirrt fühlen.«

Eigentlich verstand ich nur Bahnhof. Ich habe dann zur vereinbarten Zeit zwei Gestalten im Schnee herumstapfen gesehen, das war alles. Jetzt muß ich die drei Minuten Verspätung aufholen. Hinter Mons werde ich auf die Tube drükken.

Noch ganz außer Atem vom Laufen und Sich-Hochhieven, haben die beiden Männer im Speisewagen Platz genommen. Als man ihnen eine Flasche Saint-Émilion zur Lammkeule empfiehlt, antworten sie mit ja. Die Gäste um sie herum sind schon beim Digestif angelangt. Männer. Ausschließlich Männer. Der Mann mit dem undefinierbar eleganten Äußeren ging zu jedem von ihnen, und ganz zwanglos schüttelte er ihnen die Hand, so wie man es mit Kollegen macht, die man jeden Tag sieht. Mein Vater war ein wenig verlegen und bedachte das schmalzige Lächeln, das man in seine Richtung schickte, mit einem schnellen Kopfnicken.

»Wer sind denn all diese Leute?« fragte er den Unbekannten.

»Liebhaber, wie Sie und ich.«

»Liebhaber von was?«

»Kunst, mein lieber Freund ... Kunst ... Mit einem dicken Fisch in Aussicht, denken Sie nur, wenn die alle draufl osstürzen ...«

»Sie sehen aber ganz ruhig aus ...«

»Gerade bei ruhigen Leuten sollten Sie mißtrauisch sein.

Ruhe ist das, was am meisten dem Tod ähnelt. Haben Sie Ihr Scheckheft?«

»Ich habe es griffbereit.«

»Stellen Sie mir keine Fragen, nicht eine einzige.«

»Wie alt ist das Fräulein?«

»Ich habe gesagt, *keinerlei Fragen*!«

Mein Vater war in Sachen Poesie noch immer nicht über den Startblock hinausgekommen. Wie viele Fehlstarts und falsche Gefühle, für nichts und wieder nichts. Manchmal waren die Startblocks direkt vor einer Mauer plaziert: Mein Vater stürmte garantiert dagegen. Standen sie vor einer Pfütze mit Scheiße: Mein Vater stürzte sich in die Scheiße.

»Ich kann dich nicht sehen, aber riechen: du stinkst«, sagte ich ihm, wenn er mich im Gefängnis besuchen kam. »Du riechst nach Landserkotze.«

»Ich hatte eine alte Orange in meiner Tasche, sie ist ganz faul geworden.«

»Warum hast du sie denn so lange behalten?«

»Weil ich sie einer Frau schenken wollte. Einer Frau, die Durst hat ... Warum sollte man keine Frau kennenlernen, nur weil man auf der Straße schläft? ... Eine Frau, die ihre Lust zu heulen gern mit einem Mann teilen würde! He? Warum sollte es das nicht geben?«

»Das gibt's nicht, Papa. Ich bin sicher, daß es das nicht gibt.«

»Mein Schatz ...«

»Ja, Papa ...«

»Klingt das nicht blöd, wenn ich dich mein Schatz nenne?«

»Keine Sorge, Papa. Ich schwöre dir, es klingt nicht blöd. Was wolltest du mir denn sagen?«

»Ich wollte dir von meinen Augen erzählen ...«

»Ja. Was ist denn mit deinen Augen?«

»Ich möchte sie dir so gerne schenken ...«

»Man darf Kinder nicht zu sehr verwöhnen«, sagte ich. »Nachher ist ihnen alles schnuppe. Sie werden im Leben nur Probleme haben, sich nie anpassen können.«

»Glaubst du wirklich?«

»Ehrenwort.«

»Hast du es denn amüsant gefunden, all diese Frauen abzumurksen?«

»Ja, denn ich hatte auch gute Momente dabei.«

»Ich auch, ich hatte auch gute Momente.«

»Mit Mama?«

Die erbärmliche Aussage. Mein Vater schleppt sich zum Zeugenstand wie ein alter Clochard, dem man mehrere Male eins übergezogen hat. Als er bei seiner Ehre schwört, könnte man meinen, er würde sich für einen Kreuzzug rüsten. »Nein«, sagt er, »ich habe nie etwas bemerkt. Nur im Leichenschauhaus. Da mußte ich hin, um den Körper zu identifizieren. Obwohl, das ist ein sehr großes Wort. Wie wollen Sie einen Körper identifizieren, den Sie nie gesehen haben? Es war das erste Mal, daß ich sie ganz nackt sah. ›Nein‹, sagte ich zu dem Angestellten, ›ich erkenne den Körper nicht.‹

›Erkennen Sie dann wenigstens das Gesicht?‹

›Ja, das ist das Gesicht meiner Frau.‹

›Hat Ihre Frau ein Glied?‹

›Den Herrn kenne ich nicht.‹«

Mir fehlt die Kraft, um Ihnen alles weitere zu erzählen. Heute morgen kam ein Maler zu mir. »Ich muß Ihr Porträt malen«, sagte er. Ich mochte seine Stimme nicht. Man hätte sie mit dem Messer malen müssen, um einen Eindruck von ihr zu geben. »Folgen Sie mir in den großen Wandelgang«, sagte er. Ich lehnte es ab, der Aufforderung nachzukommen. Da hoben mich zwei Gefangenenaufseher vom Boden auf und scheuchten mich die sechs Stockwerke hinunter. »Legen Sie sich auf den Boden«, sagte der Maler. »Nicht so. Auf den Bauch. Mit der Wange gegen die Fliesen. Jetzt bleiben Sie ganz ruhig liegen, ich suche den geeigneten Winkel. So. Jetzt können wir die Stelle markieren, an der der Körper liegt. Das Bild heißt *Zerdrückte Laus*. Es wird eine Menge Knete bringen. Sie können schon einmal Kalbshirn besorgen.«

Es gibt Momente, da fühlt man sich wie ein Nichts.

»Wie viele Sitzungen brauchen Sie?« fragte ich den Maler.

»Das hängt ganz von Ihrer Gelehrigkeit ab«, antwortete er. »Normalerweise brauche ich zwölf.«

Nie werde ich Zeit genug haben, meinen Bericht zu beenden. Ich will versuchen, es kurz zu machen. Mein Vater und der Mann mit der undefinierbaren Eleganz steigen am Bahnhof Brüssel-Midi aus dem Trans-Europ. Ein Auto erwartet sie und bringt sie bis zu der Stelle, wo die Straßen zu schmal und vor allem zu frequentiert sind, als daß man dort noch fahren könnte. Sie setzen ihren Weg zu Fuß fort. Menschenmenge. Ungewohnte Atmosphäre. Lüsterne Alte. Der Mann mit dem undefinierbar eleganten Äußeren entwickelt eine ungeheure Geschicklichkeit, sich durch die Menschenmassen zu schlängeln. Mein Vater hat Mühe, ihm zu folgen. Hinter den beiden bemühen sich auch ein paar Reisende aus dem Speisewagen, nicht abgehängt zu werden. Frittenverkäufer. Akkordeon. Sie kommen zu einem Menschenauflauf. Sind gezwungen, stehenzubleiben. Massenhaft Männer vor einem Schaufenster. Darin thront ein Bild. Zugegeben, dafür hat es sich gelohnt, einen Umweg zu machen. Es zeigt eine *Hélène bei ihrer Toilette,* mit Anstandsdame und altem Gockel, und das Ganze ist von einem ungeheuren Realismus; man kann sogar sehen, wie vom Rücken des Mädchens Wasser aus einem Schwamm hinunterläuft. »Zweihundert Millionen zum ersten!« trompetet der Auktionator, der auf einem Tisch stehend die Versteigerung eröffnet. Zugleich läßt Hélène, nun ganz schamhaft, den Schwamm in ihrer Pogegend kreisen. »Zweihundert Millionen zum zweiten!«

»Dreihundert Millionen!« ruft mein Vater und sorgt damit für eine Sensation (Hélène hat sich dabei übrigens mit hoffnungsvollem Blick umgedreht …)

»Dreihundertfünfzig«, legt ein anderer nach.

Plötzlich spielen alle verrückt, jeder drängelt sich vor zum Schaufenster, ein Mann aus dem Ordnungsdienst muß eingreifen, es kommt zu einer kleinen Schlägerei, Hélène versteckt sich hinter einem Morgenrock …

»Glückwunsch«, sagt der Mann mit der undefinierbaren Eleganz zu meinem Vater und zieht ihn unter einen gewölbten Portalvorbau. »Sie haben die kleinen Fische kaltgestellt. Währenddessen können wir uns in Ruhe mit dem seltenen Vöglein beschäftigen. Ich habe mir erlaubt, eine Option in Ihrem Namen zu besorgen …«

Mein Vater bedankt sich. Sie gehen eine Treppe hoch. Knarrende Holzstufen, ein paar asthmatisch flackernde Glühbirnen …

Alles spielt sich in der obersten Etage ab, da, wo die bretonischen Dienstmädchen ihre Hände zum Abendgebet falten. Ein Gang und viele Türen. Der Mann mit dem undefinierbar eleganten Äußeren bleibt vor der Tür Nummer 22 stehen. Er klopft. Wartet. Geräusch von sich nähernden Pantoffeln. Ein Schlüssel dreht sich im Schlüsselloch. Die Tür wird halb geöffnet. In der halb offenen Tür schaut sie das alte Luder an. »Es ist etwas spät«, sagt sie.

»Wir haben ein hübsches Sümmchen mit«, sagt der Mann mit der undefinierbaren Eleganz.

»Kommen Sie rein«, sagt die Alte.

Sie treten ein. Genauer gesagt, mein Vater tritt ein, soweit man zu diesem Zeitpunkt und an diesem Ort der Handlung überhaupt von eintreten reden kann, vielleicht wäre taumeln angebrachter. Der andere scheint das Haus zu kennen. Er sitzt schon auf seinem Sitzkissen und gießt sich ein Glas Wermut ein.

Wir befinden uns in einem Boudoir mikroskopischer Größe, aber groß genug, um darin den Verstand zu verlieren. Das muß dem armen Typen passiert sein, der zusammengekrümmt auf dem Boden liegt, mit klebrigen Haaren und einem Revolver in der Hand. Seine Augen schauen in ein Land, das uns unbekannt ist.

»Monsieur erlauben, daß ich Sie inspiziere?« fragt das alte Miststück und streckt ihre geübten Hände nach dem Hosenschlitz meines Vaters aus.

Der läßt an sich herumfummeln. Wenn er einmal in einer Sache drin ist, zieht er sie bis zum Ende durch, mein Vater sagt niemals »halt«. Die gekrümmten Finger der Alten holen sein Instrument heraus. Es ist ganz steif. Die Alte nimmt ihr Gebiß aus dem Mund. Mein Vater betrachtet den roten Vorhang, dahinter ist ein Bild zu erahnen.

»Achten Sie vor allem darauf, daß sie keinen Orgasmus haben«, sagt der Mann mit der undefinierbaren Eleganz.

»Ja, aber sie bläst so gut!« antwortet mein Vater und verdreht die Augen.

»Sie wird nicht lange blasen« sagt der andere, zieht eine kleinkalibrige Waffe heraus und streckt damit das alte Miststück nieder! Schritte im Treppenhaus! Leute rasen die Stufen hoch!

»Die Polizei?« fragt mein Vater und macht seine Hose zu.

»Viel schlimmer als die Polizei!« antwortet der andere und enthüllt das Bild.

Und enthüllt das Bild.

Das heißt, er reißt den roten Vorhang zur Seite, so als würde er einer Frau ihr Kleid vom Leib reißen.

Eine unerhörte Gewalt liegt in dieser Geste.

Dann Schweigen, bei dem einem der Atem stockt.

Die Schönheit schaut uns an.

Beschreibung des Bildes.

Das Bild heißt *Fieber.*

Es zeigt bei Kerzenschein ein Bett und im Hintergrund eine halboffene Tür, für den Fall, daß man Hilfe braucht.

Das Alter des Mädchens interessiert keinen, was zählt, ist die Bewegtheit, die es auslöst, und Sie können sich vorstellen, wie sehr bewegt ich war, denn es handelt sich um niemand anderen als um meine Mutter, die im Tiefschlaf in ihrem weißen Pyjama überrascht wurde. Kaum dem Jugendalter entwachsen, trug sie schon einen weißen Pyjama, er war zwar nicht aus Seide, das ist der einzige Unterschied zu später, aber er fiel stark auf, er knallte einem geradezu in die Augen, mehr noch in die meinen als in die meines Vaters, und dabei schlummerte ich noch in seinen Eiern.

Das Mädchen hieß Cora.

Cora, das war auch der Name meiner Mutter.

Ich habe sie aber immer Mama genannt, weil ich finde, Cora klingt so vulgär.

Und ich habe alle anderen, die nicht Mama hießen, umgebracht.

Die einzige, die ich nicht getötet habe, die hat mich den Bullen ausgeliefert, aber ich bin ihr deswegen nicht böse, das einzige, was ich ihr vorwerfe, ist, daß sie zu spät kam und daß sie mich glauben ließ, sie würde unser Kind behalten, dabei war es geschwindelt, und selbst wenn sie das Kind behalten hätte, hätte sie es der Fürsorge übergeben.

Dieses Luder.

Sandrine hieß sie.

Ich erinnere mich an ihre Brüste, sie hätten mich retten können.

Ich erinnere mich noch an vieles andere.

Zum Beispiel an Mathilde.

Mathilde, so hieß unser Dienstmädchen. Sie diente zu allem möglichen. Selbst dazu, mich in ihrem Bauch zu tragen. Da sie aber so kräftig war, bemerkte man es kaum. Um es zu bemerken, hätte man sie nämlich lieben müssen. Dann hätte man zwischen ihren Speckfalten meine kleinen Fäuste spüren können.

Alle beide waren sie auf dem Bild, meine wirkliche Mutter und meine falsche, Sie können sich vorstellen, wie intensiv die Wirkung dieser Szene für mich war.

»Ihr Bande von Dummköpfen!« schrie die dicke Mathilde, die den Auftrag hatte, die fiebernde Kleine zu trösten. Sie hatte auf dem Stuhl vor sich hin gedöst und die Hand des Kindes gehalten. »Sehen Sie nicht, daß dieses Kind krank ist?«

Aber die Geschichte nahm ihren Lauf ... Unter den heftigen Stößen der anrückenden Sammler drohte die Tür nachzugeben. »Los, vorwärts!« befahl der Mann mit dem undefinierbar eleganten Äußeren. Und in einer Bewegung, die meine künftigen Eltern und deren Dienstmädchen umfaßte, zog er uns alle hin zu der Tür, die im Hintergrund des Bettes abgebildet war und direkt in meine Kindheit führte.

Flucht. Kopflose Flucht in die Menge, in die Straßen, in die Nacht.

Hinter uns die gierigen Sammler, die »Hilfe« rufen, »ein Dieb, ein Kindesentführer«.

Cora strauchelt, Cora verletzt sich, ihr Knie blutet. Mein Vater, als guter Sportler, nimmt sie in seine Arme und trägt sie. Biedere Bürger schreiten ein, umzingeln den Kidnapper. Mein Vater befreit sich, nichts kann ihn aufhalten. Cora klammert sich an ihn, sie weint und fleht: »Bringen Sie mich weg von hier, weg von diesen Alten! Ich will diese Alten nicht mehr sehen!«

»Sie meint ihre Eltern«, erklärt der seltsame Unbekannte, dessen undefinierbare Eleganz unter der Verfolgungsjagd nicht gelitten hat.

»In meinen Armen hast du nichts zu befürchten«, sagt

mein Vater zu Cora. »Bei mir wirst du nie etwas zu befürchten haben.«

Und genau in diesem Moment kreuzen die Bullen auf. Ein schöner kleiner Hinterhalt! Belgische Bullen, aber immerhin. Mißtrauische Miene meines Vaters. Zum ersten Mal in seinem Leben hält man ihm einen Revolver unter die Nase. Cora drückt ihren Kopf an seinen Hals. »Nicht die Alten«, murmelt sie.

»Ich muß Sie bitten, mir die Eigentumsurkunde zu zeigen«, erklärt der Bullen-Chef.

»Was für eine Urkunde?« fragt mein Vater.

»Die Eigentumsurkunde.«

»Was für ein Eigentum?«

Der Bulle wird langsam ungeduldig: »Sie haben doch wohl gerade ein junges Mädchen im Arm, oder?«

»Ja!«

»Und Sie laufen mit ihr durch die verschlafene Stadt.«

»Die Stadt ist überhaupt nicht verschlafen!«

»Lassen Sie das mal mein Problem sein! Ich sorge jedenfalls für ihren Schlaf, und ich sorge auch für die jungen Mädchen und ihre Entführer! Und ich kann Ihnen außerdem eine verpassen.«

»Eine was?«

»Eine in die Fresse!«

»Da bin ich aber gespannt!«

Der Bulle klebt ihm eine. »Na, was halten Sie davon?«

»Ich werde diese junge Dame nicht loslassen.«

»Was gedenken Sie mit ihr zu tun?«

»Ich werde sie der Habgier der Spekulanten entziehen.«

»Welche Spekulanten? Wo sehen Sie denn Spekulanten?«

Mein Vater schaut in alle Richtungen. Die Straße ist völlig leer. Alle Fenster dunkel. Nicht einmal eine Katze streunt herum.

MEIN VATER: »Die Stadt ist verschlafen ...«

DER BULLE: »Was hatte ich Ihnen gesagt?«

Moment der Spannung zwischen den beiden Männern. Keiner rührt sich. Eine traurige Melodie ist zu hören. Der Bogen eines Kontrabasses. Etwas à la Rabbath. Und in den Augen des Bullen glimmt ein leises Feuer. Er kommt näher an Cora heran: »Wo wohnen denn deine Alten?«

Sie drückt sich an meinen Vater. »Ich bleibe bei Monsieur.«

»Monsieur wer?«

»Ich weiß nicht, wie er heißt, aber ich weiß, daß er gut ist!«

Wieder ein Moment der Spannung. Der Bulle turnt um meinen Vater herum und untersucht seine Birne Millimeter um Millimeter.

MEIN VATER: »Was ist mit meinem Kopf?«

DER BULLE: »Ihr Kopf ist der eines netten Typen. Wenn ich so einen sehe, bin ich ganz fasziniert. Das ist eher selten in meinem Beruf.«

MEIN VATER: »Ich bin froh, daß Sie mich zu schätzen wissen.«

CORA: »Paß auf, dem ist deine Fresse egal ...«

DER BULLE: »Du hältst die Klappe, du zwielichtiges Subjekt!«

Mein Vater wird ganz blaß. »Können Sie wiederholen, was Sie da gerade zu meiner Frau gesagt haben?«

DER BULLE: »Diese Kreatur ist doch gar nicht Ihre Frau!«

MEIN VATER: »Und warum sollte sie es nicht sein?«

DER BULLE: »Sie haben keine Eigentumsurkunde.«

MEIN VATER: »Die Eigentumsurkunde liegt auf dem Grund meines Herzens.«

Cora klammert sich fester an ihn. »Kauf mich, mein Schatz! Bitte kauf mich!«

»Ja, aber wem soll ich dich abkaufen? Ich kenne ja nicht einmal deinen Namen!«

Da gibt sie ihm den ersten und einzigen Kuß, den er jemals von ihr erhalten sollte. Ein ziemlich erfahrener Kuß für ein so junges Mädchen. Schreiben wir es dem Fieber zu.

»Ich heiße Cora«, murmelt sie und wischt sich das Kinn ab ... »Cora heiße ich, und ich werde dich verrückt machen ...«

»Sei willkommen, Cora ...«

»Wenn ich Sie wäre«, sagt der Bulle, »würde ich meine Zeit nicht mit Herumgurren verlieren. Die Spekulanten sind bestimmt schon am Werk ...«

»Wo denn?«

»Im Vorzimmer der Alten, du Dummkopf!«

»Hier lang«, sagt Cora und deutet auf das Ende der Straße.

Alle stürzen sich in die Nacht.

Dies ist eine Nachtgeschichte. Die Geschichte einer verlorenen Nacht, einer wiedergefundenen Nacht, einer endgültigen Nacht. Mit Petrucciani, der allein für mich spielt. Das Stück heißt *Ich bete an*, und es ist gar nicht schlecht, ich glaube sogar, ich habe es selbst erfunden. Der Beweis: Es macht Lust, zu weinen. Vielleicht sind es aber auch nur die Erinnerungen, die mich zum Weinen bringen.

Im Wohnwagen waren die Alten und zudem viele andere Kinder, die auch zu verkaufen waren, darunter ein wunderbares Mädchen mit teuflischen Schenkeln, die sie unaufhörlich öffnete, um dem Käufer die Sicherheit zu geben, daß er keine Probleme mit ihr hätte. Mein Vater war gereizter Stimmung. Er hatte seine Hand schon am Scheckbuch. Aber der Mann mit der undefinierbaren Eleganz warnte ihn: »Dieses Mädchen ist ordinär«, flüsterte er ihm unauffällig zu, »Kaufwert null. Sobald sie eine gewisse Anzahl Jahre hinter sich hat, will sie keiner mehr, und Sie haben sie am Hals mit ihrem unnützen und traurigen Mund, vielleicht ist sie sogar depressiv, dann guten Tag Bulimie, sie wird Sie ein Schweinegeld kosten, von der Anatomie ganz zu schweigen. Die wird eine Schau mit Orangenhaut veranstalten, ein Concerto für Gelatine, um nicht zu reden von den ständigen Seufzern, die sie ausstößt, und dem Schnurrbart, der ihr wachsen wird, haben Sie nicht gesehen, daß sie dunkelhaarig ist?« Mein Vater war verblüfft. Die Dunkelhaarige gefiel ihm gut. Zugleich war er verwirrt über das, was er da eben gehört hatte. Und dann sah er Coras Augen. Die Tränen in Coras Augen. Die eine nach der anderen auf ihren weißen Pyjama fielen.

»Kann man den Zweck Ihres Besuches erfahren?« fragte der alte Geizkragen mit der geilen Unterlippe und dem finsteren Blick, der in Gesellschaft seiner Xanthippe seine Suppe löffelte. Die beiden Alten ließen es sich schmecken. Die Kinder um sie herum hatten leere Teller und flehten einen mit Blikken an, daß man sie da herausbringen möge. Sie reichten einen alten Rahmen herum, den sie vor sich stellten, um ihren Wert zu steigern. Nicht alle waren schön.

»Monsieur ist Kunstliebhaber«, antwortete der Mann mit der undefinierbaren Eleganz. »Nachdem er mehrere Jahre damit verbracht hat, sich von gewieften Händlern reinlegen zu lassen, hat er mir seine Interessen anvertraut. Deshalb bringe ich ihn zu Ihnen, warum Zeit verlieren, es dürstet ihn nach Schönheit, und die Schönheit ist Ihr Reich.«

Das alles spielte sich in einem Wohnwagen ab. Sie waren Kilometer gefahren und gelaufen, waren im Dreck gewatet, in furchtbarem unbebautem Gelände herumgestapft, um nach drei Treppenstufen in diesem Kohlgeruch zu landen, Sie wissen, wie es ist, wenn der Kohl einem in den Augen zu beißen beginnt, vielleicht war der Ofen daran schuld, die Luftfeuchtigkeit, der Fußgeruch, nur Wissenschaftler würden mit einem solchen Gestank fertig werden, kurzum, es war ratsam, nüchtern zu sein, wenn man diesen verdammten Wohnwagen betrat, in dem sich das Schicksal meines Vaters und mein eigenes Schicksal vollziehen würden. Wie grausam muß Gott sein, um uns so etwas aufzuerlegen?

Neben dem Wohnwagen weidete ein Schimmel. Es hat Stein und Bein gefroren. Die Nacht war kristallklar. Wohnwagen und Pferd dampften.

»Hier steht alles zum Verkauf«, erklärte der alte Geizkragen. »Selbst meine Frau. Sie können über alles verhandeln, können alles in Betracht ziehen. Überlegen Sie sich die Sache in aller Ruhe. Möchten Sie einen Teller Suppe?«

»Nein, danke. Wirklich nicht.«

»Mein Kunde ist ganz perplex«, sagte der Mann mit der undefinierbaren Eleganz.

»Monsieur möchten vielleicht lieber einen Jungen«, sagte der alte Widerling. »Wir haben auch Jungen.«

»Wenn ich die Augen von Cora sehe«, entgegnete mein Vater, »dann werde ich mich wohl für Cora entscheiden, denn es scheint, sie hat Lust, mir zu gehören, und zwischen uns hat sich schon etwas angebahnt ... Im übrigen brauchen Sie nur zu beobachten, wie sie allein beim Klang meiner Stimme zu lächeln anfängt, ein Lächeln, das in Tränen ertrinkt ...«

»Monsieur«, sagte Cora, »im verrücktesten meiner Träume ...« Sie hielt inne, von Gefühlen überwältigt.

Wir waren alle bewegt. »Sprechen wir von den Bedingungen«, sagte der Mann mit der undefinierbaren Eleganz.

»Hat der Herr Vermögen?« fragte der alte Geizkragen.

»Cora wird Sie teuer zu stehen kommen«, fügte die Xanthippe hinzu. »Sehr teuer.«

»Ich flehe Sie an«, sagte Cora und piepte wie ein Spatz ...

»Sie werden ihr erster Mann sein«, erklärte Mathilde, die sie auffing und Cora auf diese Weise daran hinderte, in Ohnmacht zu fallen.

»Das ist in der Tat beachtlich«, gab mein Vater zu, »wenn auch nicht unbedingt ein Vorteil, denn so etwas ist vergänglich ...«

»Alles ist vergänglich«, sagte der Alte. »Schauen Sie sich meine Frau an, was aus der geworden ist ...«

»Ich bin das geworden, was du aus mir gemacht hast!«

»Alte Nutte!«

»Zuhälter!«

Sie begannen einander zu beschimpfen. Den Kindern war die ganze Sache peinlich. Cora weinte. Mathilde hielt ihr die Ohren zu. Nur mein Vater lächelte, aus einem Grund, den nur er allein kannte, den ich Ihnen aber anvertrauen werde.

Er war nämlich dabei, sich die Dunkelhaarige mit den unvergeßlichen Schenkeln genauer anzusehen.

Sie hatte nicht nur riesige Schenkel, sondern auch große Augen, Brüste, eine Taille, kurzum alles, was es brauchte, um einen Mann glücklich zu machen und ihm allabendlich Lust und Kinder zu schenken (wobei die Lust selbst noch kurz vor den Entbindungen derselben nicht versiegte). Auf dem Gesicht dieser Dunkelhaarigen stand im Gegenzug geschrieben: Sieh an, ein Mann, der nicht schön ist, einer, der nicht bösartig ist, dessen Herz so groß wie ein Haus ist, er hat Hände, um mich zu packen, einen Kopf wie ein Edelstein, seine Augen sind voller Respekt, er wird treu und aufrecht sein wie eine gerade Linie, wird mir all meine Launen verzeihen, und ich werde seine Eier auf Vordermann bringen, werde für seine Müdigkeit und für seine Erholung sorgen, ich bin sein Feuerwerk und sein Morgentau.

»Wollen Sie vielleicht doch lieber ein anderes Exemplar?«

Der alte Geizkragen hatte mir die Frage gestellt. In letzter Zeit wurde er es immer rasch leid, seine Alte zu beschimpfen. Außerdem befürchtete er neuerdings, etwas für ihn ganz Ungewohntes, die Kinder damit zu traumatisieren. Und nicht zuletzt hatte das Ohr dieses alten Dreckskerls gerade die Familienklingel vernommen, die die Wiederaufnahme der Sitzung ankündigte. Er hatte nicht vor, den beiden Turteltäubchen mit ihren Tricks auf den Leim zu gehen.

»Etwas Billigeres?«

»Geld spielt keine Rolle!« schrie mein Vater und zeigte sich als Lebemann. »Erzählen Sie mir was zu diesem Mädchen, das rechts neben Ihnen sitzt und jedesmal, wenn es seinen Rock hebt, den Blick niederschlägt!«

»Sie heißt Carmina. Sie ist immer auf Reisen gewesen. Hier geboren, woanders aufgewachsen, es wird Zeit, daß sie irgendwo Wurzeln schlägt. Sag guten Tag, Carmina. Zeig, daß du gute Manieren hast … gut, gut, natürlich, sie ist keine aus erster Hand, aber Ihnen muß ich ja keine Lügenmärchen erzählen. Das erklärt auch den Preis … Sie haben vorhin, auf meine Frage nach Ihrem Vermögen, keine Antwort gegeben …«

DIE ALTE: »Haben Sie Vermögen?«

»Mein Kunde ist Alleinerbe einer alten Industriellenfamilie«, sagte der Mann mit der undefinierbaren Eleganz. »Das ist was Solides. Die Fabrik, Grundstücke, das ganze Dorf gehört ihm.«

DER ALTE: »Und was stellen Sie her?«

MEIN VATER: »Wo?«

DER ALTE: »In Ihrer Fabrik.«

MEIN VATER (plötzlich ganz verwirrt): »Weshalb fragt er mich das?«

DER MANN MIT DER UNDEFINIERBAREN ELEGANZ: »Aber was weiß denn ich!«

DER ALTE: »Sie wissen nicht, was Sie in Ihrer eigenen Fabrik herstellen?«

MEIN VATER: »Gut, ich weiß es nicht! Was habe ich auch damit zu schaffen? Ich beziehe die Dividenden, Schluß Punkt aus.«

DIE ALTE: »Und wieviel bekommen Sie?«

MEIN VATER: »Wie das, *wieviel bekomme ich*? Aber das weiß ich doch nicht! Ich setze doch nur meine Unterschrift darunter! Wollen Sie meine Fingerabdrücke?«

DER ALTE: »Nehmen Sie es ihr nicht übel, Monsieur Treuttel … Es gibt Hochstapler heutzutage …«

MEIN VATER: »Woher wissen Sie überhaupt, daß ich Treuttel heiße?«

DER ALTE: »Heißen Sie denn nicht Treuttel?«

MEIN VATER: »Geben Sie mir meine Brieftasche zurück!«

DER ALTE: »Welche Brieftasche?«

MEIN VATER: »Die Sie mir gerade gestohlen haben, um meine Papiere zu prüfen!«

DER ALTE: »Hier, Monsieur Treuttel.«

Mein Vater steckt seine Brieftasche wieder ein. »Ich will Carmina kaufen«, erklärt er. »Wieviel wollen Sie für sie?«

DER ALTE: »Die Frage ist sehr direkt ...«

MEIN VATER: »Ich bin eben ein direkter Mensch. Ich komme immer direkt zum Kern der Sache. Und der Kern, das ist nun einmal gerade Carmina. Ich möchte, daß sie so schnell wie möglich mit mir kommt, Sie müssen sie mir nicht verpacken, sie wird sich meiner Liebe wie eines Schals bedienen. Sagen Sie mir den Preis, dann stelle ich den Scheck aus.«

Carmina atmet heftig. Sehr heftig. Man fragt sich, wie lange die drei Knöpfe ihrer Bluse einem solchen Druck noch standhalten mögen. Sie ist eine, die nicht viel redet, die aber plötzlich lossprudelt, wenn es um die Chemie ihres Körpers geht.

»Machen Sie draußen eine kleine Runde«, sagt der Mann mit dem undefinierbar eleganten Äußeren. »Währenddessen verhandle ich. Es ist meine Aufgabe. Sonst hat mein Auftrag keine Existenzberechtigung.«

Draußen war es kalt, aber Carmina hatte Feuer im Leib. »Ich bin die Gitarre von Django Reinhardt«, sagte sie zu meinem Vater und hängte sich an ihn. »Ich werde dich all meine Akkorde hören lassen ...«

»Fünfhundert Millionen!« verkündete der Mann mit der undefinierbaren Eleganz und sprang aus dem Wagen mit dem Kohlgeruch heraus.

»Abgemacht!« antwortete mein Vater, der sich mit einer Lawine von Brüsten und mit einer eher rosigen Vision seiner Existenz konfrontiert sah, rosa mit ein bißchen blau, all das straff und hingebungsvoll, es war einfach zu schön, es vor sich zu sehen. Ein Bild, bei dem man annehmen könnte: endlich, ein Mann, der gerettet ist.

Doch in diesem Moment wurde der verrottete Wohnwagen von seinem Fluch eingeholt. Alle wurden Zeugen, wie das Glück namens Carmina im Schnee zusammenbrach, das Pferd sich aufbäumte und vor Schreck wieherte.

Cora, trunken von Kummer, hatte ihrer Schwester gerade ein Küchenmesser in die Brust gestoßen.

Das heißt, es hatte ein Mord stattgefunden.

Mein armer Vater stand da und betrachtete mit hängenden Armen die beiden Frauen, die beinahe Tote, die so sanft und so gut im Blasen gewesen war, und die andere, die beinahe Verrückte, die ihren Zorn wie ein Lichtschwert schwang, die im Nebel herumschrie und die Nacht zum Knirschen brachte: »Reicht Ihnen das als Liebesbeweis, Sie Sammler? Soll ich vielleicht auch noch sterben?«

»Sie haben diesem Kind den Kopf verdreht«, sagte der Mann mit der undefinierbaren Eleganz und hob das Messer auf. »Es wäre klug, jetzt abzuschließen.«

»Was abzuschließen?«

Cora lag schon zitternd in seinen Armen, ihr Schamgefühl war verletzt, und sie war entsetzt darüber, daß sie so etwas hatte tun müssen, um einen Mann zu erobern.

Ihre Lippen waren eiskalt, und ihre Zunge glühte, bei ihrem Kuß hörte man förmlich die Englein singen.

»Ja, aber ich hätte doch lieber die andere«, protestierte mein Vater, der noch nicht ganz überzeugt war. »Es war die andere, die ich geliebt habe!«

»Sie werden es nicht bereuen«, sagte der alte Geizkragen, der nun auch mit seiner Serviette um den Hals herauskam. »Sie hätten sich nämlich beinahe eine Fälschung andrehen lassen.«

»Eine Fälschung von was?«

»Eine falsche Hoffnung. Gehen Sie mir mal zur Hand.« Und dann trugen sie die arme Carmina in die Nacht bis zum Straßenrand, wo ein dicker Kühlwagen mit ungarischem Nummernschild langsam heranrollte.

So, nun haben Sie alles erfahren.

Für meinen Vater war es ein Schock.

Als er, gestützt von den beiden anderen, zum Wohnwagen zurückkehrte, waren seine Augen vor Entsetzen geweitet, denn er hatte einen Punkt erreicht, an dem es kein Zurück mehr gibt, und er hatte nur noch einen Wunsch, wenn auch einen geradezu monströsen: »Ich will das ganze Lager kaufen!« brüllte er. »Ich will all Ihre Carminas! Ich will sie wieder aufwärmen!«

»Hören Sie auf rumzubrüllen, mein Lieber«, sagte der Mann mit der undefinierbaren Eleganz. »Nur die Ungarn verstehen etwas vom Wiederaufwärmen.«

»Nun denn, auf Wiedersehen, Monsieur«, fügte der alte Geizkragen hinzu und schüttelte ihm die Hand. »Sehr erfreut, Ihre Bekanntschaft gemacht zu haben.«

»Ich vertrete Sie nicht mehr«, sagte der Mann mit der

undefinierbaren Eleganz, plötzlich erbarmungslos. »Mit Ihnen vergeude ich nur meine Zeit.«

Und schon steht mein Vater wie eine alte Reliquie an der Kreuzung von zwei unbebauten Grundstücken, das heißt im Niemandsland, überall um ihn herum die gleiche Einsamkeit. Die beiden Gauner laufen in die Nacht. »Und was ist mit meiner Frau?« brüllt er und stapft hinter ihnen her. »Ich war doch gekommen, um eine Frau zu kaufen!«

»Der Laden ist geschlossen!« ruft der alte Geizkragen zurück und lacht sich ins Fäustchen. In diesem Moment fährt ein von Wallachen gezogener Wohnwagen vorbei. Aus dem Innern tönt der Lärm von zerbrochenem Glas. Alle drei stürzen ihm hinterher. Mein Vater ist der schnellste. Tennisspielen hält fit. Er holt den Wohnwagen ein und wird mitgenommen.

Im Innern wurde geschlemmt. Champagner und Kristallgläser überall. Der Kommissar beim Tabakschnupfen. Kunstliebhaber im Abendanzug. Cora im Brautkleid. Besser gesagt: Mama. Im schwarzen Brautkleid. Ihre Augen sprühten Blitze. Sie tanzte Flamenco. Drei Zigeuner zupften dazu auf der Gitarre. Mathilde kniff sich in die Wangen, um nicht weinen zu müssen. In diesem ganzen Durcheinander stand mein Vater auf. »Neunhundert Millionen!« schrie er. Damit hatte er das Stichwort gegeben: die Versteigerung konnte beginnen. Mama tanzte immer weiter, und je höher ihr Preis stieg, um so elektrisierter wurde ihre Taille. Als sie nach einer Nacht voller Tohuwabohu in Saintes-Maries ankamen, ging gerade die Sonne auf, aber das Meer schlief noch.

Ich habe die Geschichte etwas verschönert, aber seien Sie

mir deswegen nicht böse, zum einen war ich ja damals noch nicht da, und zum andern möchte man so gern, daß die Liebesgeschichte der eigenen Eltern was ganz Besonderes ist.

Mein Vater stieg aus dem Wohnwagen, hinter ihm Cora in ihrem Brautkleid, das sich auch für Trauerzwecke geeignet hätte. Sie trafen sich in den ersten plätschernden Wellen des Mittelmeers. Mathilde machte Feuer. »Ich bin ein ruinierter Mann«, sagte mein Vater. »Ich habe Schecks in Höhe von über drei Milliarden unterzeichnet. Selbst wenn ich die Fabrik verkaufe, bin ich nicht sicher, ob es reicht.«

»Ich auch nicht«, sagte Cora.

Man würde ja gerne wissen, wie es weitergeht, aber leider hören die Tagebucheintragungen an dieser Stelle auf. Zumindest in dem Teil, den ich hier vor der Nase habe. Den er auf seinem Schreibtisch hat herumliegen lassen. Wahrscheinlich, damit ich ihn lese.

Ich wußte gar nicht, daß ich eine solche Wirkung auf ihn hatte. Das ist wirklich eine Riesenüberraschung. Denn ich bin eigentlich gar nichts Besonderes. Von meinen Brüsten mal abgesehen, bin ich sogar ziemlich durchschnittlich. Und selbst an meinen Brüsten gäbe es noch etwas auszusetzen. Genau deswegen behalte ich meinen BH immer an.

Ich habe eine eigene Familie und wohne in der Siedlung, gegenüber von seiner Hütte, einem ehemaligen Einfamilienhäuschen, das er mit Hilfe seiner Autorenhonorare vergrößert hat.

So ein Schriftsteller, der läuft gerne. Vor allem frühmorgens. Dabei haben wir uns kennengelernt. Ich war auf dem Weg zur Schule. Eines Tages hatte ich den Moralischen. Wir liefen in dieselbe Richtung. Ich in meinem alten Regenmantel, er in seiner gefütterten Lammfelljacke. Jeder ging auf seinem eigenen Trottoir. Die Liebe, das ist zuweilen nur eine Straße, die man überqueren muß. Ich freute mich sehr, als er zu mir herüberkam.

»Mein Mann ist arbeitslos«, sagte ich. »Ich habe keine Lust, nach Hause zu gehen.« Also ging ich mit zu ihm. Und seither gehe ich jeden Tag zu ihm, außer sonntags und an Feiertagen. Er zahlt mir zweitausend Francs die Stunde. Anfangs wollte ich nicht, aber er bestand darauf und sagte: »Du wirst schon sehen … Es wird ziemlich aufregend für dich sein …«

Und tatsächlich, es war aufregend. Es ist einfach geil, auf diese Weise begehrt zu werden. Von einem Mann, der so vieles weiß. Er gab mir den Schlüssel zu seiner Wohnung und sagte: »Ich will, daß du kommen und gehen kannst, wann immer du möchtest.«

Heute morgen ist er nicht da, aber er wird sicher gleich kommen. Wahrscheinlich ist er zum Tabakladen gegangen. Oder zum Zeitschriftenladen. Vielleicht auch zum Blumenladen. »Bevor ich dich traf, habe ich nie Blumen gekauft.«

Ich habe Lust, mit ihm zu schlafen. Sein Manuskript hat mich ganz heiß gemacht. Das also ist sein Beruf? Geschichten von Kranken zu erzählen? Ich habe ja einen seltsamen Liebhaber.

Da, sein Auto! Ich ziehe mich schnell aus. Behalte nur das Wichtigste an. Ich setze mich an seinen Schreibtisch. In seinen Ledersessel. Vor sein Manuskript. Ich werde mich kapriziös geben. »Heute bin ich es, die zahlt«, werde ich ihm sagen. »Ich werde dir all dein Geld zurückgeben, ich habe es nicht angerührt, außer einer kleinen Summe, die ich für neue Wäsche ausgegeben habe. Danke, daß du mich meine ganze Leidenschaft hast ausleben lassen. Ich liebe dich. Ich liebe deine Falten und deine Tränensäcke. Die Koffer in der Eingangshalle bedeuten, daß ich bei dir einziehe … Mein Mann hat eine Arbeit gefunden.«

Da! … Es klingelt… Das paßt nicht zu ihm, er vergißt normalerweise nie seinen Schlüssel … Ich gehe zur Tür … Ziehe das Sicherheitsschloß heraus … Öffne einen kleinen Spalt … Na so was! … Ein Blinder … Was will der denn hier?

DER BLINDE: »Entschuldigen Sie die Störung, Madame, ich habe etwas Mühe, mich in dieser feindseligen Vorstadt zurechtzufinden … Darf ich Sie fragen, ob Sie mir in etwa sagen können, wie weit es von hier noch bis zur Cité des Anglys ist?«

»Anglys I oder Anglys II?«

Das hat ihn ziemlich getroffen. Der Blinde war ohnehin schon blaß, aber jetzt ist er geradezu leichenfahl geworden.

«Kann ich ein Glas Wasser haben?« fragt er.

Ich führe ihn in die Küche. Sehe zu, wie er trinkt. Währenddessen betrachte ich mich in seiner Brille. Er trägt eine schwarze Brille, die wie ein Spiegel wirkt. Und plötzlich merke ich, daß ich zittere.

Der Büstenhalter, den ich trage, ist schwarz, aber derjenige, den ich in seiner Brille sehe, ist weiß.

Ich nehme ihm seine Brille ab. Lege seine Augen bloß. Augen, die mehr als lebendig wirken.

Augen, die selbst die anständigste Frau erschauern lassen.

»Geht es Ihnen nicht gut?« fragt er. »Wissen Sie, ich kann alles fühlen … Ich sehe nichts, aber ich kann alles fühlen … Geht es Ihnen nicht gut?«

»Nein …«

»Ach wirklich? … Und warum?«

»Ich weiß es nicht …«

»Sie weiß es nicht … Es geht ihr nicht gut, und sie weiß

nicht, warum …« *Seine Hände legen sich auf mich … Seine Hände auf meiner Haut …* »Ist es vielleicht, weil Sie nackt sind?«

»Ich habe den Büstenhalter anbehalten … Möchten Sie, daß ich ihn ausziehe?«

»Schweigen Sie, Sie dumme Person! … Ich kann Peau d'ange erkennen … Innen Tactel micro, außen Tactel diabolo …«

»Sind Sie Baudouin Treuttel?«

»Ein Blinder kehrt immer wieder zurück.«

Da kommt mein Liebhaber. Es gefällt ihm gar nicht, sich mit dem Blinden konfrontiert zu sehen. »Sie gehen mir allmählich auf die Nerven!« sagt er zu ihm. »Ich werde Sie rausschmeißen!«

DER BLINDE: »Ich möchte aber Ihre Frau ficken!«

»Kommt überhaupt nicht in Frage! Diesmal meine ich es ernst! Los: Hauen Sie endlich ab!«

DER BLNDE: »Ich warne Sie: Wenn ich abhaue, werden Sie mich nie wiedersehen! Dann adieu, Inspiration!«

»Ja, es wäre eine Erlösung!«

Aber der Blinde läßt sich nicht so einfach abwimmeln. Sie geraten sich in die Wolle. Das Ganze nimmt groteske Züge an. Meine Pobacken zucken vor Lust. Aber bald ist es wieder vorbei mit dieser Anwandlung. Denn plötzlich werden die beiden Männer wirklich gewalttätig. Sie wälzen sich am Boden. Ein Aschenbecher verwandelt sich in eine Waffe. Ich sehe schwarz für den hellen Teppichboden.

»Du Vollidiot!« sagt der Blinde, steht auf und tritt meinem ehemaligen Liebhaber heftig in die Fresse. »Du bist nicht mal in der Lage, eine Geschichte richtig zu erzählen!«

Dann legt er eine Platte auf. Einen guten Petrucciani. Guadeloupe, *mit Bob Brookmeyer. Ich lasse den Blinden an mir herumspielen. Er nimmt mich, immer und immer wieder. Von unten und von oben. So lange, bis wir müde werden. Er sagt: »Kommt mit mir.« Und ich gehe mit ihm. Hinaus in die Nacht. In den Mercedes. Nach Belgien oder anderswohin. Wir töten Frauen, die nichts dafür können. Ich mag sie gern, die Fiktion. Kaum ist eine Geschichte zu Ende, fängt eine andere wieder an. Einen Tag ist er blind, und am nächsten Tag kann er sehen. Einen Tag läßt er mich kalt, und am nächsten macht er mich heiß. Er nimmt mich mit ins Gefängnis. Zeigt mir die Stelle, an der er in die Tiefe gestoßen wird, und die, an der sein Hirn auslaufen wird. Er stellt mich dem Maler vor. Der Maler macht mich unsterblich, und wir legen den Maler um. Wir fliehen mit dem noch nicht trockenen Bild. Essen zum Frühstück Fritten in Mons. Wir kehren nach Les Anglys zurück, um bei der Sprengung der ersten Gebäude dabeizusein, die einem künstlichen See mit Badespaß und Bootssport Platz machen. Bumm! Die Gebäude stürzen in sich zusammen. Im Staub des Ruinenhaufens ist ein altes Anwesen erkennbar, von dessen Existenz man nie etwas geahnt hat. Es gab einen großzügigen Treppenaufgang, Glyzinien und Vögel, die wieder zu singen anfangen. »Laß uns hier abhauen«, sagt Baudouin, »sonst werde ich noch weich und kann nie mehr einen Mord begehen.« Wir fahren schleunigst dorthin, wo uns keiner erwartet. Wir hören Musik. Baudouin fährt mit Handschuhen. Von Zeit zu Zeit sage ich etwas zu ihm. Ich sage: » Na, geht's?«, und er antwortet: »Ja.« Ich frage ihn: »Warum hast du deine Mutter umgebracht?« Er antwortet: »Weil sie die Geliebte von Masbouth war.« Er antwortet auf all meine Fragen. »Als mein Vater ruiniert war«, sagt er, »konnte es nicht ausbleiben, daß meine Mutter dem Geldonkel*

Masbouth verfiel. Jeden Tag kam eine Limousine, holte sie ab und brachte sie zu einem Hotel, in dem Masbouth sie erwartete. Eines Tages habe ich sie erwischt, und das war einfach unerträglich. Ich bin dazwischengegangen. Masbouth ließ mich gewähren. Sie starb ohne einen Laut und ließ alles los, die Flüssigkeit vom Bumsen sammelte ich mit der Kehrichtschaufel auf, besser gesagt, mit einem kleinen Löffel, den ich immer noch habe, er stammt aus dem Ritz, wenn du willst, geb ich ihn dir … »

Ich nehme den kleinen Löffel und werfe ihn aus dem Fenster. »Und der Mann mit der undefinierbaren Eleganz«, frage ich, »wer war das letztendlich?«

»Keine Ahnung«, antwortet er. »Laß mich damit bloß in Frieden.«

Besser, ich beharre nicht darauf. Ich gehöre zu denen, die wissen, wann sie ihren Mund zu halten haben. »Das einzige, was wir wirklich wissen«, sagt Baudouin, »ist, daß die Menschen alle Schweine sind. Und dieses Wissen befähigt uns, Macht auszuüben.«

»Ja«, antworte ich.

»Du sagst ›ja,‹ ohne zu verstehen, was ich meine!«

»Aber nein, ich versichere dir, ich kann dir folgen!«

»Masbouths Problem, besser gesagt, der heikle Punkt bei Masbouth war, daß er sich irgendwann darüber klar wurde, von einem anderen Masbouth manipuliert zu werden!«

»Ja …«

»Da, guck mal, auch so ein Masbouth, der macht in einen Kübel!«

»Das sieht ihm ähnlich!«

Am Straßenrand steht ein alter Mann und hält Autos an.

»Laß nur«, sagt Baudouin, »das ist mein Vater.«

In den Archiven des Romanciers, der eines Morgens tot aufgefunden wurde und der, gemäß unseren Recherchen, niemals etwas veröffentlicht, vielmehr von mageren Gewinnen aus dem Casino von Enghien gelebt hatte, stieß man auf ein Durcheinander von Notizen, das Bände spricht. Immerhin gab es diesen auf ein altes Hemd gekritzelten Titel: *Treuttel oder die große Besessenheit*. Auf Bitten der Familie und ganz besonders von Madame Forrest, Barbara Forrest, die dem Romancier eine lebhafte Bewunderung entgegenzubringen scheint und die sich, so hat es uns auch der Notar bestätigt, als Testamentsvollstreckerin des Autors vorgestellt hat, werden wir versuchen, diese Notizen nach Themen zu ordnen und sie Ihnen dann vorzulegen, auch wenn sie unserer Meinung nach nur von einem sehr begrenzten Interesse sind.

Mein Leben ist aufgebaut wie eine Symphonie. Mit immer wiederkehrenden Themen, die alles übertönen. Von Zeit zu Zeit ein Solo voller Zärtlichkeit. Zärtlichkeit, das mag jeder. Diesen Gedanken ausarbeiten. Ebenso den Bezug zur Malerei. Welchen Bezug genau? Könnte man sagen, alles ist Musik, so wie es heißt, alles sei weiblich?

Eine Frau zu kaufen hat etwas, das der Schöpfung nahekommt. Das einen näher zu Gott bringt.

Eines Abends, als ich in einem verlassenen Viertel herumgammelte …

Treuttel in einem verlassenen Viertel. Er läuft. Es ist Nacht. Absatzgeklacker hinter ihm. Geklacker von weiblichen Absätzen. Einer ganzen Armee von Absätzen. Die Absätze all seiner Opfer, die ihm auf den Fersen sind. Ein Mörder ist niemals allein.

Seit einiger Zeit habe ich, wie lästig!, Probleme mit meinen Augen. Ziemlich seltsame Beschwerden. Nicht, daß ich nichts sehen würde, ich sehe hervorragend, nur, ich sehe etwas anderes als das, was ich sehen müßte. Ich fahre zum Beispiel auf der Straße nach Chartres, aber ich sehe die Straße nach Vichy. In den Supermärkten sehe ich die Frauen im Büstenhalter herumlaufen. In ihren Einkaufswagen schieben sie einen Zwerg. Ich werde wohl einen Spezialisten konsultieren müssen. Der Augenarzt ist besorgt. Mein Blick scheint zu durchdringend zu sein. Ich könnte damit jemanden verletzen.

Ich bin deine Mutter, ich bin mehr deine Mutter als deine richtige Mutter.

Ich habe dich zwar nicht in meinem Bauch getragen, aber an der Spitze meines Schwanzes.

Ich habe dich in Schande geboren, und das voller Stolz genossen.

Ich habe dich die Milch des Vergnügens trinken lassen.

Ich habe dich gelehrt, was es heißt, jemanden mit Glück zu verwirren.

Liebe / Kunstwerk.

Darin liegt etwas Wahres. Nachforschen.

Wenn sie unter vier Augen sind, nennt Mathilde meine Mutter Robert. Arschficker Robert. Gutturales Lachen meiner Mutter. Sie zieht ihren Rock hoch und holt ihr Glied heraus. Sie läuft hinter Mathilde her, damit sie es anfaßt. Mathilde gibt ihm einen Klaps und schreit laut: »Willst du mir das schreckliche Ding wohl wieder einpacken!« Einige Sekunden später liegt sie vor ihr auf den Knien und bläst ihr einen.

Sie bläst schön, und die Tränen steigen ihr dabei in die Augen. Mathildes entzückender Mund. Sie hat Monsieur einen geblasen, sie hat auch Madame einen geblasen, und später wird sie auch dem jungen Mann noch einen blasen.

Und dann ihre Entbindung ... Wie sie ihre Wehen hatte und gleichzeitig Wannen voll heißen Wassers für meine Mutter hin und her trug, wie meine Mutter herumschrie, brüllte: »Ich will sterben!« Wie ich ganz allein geboren bin, in einer Ecke der Küche, wie wir beide, Mathilde und ich, das geschafft haben, ohne die geringste Hilfe, keine kühle Hand, die sich auf ihre feuchte Stirn legte, was für ein Arschloch, dieser Doktor Burgos ... Wie sie die Nabelschnur mit einem Schinkenmesser durchtrennt hat, wie sie losgerannt ist, um mich schnell zwischen die Schenkel meiner Mutter zu legen, wie sie ihr beim Pressen geholfen hat, und wie sie dann wieder losgerannt ist, diesmal zum Büro meines Vaters, um ihm unter Tränen und mit blutbeschmierten Händen zu verkünden: »Es ist ein schöner Junge!«

Heftige Attacke.

Dann den Eindruck von Erleichterung vermitteln.
Etwaige hübsche Dinge.
Dann noch mal zuschlagen.

Ich bin verrückt nach meinen Brüsten.

Meine Mutter war selig, jetzt Brüste zu haben, und sie dachte nur an eines: Büstenhalter zu kaufen. Ohne ersichtlichen Grund mußte sie immer neue haben. Keiner stellte sie voll und ganz zufrieden. Wir verbrachten unsere Zeit damit, die Stadt auf der Suche nach Körbchen zu durchstreifen. Ich war dabei der Monsieur, der im Sessel auf sie wartete. Schluß mit den kurzen Hosen. Ich war jetzt zwanzig Jahre alt, trug Maßanzüge und hatte eine Mutter, die zahlte. Woher hatte sie überhaupt soviel Knete? Ich mußte an meinen Vater denken, der allmählich in seiner Genossenschaftswohnung vor sich hin moderte. Eines Tages sahen wir ihn in der Rue des Blancs-Manteaux. Er bettelte und war in einem beklagenswerten Zustand. Gott sei dank schlug er die Augen nieder, das hat uns erspart, ihn ansprechen zu müssen.

Die Lust zu schreiben, die ist wie eine Krankheit. Eines Morgens wird man wach und hält den Füller in der Hand. Es läuft nur so aus ihm heraus: Eiter, nichts Schönes, vielmehr die Infektion, die jetzt den Kopf erreicht hat. Er ist mit der Harnröhre verbunden, alles nimmt von dort seinen Lauf, dann steigt es nach oben, klettert die Wirbelsäule hoch, bis in den noch kaum erforschten Bereich des Gehirns, wo sich die Ganoven des Geschriebenen verstecken.

Sollte auch sie, die Phantasie, nicht das Recht auf ihre Regeln haben?

Meine Mutter hatte viele Orgasmen, und sie ejakulierte auch viel. Ihr Sperma roch nach Blumen, wenn auch nach etwas vermoderten Blumen. Ich behielt immer ein bißchen davon in meinem Mund, um ihr den Arsch damit zu salben und mit einem Schuß in sie hineinzugleiten.

»Er hatte den Finger am Abzug ihres Blickes.«

Diesen Satz verwenden.

Mein Vater in seinem Büro, wenn ich mit ihm reden will.

MEIN VATER: »Aber, als er klein war, wäre keiner auf den Gedanken gekommen, daß er einmal so gewalttätig sein würde ... Er war ein Kind wie aus dem Bilderbuch, sehr brav, er spielte ganz allein in unserem kleinen Gärtchen, verlangte nie etwas ... Manchmal beobachtete ich ihn stundenlang vom Fenster meines Büros aus und war fasziniert von der Sanftheit dieses Kindes ... » (die erbärmliche Aussage, Schweigen unter den Anwesenden).

ICH: »Papa!«

MEIN VATER: »Ja.«

ICH: »Du hast mich von deinem Büro aus beobachtet?«

MEIN VATER: »Aber natürlich, mein Schatz ... jeden Tag ...«

ICH: »Aber warum hast du mir das nie gesagt?«

MEIN VATER: »Aus Scham, wahrscheinlich ... männlicher Scham ...«

ICH: »Aber wenn du es mir gesagt hättest, wäre ich nie ein Mörder geworden!«

MEIN VATER: »Gut, hör zu, mein Bester: Es ist jetzt passiert, es ist passiert! Tun wir lieber so, als hätte ich das nie gesagt! Wir werden nicht wieder anfangen, unsere schmutzige Wäsche in der Öffentlichkeit zu waschen!«

Warum Belgien?

Ich mag Belgien gern. Es ist nicht weit. Wir haben eine gemeinsame Grenze. Ich denke dabei an Büstenhalter, die auf einer Leine trocknen, und an einen kleinen Jungen, der sie betrachtet. Einen kleinen Jungen im Pyjama. Er ist aus Frankreich geflohen. Hat sich hinten in einem Laster versteckt. Er glaubt sich im Paradies. Er sieht zu, wie die Büstenhalter im Wind über dem flachen Land flattern.

Der Gedanke, einen Gerichtsvollzieher umzulegen. Eines Nachts. Mit dem Mercedes. Verfolgungsjagd in den verlassenen Sträßchen. Der Gerichtsvollzieher rennt vor lauter Angst, so ein kleines Scheißerchen! Der Mercedes ist hinter ihm her. Ich erspare Ihnen die Beschreibung seines Zustands. Wir gelangen in eine Sackgasse. Ganz am Ende ist eine Mauer. Er versucht drüberzuklettern, schafft es aber nicht. Er fällt runter. Licht der Scheinwerfer. Das Zerquetschen eines Gerichtsvollziehers. Ich bin sicher, nicht wenige werden daran ihre Freude haben.

Inspektor Caudry.

Dem Leser in Erinnerung rufen, wer diese Flasche ist.

Niemals eine Person außer acht lassen. Sonst kommt sie zurück und fickt Sie.

Inspektor Caudry.

Ein Typ, der sich für mich ausgibt. Der die Frechheit hat, an meiner Stelle Frauen zu töten. Der wird kein Glück haben, dieser Insepktor Caudry. Er tötet nur Frauen, die sich ohnehin hatten umbringen wollen, Depressive mit ausgeleierten Gummibändern.

»Ich dachte, sie wären tot«, sagt er, als ich in seinem Laden aufkreuze. Er hat ein Geschäft, einen Fotoladen. Hochzeiten und Erstkommunionen. Das heißt, er hat Geschäftszeiten, die es ihm erlauben, hinter seiner Hasselblad ein Alibi zu suchen. Er tötet einige Bräute. Niemand verlangt sie zurück. Er weiß nicht, wohin mit ihnen. Immer muß er graben. »Ich habe Ihren Sturz im Fernsehen gesehen. Es hat Sie einer hinuntergestoßen. Sie hatten eine schöne Einschaltquote. Wenn Sie wollen, gebe ich Ihnen die Videokassette. Man kann das Hirn gut erkennen und die Augen. Sie fallen aus ihren Höhlen wie Murmeln aus der Hosentasche eines Lausejungen …«

»Können Sie mir sagen, wer mich heruntergestoßen hat?«

»Ein Mithäftling. Ein Bankdirektor.«

Niemals habe ich die Freuden des Lebens zu zweit kennengelernt. Mit Sandrine hätte ich sie vielleicht erfahren können. Bei ihr spielte der BH keine Rolle. Sie brauchte keine Wäsche, ihre Haut genügte.

Was ich Sandrine angetan habe. Wie ich mich aufgeführt habe. Wie ich bei meinem Sturz aus dem sechsten Stock an sie gedacht habe.

Ich hatte sie Tests unterzogen, um zu überprüfen, ob sie vertrauenswürdig sei. Sie war es. Zumindest hat sie mich das glauben lassen. Eines Tages sagte ich zu ihr: »Ich will, daß du einen Typen triffst und ihn verrückt machst. Ich möchte, daß er sich am Boden wälzt. Masbouth heißt er. Das ist ein wandelnder Scheißhaufen …«

»Du meinst den Unternehmer? Der mit Staatschefs befreundet ist?«

»Genau den. Ich möchte, daß du ihn fertigmachst.«

Es gibt Mädchen, die können enormen Schaden anrichten. Und wir können dann nur Macht zeigen, indem wir diese Art Mädchen ficken. Sandrine ging hin. Tat, was sie tun mußte. Sie machte diesem Schweinekerl das Leben zur Hölle. Einen Mann, der auf der Höhe seiner Macht stand, machte sie zum Wrack. Zu einem armseligen keuchenden Etwas. Es war ihm ausdrücklich verboten, sie anzufassen. Er durfte sie nur anschauen. Und zudem nur von weitem. Sie sah dabei fern. Er stand hinter dem Bildschirm und sah zu, wie sie fernsah. Wenn es lustig war, lachte sie. Er vergötterte sie, wenn sie lachte. War es langweilig, gähnte sie. Zappte hin und her. Er wartete darauf, daß sie endlich ihre Beine auseinandernehmen würde. Seine Anwesenheit bemerken würde. Er weinte. Und sagte: »Meine Heimat. Ich möchte meine Heimat wiedersehen.« Dabei war sie blond. Ein Tohuwabohu, sage ich Ihnen. Ein Mord auf kleiner Flamme. So was schmort ganz langsam. Und Treuttel freut sich. Er zieht die Fäden. Eines Tages sagt Sandrine: »Ich habe Lust auf dich.« Masbouth glaubt, verrückt zu werden. Jetzt wird der Traum seines Lebens Wirklichkeit. Das schönste Mädchen der Welt. Sandrine gibt sich ihm hin wie eine Braut, feinfühlig und schamhaft, so wie es nur sehr große Huren beherrschen. Masbouth konsultiert fast täglich seinen Arzt, manchmal auch zweimal am Tag. Er stopft sich mit Vitaminen voll und mit neuen Produkten, die er eigens aus der Schweiz kommen läßt. Er denkt nur noch daran, dieses Mädchen zu besitzen, das ihn total plemplem macht. Während dieser Zeit töte ich. Ich töte ungeschickt, wie nur ein Blinder töten kann, eine entkommt mir sogar, gut, selbst dran schuld, dann werde ich an ihrer

Stelle eben eine andere umbringen. Ich bin ganz ruhig, als die Bullen kommen, um mich zu schnappen. Ich rufe Masbouth auf seinem Handy an, und alles kommt wieder in Ordnung. Er ist mein Beschützer. Er schützt mich seit jeher. Seit er gesehen hat, wie ich meine Mutter erwürge. Das hat ihm gefallen. Er war es, der mir geraten hat, nicht aufzugeben. »Deine Berufung ist, zu morden«, sagte er. Von Zeit zu Zeit bittet er mich, ihm zu helfen. Was er besonders liebt, sind die letzten Momente. Vor allem, wenn das Mädchen lebenslustig war. Normalerweise schicke ich ihn ins Badezimmer. Die Tür ist nur angelehnt. Wenn wir zum Hauptgang kommen, nähert er sich ganz vorsichtig. Ein kleiner Anruf im Innenministerium, und die Sache ist erledigt. Selbst in Belgien läuft es so, dort sind seine Beziehungen ebensogut wie in Paris.

Sandrine bereitet ihren Schlag vor. Sie macht ihm weis, das Kind, das sie erwarte, sei von ihm. Masbouth ist gerührt. Der glücklichste Mann der Welt. Ich werde ihm sein Glück verderben. Als seine Bediensteten mich melden, begrüßt er mich wie einen Sohn. Er strahlt wie eine Sonne. Stellt mich Sandrine vor. »Ich präsentiere dir die Frau meines Lebens. Wir erwarten bald ein freudiges Ereignis.« In diesem Moment hole ich meine Knarre heraus und strecke Sandrine nieder. Zugleich tauchen Bullen auf, um mich den Händen Masbouths zu entreißen, der mich, einen armen Blinden, erwürgen will.

Unter einem Schwangerschaftskleid läßt sich gut eine kugelsichere Weste verstecken. Der Aufprall hat das Kind nicht einmal aufgeweckt.

Sandrine sieht zu, wie die Bullen uns, Masbouth und mir, Handschellen anlegen.

Ich habe dieses Schwein von Romancier gerade umgebracht. Mit einem Aschenbecher, groß wie eine Glasplatte, habe ich ihm einen heftigen Schlag auf den Kopf verpaßt. Es hat gut getan, zu hören, wie sein Schandmaul endlich Ruhe gab. Ich mag es nicht, wenn man sich meines Lebens bedient, um Knete damit zu machen. Indem man einen ganzen Haufen von Schweinereien erzählt. Da das Mädchen nicht allzu häßlich war in ihrem Peau d'Ange von Chez Lou, nahm ich sie mit. Sie heißt Barbara. Barbara Forrest. Eine, die mir ganz sanft das Flötchen bläst. Es in ihren kleinen molligen Händen hält. Ich habe nicht wenige Frauen gekannt. Das war ein guter Erfolg. Ich sollte jetzt aufhören, mich zu beklagen. Ich bin schließlich nicht unglücklich.

Bleibt herauszufinden, was es mit dieser Geschichte über die ungarische Methode des Wiederaufwärmens auf sich hat.

Tobsha Learner

Quiver

Zwölf erotische Erzählungen

Brian ist Zahnarzt, Sandra Architektin. Sie sind Mitte Dreißig, wohlhabend, erfolgreich, kinderlos – ein modernes Paar wie Millionen andere. Lust und Leidenschaft haben sich aus ihrer Beziehung längst verabschiedet, Sex ist zur Routine erstarrt. Eines Tages besucht Sandra ihren Ehemann in dessen Praxis. Sie ist aufgewühlt von der Aussicht auf einen gigantischen Auftrag, die Atmosphäre zwischen den beiden ist merkwürdig geladen – Brian fesselt seine Frau an den Zahnarztstuhl und nimmt sie …
Von diesem Tag an gibt sich Sandra regelmäßig in Brians Praxis der Lust des Ausgeliefertseins hin. Doch die beiden werden beobachtet …
Mit dieser Geschichte eröffnet Tobsha Learner einen Reigen untereinander verzahnter Erzählungen, in denen auf furiose Weise ein Spektrum erotischer Phantasien ausgebreitet wird. Aus der Perspektive äußerst unterschiedlicher Frauen erzählt die junge Autorin provokante Geschichten von Erfüllung und Enttäuschung, von Hörigkeit und Obsession, Geschichten, in denen die Grenzen zwischen Traum und Wirklichkeit verschwimmen – und die den Leser von der ersten Zeile an in ihren Bann ziehen.

vgs verlagsgesellschaft, Köln

Tobsha Learner

Madonna Mars

Ein erotischer Thriller

Sarah Kavish arbeitet für ein NASA-Projekt, dessen Ziel es ist, Menschen auf dem Mars anzusiedeln. Von einem Tag auf den anderen stellt ein merkwürdiges Phänomen das Leben der jungen, attraktiven Wissenschaftlerin völlig auf den Kopf: In Momenten höchster sexueller Erregung verfügt sie über telepathische Fähigkeiten, durch die sie in Kontakt mit einem geheimnisvollen Mann namens Josh kommt …
Unversehens sieht sich Sarah in ein tödliches Gespinst aus Intrigen verwickelt: Ein namhafter Physiker, der für seine umstrittenen Thesen über die Zukunft der Erde bekannt ist, scheint plötzlich wie vom Erdboden verschluckt zu sein. Und jeder, der die Forschungsergebnisse des Professors publik machen möchte, fällt kurz darauf einem mysteriösen Mörder zum Opfer. Als auch Josh spurlos verschwindet, begibt sich Sarah auf eine verzweifelte Suche nach ihm … und gerät selbst in Lebensgefahr.

vgs verlagsgesellschaft, Köln

Genevieve Field/Rufus Griscom (Hrsg.)

Nerve°

Stories, Bilder, Interviews

»Gönnen Sie sich eine Prise gepflegte Erotik im Salon«, lautet die Empfehlung für ein besonderes Webzine im »anrüchigen« Internet: www.nerve.com, 1997 von Genevieve Field und Rufus Griscom gegründet. Innerhalb kürzester Zeit entwickelte sich NERVE zur ersten Adresse für anspruchsvolle Erotik im World Wide Web – mit Beiträgen international renommierter Autoren wie Norman Mailer, Robert Olen Butler, Lisa Carver und John Hawkes. Und unter Obhut des *Stern* ging 1998 www.nerve.de, der deutschsprachige Ableger des US-Magazins, online.
Das vorliegende Buch versammelt Stories, Essays und Interviews aus dem ersten Jahr der NERVE-Site, illustriert mit Werken namhafter Meister der erotischen Fotografie.

vgs verlagsgesellschaft, Köln